Foto: © Silke Obst

Beate Teresa Hanika, geboren 1976 in Regensburg, ist Fotografin. Ab 1997 arbeitete sie mehrere Jahre als Model in verschiedenen europäischen Städten. Bereits seit ihrem zehnten Lebensjahr schreibt sie Geschichten und Gedichte. Sie lebt mit ihrer Familie in einem kleinen Ort in der Nähe von Regensburg. Ihr erster Roman ›Rotkäppchen muss weinen‹ (Fischer Taschenbuch, Band 80858) wurde u. a. mit dem Oldenburger Kinder- und Jugendbuchpreis, dem Bayerischen Kunstförderpreis und dem Hans-im-Glück-Preis ausgezeichnet und für den Deutschen Jugendliteraturpreis nominiert. Außerdem ist bei den Fischer Verlagen ihr Roman ›Erzähl mir von der Liebe‹ (Fischer FJB) erschienen.

Beate Teresa Hanika

Nirgendwo in Berlin

Roman

Fischer Schatzinsel

Fischer Schatzinsel
ist das Kinder- und Jugendbuchprogramm
der S. Fischer Verlage
www.fischerverlage.de

MIX
Papier aus verantwortungsvollen Quellen
FSC® C083411

Umschlaggestaltung und -artwork: Moni Port
Satz: Dörlemann Satz, Lemförde
Druck und Bindung: CPI – Clausen und Bosse, Leck
Printed in Germany
ISBN 978-3-596-85405-9

Nach den Regeln der neuen Rechtschreibung

Für Sibylle,
mein Herz schlägt in Berlin!

Greta

Wie schrecklich deprimierend einem sechs Wochen freie Zeit vorkommen können. Sechs Wochen Sommerferien. Sechs Wochen alleine in einer fremden Stadt.
Du bist doch nicht alleine, sagt Moa und legt mir tröstend den Arm um die Schultern.
Wir stehen am Fenster meines neuen Zimmers und sehen hinunter auf die Straße. Um uns rum stapeln sich unausgepackte Kartons und Kleiderhaufen, es riecht nach frischer Farbe und altem Putz. Irgendwie staubig, obwohl Moa mindestens zehntausend Mal durchgewischt hat.
Du hast doch Buster, und ich bin ja auch noch da, sagt sie.
Buster rührt sich nicht. Er hört nicht so gut, eigentlich ist er fast taub, von Geburt an. Das ist bei Albino-Boxerhunden so. Er ist fast taub und ziemlich hässlich. Trotzdem würde ich ihn nicht gegen einen vernünftigen Hund eintauschen.
Du bist doch auch fast nie da, sag ich leise.
Meine Mutter seufzt. Sie weiß, dass ich recht habe. Sie hat einen neuen Job bekommen, bei der Zeitung, den Job, den sie immer wollte. Sie kann schreiben, fotografieren und hat mit Menschen zu tun. Nicht wie früher bei dem

Käseblatt – so nannte sie unsere Zeitung auf dem Dorf –, wo sie bis jetzt angestellt war und über Taubenzüchtervereine und Trachtengruppen schreiben musste. Schließlich hat sie Journalismus studiert, sagt sie immer, und das wäre ja Perlen vor die Säue.
Es tut mir so leid, Greta, sagt sie, aber es wird bestimmt gut hier. Wir sind in Berlin. Du wirst neue Freunde haben, und bis die Schule wieder anfängt, wirst du hier nicht mehr wegwollen. Ich verspreche es dir.
Zusammen lehnen wir uns aus dem offenen Fenster. Es ist sehr heiß. Hier oben steht die Luft. Unten lungern ein paar Jugendliche herum. Sie kicken Bierdosen über die Straße. Wir sind die letzte Straße vor den Bahnlinien, weiter drüben war die Mauer, wo genau, weiß ich nicht, nur dass sie da mal war. Hier fahren kaum Autos. Einer der Jugendlichen legt sich mitten auf die Straße. Die anderen schütten ihn mit Bier voll.
He Konrad, brüllen sie, willste 'ne Dusche …
Meine neuen Freunde, was, sag ich zu Moa, toll. Solche Freunde hab ich mir immer schon gewünscht. Mit denen ich richtig einen draufmachen kann.
Ich muss an Frede denken. Wir sind miteinander aufgewachsen. Sie, ein Jahr älter als ich, wohnte im Haus nebenan. Sie hat gesagt, sie schreibt mir, und vielleicht kommt sie mich besuchen. Aber ich glaub, sie hat Angst vor Berlin. Berlin ist sooo groß, hat sie gesagt, letzte Woche, als sie mir beim Packen geholfen hat, hast du keinen Schiss?
Ich hab den Kopf geschüttelt, obwohl ich schon Schiss hatte. Und wie. Ich bin noch nie U-Bahn gefahren, und

ich hab mich noch nie verlaufen. Das tut man in Berlin andauernd, sagt Frede.
Der Typ, den sie Konrad nennen, dreht sich auf den Bauch. Er macht Schwimmbewegungen auf dem Asphalt.
Du musst dich ja nicht gerade mit *denen* anfreunden, sagt Moa.
Ich kann sehen, was hinter ihrer Stirn vorgeht.
Rabenmutter, steht da riesengroß, und manchmal, wenn ich wütend bin, so wie jetzt, möchte ich ihr genau dieses Wort hinknallen. Rabenmutter! Erst hast du meinen Vater verlassen, und jetzt lässt du auch noch mich im Stich. Allein, hier, mit einer Handvoll durchgeknallter Jugendlicher! Und das nur, damit du deinen Willen durchsetzt. Damit du beweisen kannst, dass du auf eigenen Füßen stehst und nicht vor die Hunde gehst, wenn Papa nicht für dich sorgt.
Heute bin ich zu müde dazu. Ich lehne mich noch ein bisschen weiter aus dem Fenster und lass den Kopf nach unten baumeln, bis mir schwindelig wird. Die Jugendlichen trollen sich die Straße hinunter, ihre Stimmen hallen zwischen den Häusern.

Prenzlauer Berg. Altbau. Vierter Stock. Aufzug kaputt. Das haben sie in der Wohnungsanzeige natürlich vergessen … Als ich am nächsten Morgen mit Buster im Schlepptau immer zwei Treppenstufen auf einmal nehmend die Treppe hinunterlaufe, schneidet mir im dritten Stock ein Mädchen den Weg ab. Sie ist höchstens dreizehn, also mindestens zwei Jahre jünger als ich, blond

und sehr schmächtig, und sie trägt eine Zahnspange. So eine mit Bügel um den ganzen Kopf herum. Sie sieht verboten aus.
Hey, sagt sie freundlich, neu hier?
Sieht so aus, sage ich ziemlich barsch.
Ich wohne da, sagt sie und deutet hinter sich auf die angelehnte Wohnungstür, ich heiße Cindy.
Dabei streckt sie mir ihre Hand hin, die ich widerwillig schüttle.
Greta, sag ich, um nicht unhöflich zu sein. Ich habe fast den Verdacht, sie hat auf mich gelauert.
Du weißt schon, sagt sie, dass Hunde hier im Haus verboten sind.
Ich zucke mit den Schultern. Klar weiß ich das, aber meine Mutter hat gesagt, wenn wir ein bisschen aufpassen, kriegt das niemand mit. Buster bellt ja nicht, wieso auch, wenn er nichts hört. Moa hat gemeint, ich sollte mich bloß nicht vom Hausmeister erwischen lassen. Der wohnt im Hinterhaus, genau uns gegenüber, von unserem Küchenfenster aus kann man geradewegs in sein Wohnzimmer gucken. Der tut den ganzen Tag nichts anderes, als vor der Glotze zu hängen.
Da siehst du es, hat Moa gesagt, der ist kein Problem, der macht den ganzen Tag keinen Schritt vor die Tür.
Na und, sag ich zu Cindy, soll ich ihn notschlachten lassen oder was?
Buster sieht freundlich wedelnd zwischen uns hin und her, und Cindy zieht ihre kleine Stubsnase kraus.
Bist du immer so schlechtgelaunt?, sagt Cindy.
Nö, sag ich, nur wenn man mich volllabert.

Unten schlägt die Haustür, und jemand kommt pfeifend in den Flur.
Das ist der Hausmeister, sagt Cindy mit leichtem Triumph in der Stimme.
Wir beugen uns über das Treppengeländer. Tatsächlich. Der Hausmeister. Von oben sieht man nur seine Glatze, die er mit Strähnen seines fettigen Haars zu verbergen versucht. Er hat einen Besen und eine Kehrschaufel dabei. Als er den Blick nach oben wendet, ziehe ich schnell Buster vom Geländer weg.
He Cindy, du Rotzlöffel, brüllt er zu uns herauf, frag deinen Alten mal, ob er schon was von Mülltrennung gehört hat. Mülltrennung, verstehst du mich!
Ja, Herr Osinski, sagt Cindy, das kann ich ihn schon mal fragen, wenn ich ihn sehe.
Schmeißt da immer seine Scheißdosen in den Müll, der Herr Hauptkommissar …
Wenn ich du wäre, würde ich mit dem Hund aufpassen, flüstert Cindy, der macht immer montags das Treppenhaus sauber, sieh lieber zu, dass du verschwindest.
Bei der Polizei kennen die ja so was nicht, die feinen Leute, was, Cindy?, brüllt er wieder.
Cindy winkt mich hinter ihrem Rücken in die Wohnung. Jetzt tut es mir fast leid, dass ich vorhin so unfreundlich war. Aber mit Mädchen in ihrem Alter muss man höllisch aufpassen. Die sind wie Kletten. Ehe man sich's versieht, hat man sie an den Hacken und bekommt sie nicht mehr los. Junges Gemüse. Ich drücke mich durch den Türspalt in die Wohnung und zerre Buster hinter mir her.
Dass du mir ja nichts vollsabberst, schärfe ich ihm ein,

aber das könnte ich mir auch sparen, weil Buster immer sabbert, wo er geht und steht.
Okay, sag ich, vergiss es, wir tun einfach so, als wären wir es nicht gewesen.
Die Wohnung ist dunkel und kühl, überall hängen dicke Vorhänge vor den Fenstern, wegen der Hitze draußen. Bei uns gibt es noch keine Vorhänge, wahrscheinlich bin ich bis heute Abend verglüht, dann muss ich mir um Buster keine Sorgen mehr machen und um neue Freunde auch nicht.
Also tschüss dann, Herr Osinski, höre ich Cindy draußen sagen, schönen Tag noch.
Schönen Tag, schönen Tag, murrt er, mach du mal bei der Scheißhitze den Dreck anderer Leute weg …
Cindy schließt die Tür hinter sich und verdreht die Augen.
Der ist immer so schrecklich miesepetrig, flüstert sie, am besten, du gehst ihm aus dem Weg. Wenn er dich erst mal auf dem Kieker hat, ist das kein Spaß. So wie Konrad. Kennst du Konrad?
Ich schüttle wieder den Kopf, aber dann fällt mir ein, wer Konrad ist, der Beknallte, den sie gestern mit Bier vollgeschüttet haben.
Konrad ist so coool!, sagt Cindy und macht riesengroße Augen. Er wohnt ganz oben, unter dem Dach, bei seinem Betreuer, du weißt, was das bedeutet, und – sie macht eine bedeutungsschwere Pause – er war vorher in einem Heim für Schwererziehbare.
Was meinst du mit *Heim für Schwererziehbare*, frage ich, obwohl es mich nicht wirklich interessiert, aber solange

der Hausmeister da draußen im Flur herumkehrt, sitze ich ohnehin hier fest.

Na *Schwererziehbare!*, wiederholt Cindy, als wäre *ich* taub und nicht Buster. Da kommt man hin, wenn man etwas so Schlimmes ausgefressen hat, dass einen sogar die Eltern rauswerfen.

Sie macht wieder eine Pause.

Jetzt willst du bestimmt wissen, was, sagt sie dann.

Und was?, frage ich.

Na, das weiß ich auch nicht, sagt Cindy und senkt ihre Stimme wieder zu einem Flüstern, das weiß niemand hier. Er war einfach da, von heute auf morgen, mit einem alten Seesack voller Klamotten. Mehr hat er da oben nicht in seinem Zimmer. Kannst du dir das vorstellen? Nichts! Nur die Klamotten und eine Matratze, und die Wände malt er mit komischen Zeichen voll. Ich war mal oben. Aber nur einmal, denn der Konrad mag keinen Besuch.

Ich seufze innerlich. Vielleicht sollte ich jetzt klarstellen, dass ich auch keinen Besuch mag. Vor allem keinen von kleinen, dreizehnjährigen Kletten.

Und warum wohnt er mit seinem Betreuer zusammen?, frage ich halbherzig, eher um irgendetwas zu sagen, als weil es mich wirklich interessiert.

Weil er Geld dafür kriegt, sagt Cindy und sieht mich an, als wäre ich völlig unterbelichtet, der kriegt Geld vom Jugendamt dafür, damit er sich um ihn kümmert. Damit aus Konrad ein ordentlicher Mensch wird. Das hat mein Papa gesagt. Aber wenn du mich fragst: Ich glaube, das funktioniert bei Konrad nicht mehr. Da kann man sich noch so sehr anstrengen. Das wird nichts mehr.

Sagt das auch dein Papa?, frage ich und höre mit einem Ohr auf den Osinski im Treppenhaus.
Kann sich der nicht langsam vom Acker machen?
Nö, sagt Cindy, das sag ich. Aber ich würde das Geld auch nehmen. Ist doch leicht verdient, oder?
Solange es einen nicht stört, dass er die Wände vollschmiert und die Wohnung zumüllt, denke ich.
Wir schweigen einen Moment und lauschen beide auf die Geräusche, die von draußen zu uns hereindringen.
Igitt, sagt Cindy plötzlich, der sabbert ja alles voll.
Buster.
Willst du mich jetzt rausschmeißen?, frage ich böse.
Wir hören Osinski genau vor unserer Tür. Er haut beim Kehren absichtlich mit dem Besen dagegen.
Nein, nein, sagt Cindy eilig, ich bin nur eben reingetreten.
Wir sind beide still. Buster hechelt, aber da ist noch ein anderes Geräusch im Raum, etwas, das ich nicht einordnen kann.
Was ist das?, frage ich.
Es ist wie das leise Surren einer Klimaanlage. Falls Klimaanlagen surren.
Was meinst du?, fragt Cindy.
Das Geräusch, das Surren, sage ich.
Ach das! Cindy zieht mich am Arm in ein Zimmer.
Da ist es auch dunkel, nur vom Schreibtisch her kommt ein leicht bläulicher Schein.
Mein Computer, sagt sie stolz, der hat früher meinem Vater gehört, aber jetzt hat er einen besseren, und ich hab den gekriegt.

Sie tippt mit dem Finger auf die Leertaste, und der Bildschirmschoner verschwindet. Eine Seite öffnet sich, der Hintergrund ist ein in Rosa getauchtes Meer, ein Sonnenuntergang, Wellen bewegen sich auf den Bildschirmrand zu. In der Mitte schwebt ein schwarzes Kästchen, in dem immerfort Zeile um Zeile erscheint.
Du kannst dich setzen, wenn du magst, sagt Cindy.
Sie selbst sitzt schon.
Wieder da!, schreibt sie, und eine Sekunde später können wir lesen:
Püppchen privat an Ron/14: Wieder da!
Du nennst dich *Püppchen*?, frage ich einigermaßen entsetzt.
Cindy dreht sich auf ihrem Schreibtischstuhl zu mir herüber.
Jetzt hab dich nicht so, das ist doch nur für den Chat, und alle guten Namen waren schon weg.
Ein bisschen verlegen sieht sie aber schon aus.
Du chattest?, frage ich, und meine Stimme hört sich noch etwas entsetzter an.
Wo lebst du denn?, sagt Cindy, das tut doch jeder! Sag bloß, du hast noch nie!
Wieder tippt sie etwas in den Computer. *Püppchen gibt Ron/14 einen zärtlichen Kuss.*
Ron ist echt süß, sagt sie, den kenn ich schon fast zwei Monate.
Du, sag ich, ich verdrück mich mal wieder. Ich glaub, der Osinski ist fertig.
Ich taste mich durch das Dämmerlicht zur Wohnungstür. Vom Osinski tatsächlich kein Lebenszeichen.

Ich komm dich mal besuchen, schreit mir Cindy nach, ich klingle einfach, dann können wir länger quatschen.
Besser nicht, sage ich leise zu Buster, aber so, dass Cindy es nicht hört. Kleine Kröte!

Ich marschiere wild entschlossen, etwas zu erleben, Richtung U-Bahn-Station *Schönhauser Allee*, zu Fuß ungefähr fünfzehn Minuten. Mit Buster im Schlepptau eher zwanzig. Für ihn ist alles furchtbar aufregend, tausend verschiedene Spuren, er hebt kaum noch den Kopf und läuft mit der Nase am Boden, dabei macht er kleine Grunzlaute, wegen seinem platten Gesicht. Bei einem kleinen Park rucke ich an seinem Halsband, und Buster sieht mich ziemlich verwirrt an, als hätte er sich gerade eben daran erinnert, dass ich am anderen Ende der Leine hänge.
Hör mal, du Ferkel, sag ich, ich lass dich jetzt los. Aber Blickkontakt halten!
Ich sehe ihm fest in die Augen. Das ist das Problem mit Buster. Man kann ihn nicht rufen. Zu Hause auf den Feldern war das kein Thema. Da war ja nichts außer Gras, Getreide und ein paar Kaninchen. Wenn ich wollte, dass Buster kommt, dann musste ich nur mit den Armen rudern, bis er mich sah. Das hieß dann so viel wie *Komm her.* Aber hier?
Hocherfreut stürzt Buster davon, und mir wird ganz anders vor Angst, er könnte auf die Straße rennen.
Buster, Buster, sage ich leise, Blickkontakt!
Ab und zu sieht er wirklich her, läuft ein paar große Runden, dann kackt er mitten auf die Wiese, zwischen ein

paar Mädels, die dort in der Sonne braten. Ich tu so, als hätte ich nichts bemerkt. Scheiße! Ich will nach Hause! Ich muss daran denken, was die anderen gerade tun. Daheim. Wahrscheinlich sind sie beim Baden. Bei der Hitze. Ich seh Frede vor mir, nur im Bikini, wie sie zum Badesee radelt. Knallbraun. Neben ihr radelt Felix aus unserer Clique. In den sind wir beide verknallt, und aus Rücksicht auf die andere fangen wir nichts mit ihm an. Wir teilen ihn schwesterlich, zumindest die Vorstellung, wie es ist, ihn zu küssen.

Angerufen hat Frede nicht. Obwohl sie es versprochen hat. Hoch und heilig, dass sie mich gleich heute Morgen ganz früh anruft. Zwei Stunden bin ich im Bett gesessen und hab das Telefon angestarrt, und nichts ist passiert. Vielleicht ist ihr was zugestoßen, hab ich gedacht, vielleicht hat sie Blinddarmentzündung und ist im Krankenhaus. Da müsste ich ja wieder nach Hause, schließlich kann man seine Freundin nicht im Stich lassen. Ich hab dann selber angerufen. Fredes Mutter war dran.

Ist Frede da?, hab ich gefragt, und Fredes Mutter hat gesagt, dass sie schon seit einer Stunde weg ist, keine Ahnung wohin, und dann hat sie gesagt: Und, Greta, wie gefällt es dir da oben? In dem Moloch?

Dazu hat sie ganz komisch gekichert, und ich wusste nicht, was ich antworten soll. *Moloch.* Das hört sich ganz gruselig an, aber fragen wollte ich auch nicht, was das ist, ein Moloch, deswegen hab ich gesagt, die Frede soll mich bitte anrufen, wenn sie zurückkommt, ganz dringend, und Fredes Mutter hat noch mal gekichert. Dann hat sie aufgelegt. Blöde Kuh!

Als Buster zufällig an mir vorbeirennt, ergreife ich die günstige Gelegenheit und schnappe ihn am Halsband.

Wir müssen weiter, sag ich zu ihm.

So weit ist es schon. Einen Tag in Berlin, und niemand zum Reden außer einem tauben Hund. Das kann ja heiter werden.

Langsam schlendern wir weiter. Die Schönhauser Allee ist eine große Einkaufsstraße. Hier reihen sich Secondhandläden an Geschäfte, wo man billig Handys und anderen Krimskrams kaufen kann. *Jeder Artikel für 1 Euro* steht in riesigen Lettern über den Eingangstüren. Billiger geht es nicht! Mit Frede würde das hier sogar Spaß machen. Wir würden uns durch die Wühltische ackern und alberne Dessous kaufen. Strings, so klein, dass sie nicht mal einen Euro wert sind, und Lidschatten in Türkis und Pink. Allein hab ich keine Lust dazu. Bei einem türkischen Obstladen kaufe ich eine Schale Erdbeeren, dann überquere ich die Straße. Die U-Bahn schlängelt sich hoch über meinem Kopf, darunter ist anscheinend ein Treffpunkt für Punks und andere Jugendliche, die nicht wissen, wohin. So wie ich.

Ich setze mich auf eine Bank neben einen Imbissstand, wo man original Berliner Currywurst kaufen kann.

Na Mädchen, keine Currywurst?, ruft der Typ hinter dem Tresen und winkt mit einer Wurst.

Er ist so klein, dass er kaum über den Verkaufstisch reicht.

Ich schüttle den Kopf und halte meine Erdbeeren hoch. Currywurst – igitt! Über uns donnert die U-Bahn, deswegen kann ich nicht verstehen, was er noch alles sagt,

um seine Currywurst anzupreisen. Ich stecke meine Nase in die Erdbeeren, tu so, als wäre ich nicht da, und nehme den Typ in die Liste auf, was ich an Berlin nicht leiden kann. Auf Nummer eins: Cindy, die mir echt Sorgen bereitet. Nummer zwei, dass Moa keine Zeit für mich hat, weil sie arbeiten muss. Nummer drei, dass Frede nicht da ist, und Nummer vier: Typen, die einen vollquatschen wie der Wurstverkäufer. Und dann vielleicht Konrad, überlege ich, denn der kommt nämlich gerade über die Straße geschlurft. Er sieht aus, als hätte er die ganze Nacht kein Auge zugetan und außerdem in seinen Klamotten geschlafen. Ich verstehe überhaupt nicht, warum Cindy ihn so *coool* findet. Er schafft es über die Straße, ohne von der Tram und den Autos überfahren zu werden, obwohl die Fußgängerampel auf Rot steht und er kein bisschen schneller geht, als Autofahrer ihn böse anhupen. Er schlurft zur Imbissbude und bestellt eine Currywurst.
Darf ich raten: Du hast wieder kein Geld dabei, sagt der kleine Typ hinter dem Tresen und macht dazu ein ziemlich genervtes Gesicht.
Was Konrad erwidert, verstehe ich leider wieder nicht, obwohl ich meine Ohren spitze, weil gerade die nächste U-Bahn einfährt.
Mikesch, Mikesch, Mikesch, ich höre immer nur *Mikesch*, der Kerl kann einem langsam leidtun, sagt der Kleine und klatscht wütend die Currywurst auf einen Pappteller, das macht ein ekliges schmatzendes Geräusch.
Nummer fünf auf der Liste: Currywurst, im Speziellen die glibberige Soße.
Mit einer abfälligen Geste dreht Konrad sich um und ba-

lanciert seinen Wurstteller und eine Dose Cola zu mir herüber. Klar, ich sitze auf der einzigen Bank, trotzdem könnte er fragen, bevor er sich neben mich setzt. Tut er natürlich nicht. Unsere Blicke kreuzen sich für einen winzigen Moment, dann rutsche ich mit Buster und den Erdbeeren an die äußerste Kante. Aus den Augenwinkeln beobachte ich, wie er die Wurststückchen in die Soße tunkt und danach in den Mund schiebt. Jeden Bissen spült er mit einem Schluck Cola hinunter. Ich möchte gar nicht dran denken, wie das Ganze in seinem Magen aussieht. Meine Mutter hat früher immer gesagt, das soll man sich vorstellen, bevor man etwas Ungesundes isst. Sie ist so der Typ Müsli, Trennkost und Säure-Basen-Gleichgewicht, sie würde zum Beispiel niemals zu McDonald's gehen. Meine Mutter, alleine auf einer einsamen Insel, mit nichts zu essen als ein McDonald's. Da würde sie lieber verhungern. Verhungern oder Moos und Flechten essen.
Bevor ich meine Gedanken über meine verhungernde Mutter auf einer Südseeinsel zu Ende spinnen kann, läuft noch jemand über die Straße, bei Rot, und ich muss kurz die Luft anhalten, weil er tatsächlich beinahe von der Tram erfasst wird, im letzten Moment springt er auf den Randstein, dann schlendert er zu uns herüber.
Mikesch, Konrads Betreuer. Der Typ, der mit ihm zusammenwohnt.

Mikesch zahlt Konrads Currywurst, dann unterhalten sie sich über Konrads Lehrstelle, über die Wohnung, über Geld und über Konrads Eltern. Nein eigentlich unterhalten sie sich nicht. Mikesch redet, und Konrad starrt vor sich auf seinen leeren Currywurstteller. Mit dem Zahnstocher malt er Muster in die Soße. Ab und zu nickt er oder schüttelt den Kopf, und manchmal sagt er Ja oder Nein. Das scheint Mikesch nichts zu machen. Ihm ist egal, wie unfreundlich Konrad ist. Er hat eine angenehme, sanfte Stimme, und beim Reden bewegt er seine Hände, die sind schlank und blass, und auf den Oberseiten kann man die Adern sehen. Ich kann gar nicht fassen, wie viel Geduld er mit Konrad hat. Mich würde dieser Kerl in den Wahnsinn treiben. Als Erstes würde ich ihm seinen Currywurstteller wegnehmen. So viel ist klar. Und dann würde ich ihn schütteln. Mikesch scheint an so etwas nicht zu denken. Anscheinend hat Konrad seine Lehrstelle geschmissen. Er ist einfach nicht mehr hingegangen, von einem Tag auf den anderen.

Hatte kein Bock mehr, sagt er.

Das ist der längste Satz, den er rausbringt. Meine Mutter würde mir vielleicht was erzählen, wenn ich einfach nicht mehr zur Schule ginge. Dagegen ist Mikesch ja Zucker. Er versucht rauszukriegen, warum Konrad das alles gemacht hat, und er ist auch kein bisschen böse auf ihn. Am Schluss seufzt er nur und sagt, na ja, wir werden etwas anderes finden. Dann dreht er sich zu mir herum.

Guter Hund, sagt er zu Buster und streckt ihm die Hand hin, ist er taub?

Ich sehe Mikesch überrascht an, und Buster leckt ihm hocherfreut die Finger ab, das macht er immer, wenn er glücklich ist, dass man ihn beachtet. Ich glaube, Buster würde sogar den schäbigsten Einbrecher freundlich begrüßen.

Ja, er ist taub, sage ich, woher wissen Sie das?
Albinos, so wie dein Hund, sind oft taub, sagt er und sieht mich dabei lange an.
Er hat unglaubliche meergrüne Augen mit dunklen Sprenkeln, und um sein Gesicht kringeln sich braune Locken. Schokobraun.
Traurig, oder?
Ich zucke mit den Schultern und höre, wie Konrad genervt einatmet. Ich finde, Buster hat es ganz gut erwischt, auch wenn er taub ist.
Meine Mutter hat ihn in einer Mülltonne gefunden, sag ich, *das* finde ich traurig. Seine Besitzer haben ihn weggeworfen, als er noch ganz klein war.
Die U-Bahn rattert so laut über unseren Köpfen, dass ich nicht sicher bin, ob Mikesch mich überhaupt hören kann, die Locken fallen ihm ins Gesicht, und er sieht ganz jung aus, obwohl er bestimmt schon dreißig ist oder so. Uralt jedenfalls.
Wir haben ihn dann Buster genannt, rede ich weiter, wegen Dolly Buster, die hat doch auch weiße Boxer …
Konrad wirft mir einen vernichtenden Blick zu. Vernichtend und überheblich. *Labertasche*, heißt das, und ich beiße mir auf die Lippen und springe auf. Was rede ich hier überhaupt, das geht doch gar niemand etwas an.
Ich muss jetzt los, sag ich schnell.
Hat mich gefreut, sagt Mikesch und streckt mir seine Hand hin, aber ich dreh mich einfach um, ich will nach Hause. Richtig nach Hause. Zu Frede und der Clique und zu meinem Vater.

Parzival

Bevor er schlafen musste, beteten sie gemeinsam. Er und seine Mutter. Sie beteten das *Vater Unser*, und am Schluss sagte seine Mutter: Gott schütze mein Kind, den Onkel und die Tante, da presste er die Lippen aufeinander.
Der liebe Gott soll den Onkel und die Tante nicht schützen, sagte er leise.
Aber warum denn, sagte sie, wo sollen wir denn hin, wenn sie nicht mehr sind?
Sie hatte die Vorhänge zugezogen, damit es dunkel in der Stube war. Trotzdem konnte er ihr Gesicht erkennen und ihr weiches, blondes Haar, es fiel über ihre Schulter, und wenn sie sich zu ihm herunterbeugte, kitzelte es seine Stirn.
Ich mag sie nicht leiden, flüsterte er.
Er flüsterte, damit sie ihn nicht hören konnten.
Der Onkel humpelte im Haus herum. Er hatte ein Holzbein. *Klack. Klack. Klack.* So humpelte er über den Dielenboden. Er gruselte sich vor dem Holzbein, vor dem Stumpf, an dem das Holzbein festgemacht war. Einmal hatte er heimlich zugesehen, wie der Onkel das Bein gerade festschnallte. Der Stumpf sah aus wie alter Käse.

Schlaf mein Kleiner, sagte die Mutter und nahm ihn fest in den Arm.
Sie roch nach Sonne und Milch und Heu.

Wenn er sich jetzt in seinem Bett herumwälzt, hat er den Geruch in der Nase. Sonne und Milch und Heu. Früher konnte er nie schlafen, bis sie ins Bett kam, bis er spürte, wie die Matratze unter ihrem Gewicht nachgab. Auch jetzt kann er nicht schlafen. Er starrt an die Decke. Die Luft ist zu heiß in seinem Dachzimmer.
Der Computer surrt, und Schriftzeichen huschen ohne Unterlass über den Bildschirm.

Greta

Eine Dose Ravioli warm zu machen, ist nicht schwer. Man braucht einen Dosenöffner und einen Herd und natürlich einen Kochtopf. Man öffnet die Dose und lässt den roten Inhalt in den Topf blubbern, das ist auch nicht gesünder als Currywurst, und es schmeckt auch nicht besser. Dann dreht man den Herd auf kleine Flamme, was so viel bedeutet wie Stufe eins, wenn es drei Stufen gibt, oder Stufe drei, wenn es zwölf Stufen gibt. Dann muss man vor dem Topf stehen bleiben, warten und ab und zu umrühren. Wenn man versehentlich den Fernseher einschaltet oder anfängt ein Buch zu lesen, brennt das ganze Zeug an, und man kann die Ravioli samt Topf wegwerfen. Moa hätte früher niemals zugelassen, dass ich Ravioli esse. Sie hätte Gemüseburger gemacht oder Feldsalat mit Kürbiskernen oder Kartoffelbrei mit Spinat. Aber niemals Ravioli. Sie hat immer abends gekocht, damals, weil da mein Vater aus der Praxis kam. Mein Vater ist Arzt. Bei uns auf dem Land heißt er *der Herr Doktor*, und alle finden ihn ganz schrecklich toll, weil er alle möglichen Leute wieder gesund macht. Sogar Leute, die gar nicht richtig krank sind, sondern einsam, oder denen nur langweilig ist. Ich fand das früher auch toll. Eigentlich finde ich das immer noch toll, und ich verstehe nicht, warum Moa unbedingt wegwollte. Im letzten Jahr haben sie oft gestritten. Ich konnte von der Treppe aus zuhören, im Flur war es dunkel, nur aus der Küche drang ein Lichtschimmer heraus. Sie stritten, während Moa den Abwasch machte, ich konnte hören, wie wütend sie war. Wenn sie wütend ist, macht Moa Lärm. Sie knallt die Töpfe ins Spülwasser und haut Schranktüren zu, sogar ihre Schritte sind laut, wenn sie herumläuft, und um sie herum ist eine wütende Wolke. Luft, die mit ihrem Zorn aufgeladen ist. Moa hat immer gesagt, *es gibt immer nur dich, dich, dich!* Damit hat sie meinen Vater gemeint. Und mein Vater hat meistens gar nichts gesagt und wenn, dass er erschöpft und die ganze Sache leid ist. Daran denke ich, während ich in den Ravioli rühre, und daran, dass Moa nicht nach Hause kommt, weil sie auf einen wichtigen Empfang muss. Seit wir in Berlin sind, ist alles wichtig, was sie tut. Sie lernt wichtige Leute kennen, muss wichtige Gespräche führen und sich an wichtigen Orten mit wichtigen Geschäftspartnern treffen. Dass ich Ravioli essen muss, ist nicht mehr wichtig, und dass ich Ferien hab und die meiste Zeit mit Buster in der Wohnung rumhänge.

Die Tage schleichen. Gestern hab ich Vorhänge gekauft, Tücher aus roter Seide aus einem indischen Laden, vorne an der Schönhauser Allee. Seit die Vorhänge da sind, kann man es wenigstens tagsüber in meinem Zimmer aushalten, sie sperren die Sonne aus und färben die Wände, mein Bett und Buster und mich rot. Ich hab die Tücher mit Reißzwecken vor die Fenster gepinnt, und

Moa hat gesagt, sie findet es toll, wie kreativ ich seit neuestem bin. *Kreativ!*
Osinskis Fernseher flimmert und wirft bläuliche Schatten an die Hauswand. Moa hat recht, man kann ihm tatsächlich aus dem Weg gehen. Am Montag macht er das Treppenhaus sauber, schiebt die Mülltonnen zur Straße und entsorgt die Räder, die im Hinterhof länger als eine Woche stehenbleiben. Keine Ahnung, wo er sie hinbringt, jedenfalls macht er sie mit einem Bolzenschneider los, wenn sie angekettet sind. Ich hab kein Rad, mein Rad steht zu Hause im Keller, also muss ich mich deswegen nicht mit ihm anlegen. Die restlichen Tage der Woche bleibt der Herr Osinski in seiner Wohnung. Vormittags laufen Talkshows, dann die Gerichtssendungen und abends die Serien. Manchmal bleibt er den ganzen Tag im Bademantel auf dem Sofa und trinkt ein Bier nach dem anderen. So wie jetzt. Vielleicht wird man so, wenn man lange genug hierbleibt und sich niemand um einen kümmert. Ich sehe mich schon gemeinsam mit dem Osinski auf der Couch. Ich werde ihn fragen müssen, wo er den scheußlichen Bademantel herhat.
Es klingelt an der Tür, mehrmals hintereinander, das hört sich seltsam schrill an in der leeren Wohnung, Moa hatte noch keine Zeit, Bilder aufzuhängen und die Kisten richtig auszupacken, deswegen hallt alles ganz komisch. Beim vierten Klingeln bin ich an der Tür. Ich linse durch den Spion, das hat Moa mir eingeschärft. Wenn wir einen vernünftigen Hund hätten, wäre das nicht nötig, aber Buster würde wahrscheinlich seelenruhig weiterschlafen, während mir ein Einbrecher den Hals umdreht.

Es ist kein Einbrecher, sondern Cindy. Sie winkt fröhlich Richtung Spion.

Ich weiß, dass du da bist, komm, mach schon auf!, schreit sie laut, damit ich sie auf jeden Fall hinter der Tür hören kann. Mir bleibt also nichts anderes übrig.

Hey, sagt sie und drängt sich an mir vorbei in die Wohnung, das war heute in unserem Postkasten, da hat sich der Briefträger anscheinend im Kasten geirrt.

Sie drückt mir eine Postkarte in die Hand.

Ist von deinem Vater. Der ist auf Mallorca. Hast du das gewusst? Zielstrebig läuft sie Richtung Küche.

Ich glaube es nicht. Empört starre ich auf die Karte in meinen Händen.

Vom Postgeheimnis hast du noch nichts gehört, was?, schreie ich ihr hinterher.

Sie ist tatsächlich von meinem Vater. Vorne drauf eine azurblaue Meeresbucht, Felsen und Büsche mit riesigen rosa Blüten. Kitschig.

Mäuschen, schreibt er. So nennt er mich immer, wenn er ein schlechtes Gewissen hat.

Mäuschen, ich musste ein paar Tage hier weg, jetzt, wo ihr nicht mehr da seid.

Ich habe ein tolles Hotel, das würde dir sicher gefallen.

Dein Vater

Na prima. Mein Vater vergnügt sich auf Mallorca, während ich hier rumsitze und von dreizehnjährigen Gören belästigt werde. Hoffentlich holt er sich wenigstens den Sonnenbrand seines Lebens. Mein Vater ist nämlich hellblond mit sehr heller Haut. An manchen Stellen hat er Pigmentstörungen, da ist seine Haut richtig weiß. Das

blonde Haar habe ich von ihm, aber Gott sei Dank werde ich schnell braun, so wie Moa.
Postkarten darf man lesen, sagt Cindy, das hat unser Postbote gesagt.
Sie steht in der Küchentür, mit einem Teller Ravioli in der Hand.
Ich darf doch, sagt sie, die wären übrigens beinahe angebrannt, kannst froh sein, dass ich nachgesehen habe. Keine Angst, ist noch genug übrig. Mmmmh, Ravioli sind meine Leibspeise …
Wortlos hole ich mir einen Teller aus dem Küchenschrank, die Postkarte falte ich zusammen und schiebe sie in meine Hosentasche.
Du bist doch nicht sauer?, sagt Cindy und sieht mit einem Mal so jämmerlich aus, dass selbst ich Mitleid mit ihr bekomme.
Deshalb schüttle ich den Kopf und schaufle mir Ravioli auf den Teller. Sie sind tatsächlich beinahe angebrannt. Draußen ist es mittlerweile richtig dunkel, nur Herrn Osinskis Wohnung ist erhellt, man kann seine nackten Waden und Füße in Pantoffeln sehen und den Bademantel, der bis zu den Oberschenkeln aufklafft. Sein Gesicht sehen wir nicht, das liegt im Schatten.
Iiih, gruselig, sagt Cindy und späht über meine Schulter, du hast ja den besten Blick zum Osinski. Ich will gar nicht wissen, was er da guckt.
Was soll er denn schon gucken?, sag ich.
Ich finde den Osinski nicht besonders gruselig. Eher traurig, weil er keine Familie hat und den ganzen Tag nichts zu tun.

Naja, versautes Zeug natürlich, sagt Cindy, oder Sachen mit Leichen … brrr.
Sie schüttelt sich am ganzen Körper und stellt ihren Teller auf dem Fensterbrett ab.
Weißt du, manchmal beim Chatten, da gibt es Leute, die wollen über ganz komische Sachen reden, da denke ich mir immer, das könnte jetzt der Herr Osinski sein.
Über was wollen die reden, hake ich nach und sehe Cindy von der Seite an.
Sie grinst verlegen und fischt nach ihrem letzten Ravioli.
Na, sie wollen zum Beispiel über Brüste reden, sagt sie, oder ob man schon mal, du weißt schon was, getan hat.
Der Osinski hat wahrscheinlich gar keinen Computer, sage ich, und in meinem Kopf schwirrt alles durcheinander. Natürlich wusste ich, dass man sich im Internet nackte Frauen ansehen kann, wenn man das will, aber mir war nicht klar, dass es Verrückte gibt, die mit jungen Mädchen über Brüste reden wollen. Brüste!
Das weiß ich doch, sagt Cindy ärgerlich, ich meine ja nur, dass ich mir die Typen so vorstelle.
Wir starren beide gebannt zum Osinski hinunter, er zieht gerade seine Pantoffeln aus und reibt seine Zehen aneinander. So sehen die also aus, die Leute, die über Brüste reden wollen, denke ich, igitt!
Und was machst du dann, wenn jemand mit dir über Brüste reden will?, frag ich, ohne den Osinski aus den Augen zu lassen.
Man darf mit denen gar nicht reden, sagt Cindy, meistens

breche ich ab und logge mich aus, aber andere sind so doof und bleiben drin. Die wollen sich dann auch treffen, und man darf nie jemand aus dem Netz wirklich treffen.
Ich bin beeindruckt. Cindy kennt sich anscheinend richtig gut aus, nicht wie ich Landei, die gerade mal einen lächerlichen Computerkurs belegt hat. Meine Mutter hat natürlich einen Laptop, wegen der Arbeit, und ab und zu haben Frede und ich ihn eingeschaltet, um Computer zu spielen oder wegen Schularbeiten im Netz zu recherchieren. Aber in Chatrooms waren wir nie. Darauf sind wir gar nicht gekommen. Wir hatten ja uns. Und die Clique.
Woher weißt du das denn alles?, frag ich.
Ach, das lernt man eben so, sagt Cindy ausweichend. Sie trägt den Teller zur Spüle und lässt Wasser darüberlaufen, von hinten sieht sie sehr schmal und klein aus.
Ich bin schon immer viel allein, weißt du, mein Vater arbeitet, und meine Mutter ist nicht mehr da, und wenn mir langweilig ist, geh ich eben ins Internet. Sie dreht sich zu mir herum. Da ist immer jemand. Tag und Nacht.

Die Postkarte hab ich auf den Küchentisch gelegt, mit der beschriebenen Seite nach oben, damit meine Mutter sie in jedem Fall findet, wenn sie in der Früh in die Küche kommt. Ich habe sie gestern spät nach Hause kommen hören, auf meinem Radiowecker war es fast schon drei Uhr morgens, und ich hab sie nur gehört, weil sie so einen Radau gemacht und mich damit geweckt hat. Sie ist gegen irgendetwas gestoßen, vielleicht gegen eine der

Kisten im Flur, und es hat sich angehört, als wäre jede Menge Glas zerbrochen.

Pssst, Buster, guter Hund, hat sie gesagt, denn Buster ist anscheinend auch wach geworden und hat gewinselt und ist im Gang herumgesprungen.

Jetzt sitzt sie in der Küche mit einer bekleckerten Kaffeetasse vor sich auf dem Tisch und sieht verkatert und übernächtigt aus, aber ich will sie nicht fragen, wo sie noch so lange war. Ich glaube nämlich nicht, dass ihr wichtiger Empfang so lange gedauert hat. In den Händen hält sie die Postkarte, sie dreht sie zwischen den Fingern, bis die rosa Blüten auf dem Kopf stehen.

Dein Vater ist ein beschissener Egoist, sagt sie, anstatt mir einen guten Morgen zu wünschen, als ich nur in T-Shirt und Boxershorts verschlafen in die Küche tapse.

Darauf sage ich gar nichts. Ich konnte es noch nie leiden, wenn Moa über meinen Vater schimpft und umgekehrt. *Dein Vater tut dies, dein Vater tut das …* früher habe ich oft Partei ergriffen, für Moa, weil sie so oft geweint hat, und ich dachte, ich könnte sie trösten, wenn ich nur auch gemein zu meinem Vater bin. Das hat natürlich gar nichts geholfen. Moa war weiter traurig, und mein Vater war sauer auf mich. Langsam habe ich das Gefühl, es ist das Beste, wenn man sich aus allem raushält, sollen die Erwachsenen das doch alleine regeln.

Ich hole eine Dose Hundefutter für Buster aus dem Küchenschrank und schütte mir Müsli in eine Schale. Buster weiß immer, wann es Essen gibt, sobald die Dose offen ist, kommt er sabbernd in die Küche. Dafür hat er einen untrüglichen Instinkt. Er setzt sich auf seine

Hinterkeulen und wedelt wie verrückt mit seinem Stummelschwanz, und wenn ich ihm seine Schüssel hinstelle, ist sie in Sekundenschnelle leer. Fünf Minuten später hat er dann längst vergessen, dass er schon gefrühstückt hat.

Kein Wort davon, wie es uns geht, sagt Moa erbost, Hauptsache, er macht Urlaub, und früher hat er nie Urlaub gemacht. Waren wir auch nur einmal auf Mallorca? Oder in Rimini? Keine Zeit, zu viel Arbeit, immer eine andere Ausrede.

Mittlerweile bereue ich es, die Karte auf den Tisch gelegt zu haben. Ich hätte mir ja denken können, dass sie so reagiert.

Moa, sag ich, ohne auf die Sache mit Papa einzugehen, wann musst du mal nicht arbeiten?

Sie nippt an ihrem Kaffee und weicht meinem Blick aus.

Ach mein Schatz, sagt sie dann, du weißt doch, dass ich erst Fuß fassen muss. Es ist furchtbar wichtig, dass die in der Redaktion merken, dass ich engagiert bin und gute Arbeit leiste … Aber weißt du was? Nächstes Wochenende, da hab ich bestimmt Zeit. Wir können zum Wannsee rausfahren und baden oder in den Zoo. Auf was wir Lust haben. Und abends gehen wir schick essen. Wir können Sushi ausprobieren oder was Indisches. Ich versprech's dir!

Ich nicke. Am Wochenende, na ja, die Zeit bis dahin werde ich schon rumkriegen.

Es ist ein bisschen langweilig für dich, oder?, sagt Moa, aber das wird anders, wenn erst die Schule wieder losgeht

und du in eine neue Klasse kommst. Da wirst du dann gut auf deine alte Mutter verzichten können.
Sie sieht auf die Küchenuhr, die ich über der Arbeitsplatte aufgehängt habe.
Herr im Himmel, sagt sie, schon so spät. Jetzt muss ich aber los.
Sie schiebt die Postkarte über den Tisch zu mir herüber.
Tu mir einen Gefallen und räum die weg. Ich krieg Sodbrennen, wenn ich nur an deinen Vater denke.
Dann ist sie weg. Ich höre die Tür schlagen und ihre Absätze über die Treppe hinunterklappern.
Wenn die Schule wieder losgeht. Bis dahin ist es noch ewig. Außerdem gruselt mir vor der neuen Klasse. Vielleicht kann mich niemand leiden, und ich bin die Außenseiterin, die immer alleine auf dem Pausenhof rumsteht.
Jetzt mal den Teufel nicht an die Wand, Greta, sage ich laut zu mir selbst, damit ich auf andere Gedanken komme.
Und du könntest mich auch aufheitern, sage ich zu Buster. Aber der liegt nur da und lässt sich die Morgensonne auf das Fell scheinen.

Weil ich nichts Besseres zu tun habe, sehe ich die Kisten im Flur durch. Bei der letzten werde ich fündig, die hat meine Mutter in der Nacht umgestoßen, es ist die Kiste mit den guten Weingläsern und dem Porzellan für Ostern und Weihnachten. Alles kaputt. Mir ist das ja egal, aber Moa wird vielleicht fluchen. Ich sehe uns beide noch deutlich vor mir, beim Packen vor knapp zwei Wochen.

Ich war stinksauer und beleidigt, weil ich viel lieber mit Frede und der Clique zum Baden gegangen wäre. Vor allem wegen Felix. Der hat mich nämlich am Abend zuvor ganz komisch angesehen, und beim Abschied am Gartentor hat er mich ganz kurz umarmt.
Bis morgen dann, hat er gesagt, und ich konnte die ganze Nacht nicht schlafen, vor Aufregung, ihn wiederzusehen. Stattdessen musste ich dann Kisten packen und Geschirr in Seidenpapier wickeln. Ganz vorsichtig, damit nichts kaputtgeht. Gemeinsam knieten Moa und ich auf dem Fußboden, jeder mit einem Packen Seidenpapier auf dem Schoß, und Buster lag lang ausgestreckt auf den kühlen Fließen.
Du wirst sehen, sagte Moa, ohne dabei mit dem Einwickeln aufzuhören, es wird ohnehin schwierig, den Kontakt zu der Clique aufrechtzuhalten. Wir wohnen dann fast sechshundert Kilometer weit weg von hier.
Sie bemerkte gar nicht, was ihre Worte anrichteten. Frede und ich hatten uns geschworen, beste Freunde zu bleiben, und alleine der Gedanke, das alles zu verlieren, Frede, Felix, die Clique und mein Zuhause, versetzte mich in Angst und Schrecken.
Danke für dein Verständnis, sagte ich böse und stopfte die Tasse, die ich gerade eingewickelt hatte, zornig in die Kiste. Dir ist es ja sowieso egal, wie es mir geht, wenn wir hier wegziehen!
Ich fegte das Seidenpapier von meinen Knien und sprang auf, ich wusste gar nicht, ob ich vor Wut lieber alles kaputtschlagen wollte oder ob mir einfach nach Heulen war. Beim Rausrennen war es dann doch Heulen. Ich

konnte Moa hören, wie sie mir nachbrüllte, ich solle doch hierbleiben, so wäre das doch nicht gemeint gewesen, aber ich rannte einfach weiter, die Straße hinunter, mit Buster an den Fersen.

Deswegen triumphiere ich sogar ein bisschen, weil das blöde Geschirr jetzt kaputt ist. Ich versuche, den Karton anzuheben, der ist natürlich sauschwer, aber ich schaffe es trotzdem. Mit aller Kraft balanciere ich ihn zur Haustür und drücke mit dem Ellbogen die Klinke hinunter. Barfuß taste ich mich die Treppen hinab. Wenn ich nur ein bisschen vernünftig wäre, würde ich auf Moa warten, aber ich möchte den Karton *jetzt* entsorgen, als ob ich damit auch diesen Nachmittag in den Müll werfen könnte und meine ganzen Gedanken, die sich seitdem in meinem Kopf breitmachen.

Frede hat immer noch nicht angerufen und auch kein anderer aus der Clique. Vor allem Felix nicht. Es sieht ganz so aus, als hätte Moa recht behalten. *Aus den Augen, aus dem Sinn.* Das hätte ich niemals von Frede gedacht. Niemals.

Unten angekommen, muss ich nur noch die paar Schritte über den Hinterhof, bis zu den Müllcontainern, und dann den Deckel hochschieben, dazu klemme ich den Karton zwischen Container und Hüfte, damit ich eine Hand frei habe. Ein empörter Schrei lässt mich herumfahren.

Mann, Herr Osinski, sage ich, sie haben mich beinahe zu Tode erschreckt!

Der Osinski steht genau hinter mir, in seinem hässlichen Bademantel, und starrt misstrauisch auf den Karton, der

wackelt gefährlich hin und her, lange kann ich ihn nicht mehr auf meiner Hüfte balancieren.
Was ist da drin?, fragt der Osinski und lüftet mit spitzen Fingern den Deckel.
Wie ich mir gedacht habe, junges Fräulein, sagt er, sagt dir diese Aufschrift etwas?
Jetzt muss ich den Karton doch abstellen, vorsichtig und mit lahmen Armen lasse ich ihn den Container hinunterrutschen.
Restmüll, sagt der Osinski genüsslich, das bedeutet, kein Altglas. Ein Altglascontainer befindet sich Ecke Norwegerstraße auf der linken Seite.
Ecke Norwegerstraße. Ich kann es nicht glauben. Er verlangt tatsächlich von mir, dass ich den zentnerschweren Karton kilometerweit schleppe.
Das geht nicht, Herr Osinski, sage ich höflich, der Karton ist viel zu schwer.
Das ist dem Osinski natürlich egal. Er zuckt nur mit den Schultern.
Hier kann er jedenfalls nicht rein. Entweder du entsorgst das Glas im Altglascontainer oder du nimmst den Karton wieder mit rauf.
Mit unerbittlichem Gesichtsausdruck stellt er sich vor den Container, damit klar ist, dass an dieser Ansage nicht zu rütteln ist. In diesem Moment verlässt Mikesch unser Haus, er hat eine kleine Aktentasche dabei und sieht sehr geschäftsmäßig aus. Am liebsten würde ich den Osinski mitsamt dem Karton einfach stehenlassen und auf allerschnellstem Weg nach oben rennen, so peinlich finde ich es, dass Mikesch mich hier sieht. Mit dem Osinski

vor dem Müllcontainer, und dann auch noch in dem Aufzug.
Guten Morgen, Herr Osinski, sagt er beim Näherkommen, gibt's ein Problem?
Osinskis Miene verfinstert sich.
Der Herr Betreuer, knurrt er.
Er stößt mit dem Fuß gegen meinen Karton, damit man das Glas darin klirren hört.
Die junge Dame meint, sie könnte ihr Altglas einfach in meinen Container werfen. Alle in diesem Haus glauben, sie könnten tun und lassen, was sie wollen. Vor allem der Kerl, ihr feiner Mitbewohner. Sie brauchen nicht glauben, dass ich nicht mitkriege, was der in seinem Zimmer alles treibt.
Mikesch sieht amüsiert zwischen uns beiden hin und her, dann bleibt sein Blick an mir hängen.
Wir kennen uns doch, sagt er und verengt die Augen, als müsste er tief in seinen Gehirnwindungen nach unserer Begegnung kramen.
Du bist das Mädchen mit dem weißen Boxer, sagt er, und mir bleibt beinahe das Herz stehen.
Ich will gar nicht daran denken, was passiert, wenn der Osinski das mit Buster rauskriegt, wenn er schon wegen ein paar zerbrochenen Gläsern so einen Aufstand macht.
Ich weiß nicht, wovon Sie sprechen, sage ich deshalb, wir sind uns noch nie zuvor begegnet, und ich bin auch nicht das Mädchen mit dem weißen Boxer.
Dann schultere ich, so würdevoll es geht, meinen Karton. Besser, ich trage ihn wieder hinauf, als hier unten zu ris-

kieren, dass Mikesch sich noch einmal verplappert. Ich höre schnelle Schritte hinter mir.
Warte doch mal, sagt Mikesch und hält mich an meinem T-Shirt fest, ich bin ganz sicher, dass du …
Ich drehe mich unwirsch zu ihm um.
Kein Wort mehr über Buster, flüstere ich, und Mikesch macht große Augen.
Über Mikeschs Schulter kann ich sehen, wie der Osinski seinen Hals verrenkt, damit er nichts von unserem Gespräch verpasst. Ich wette, ihm entgeht nichts, was hier passiert, wahrscheinlich steht er nachts mit dem Fernglas in seiner verdunkelten Wohnung und sieht sich fremde Wohnungen an. Seine dritte Lieblingsbeschäftigung, nach Fernsehen und friedliche Hausbewohner schikanieren.
Ah, er weiß nichts von dem Hund, flüstert Mikesch zurück, dann setzt er eine verschwörerische Miene auf.
Alles klar, sagt er laut, ich werde den Karton mitnehmen, das ist gar kein Problem, mein Auto parkt genau vor dem Hof.
Ohne meine Antwort abzuwarten, nimmt er mir den Karton ab.
Bis dann, flüstert er und zwinkert mir zu.

Parzival

Er glaubte, die Welt endet hinter dem Wald. Oft war er mit seiner Mutter in diesem Wald. Sie stahlen sich gemeinsam fort, die Wiese hinter dem Haus hinunter, die letzten Meter rannten sie, er am Arm seiner Mutter, beide atemlos.
Sie gingen mittags, wenn der Onkel auf der Küchenbank einnickte. Manchmal erwischte er sie trotzdem, dann wurde er furchtbar böse.
Er sagte, es wäre besser gewesen, sie beide zu ertränken, so wie er es mit den jungen Katzen tat. Seine Mutter weinte oft wegen den Katzen.
Im Wald war es dunkel und kühl. Selbst im Sommer dämpften die hohen Tannen das Sonnenlicht. Sie zeigte ihm die versteckten Wege, die nur mehr Wildwechseln glichen, und passte auf, dass sie sich nicht im endlosen Gewirr von Zweigen und Wurzeln verirrten. Wenn er müde wurde, trug sie ihn. Er klammerte sich an ihre Schultern und verbarg sein Gesicht in ihrem Haar.
Irgendwann gehen wir nicht mehr zurück, sagte sie.
Aber wo sollten sie denn hin?
Er glaubte, sie wären die Einzigen in diesem Wald und auf der ganzen Welt.

Greta

Anscheinend hat Mikesch noch keine neue Lehrstelle für Konrad gefunden, und es hört sich an, als würde Konrad nichts anderes tun, als den ganzen Tag in der Dachwohnung sitzen und Musik hören, während Mikesch nicht da ist und sich vielleicht um andere schwererziehbare Jugendliche kümmert. Er hört die Musik in ohrenbetäubender Lautstärke. Das ist besonders nervig, weil ich in der Wohnung darunter sitze. Er hört irgendeine seltsame Mischung aus Punk und Heavy Metal, eine Kombination, die mir die Haare zu Berge stehen lässt.
Sei froh, dass du nichts hörst, sage ich zu Buster.
Er sieht mich aufmerksam an und legt den Kopf schief, als ob er sich Mühe geben würde, von meinen Lippen abzulesen. In der Früh, bevor es richtig heiß wurde, war ich schon mit ihm joggen. Wir sind die mit unzähligen Schlaglöchern übersäte Straße an den S-Bahn-Gleisen entlanggelaufen, bis hinüber zum Mauerpark. Ich war richtig stolz auf Buster und mich, denn normalerweise verabscheue ich Joggen. Andererseits deute ich diesen Anfall von sportlichem Ehrgeiz als weiteres Zeichen meiner fortschreitenden Vereinsamung. Wieder zu Hause angekommen, hatte Konrad seine schreckliche Musik an-

gestellt, und ich begann, die restlichen Kisten auszupacken, die Moa jetzt schon eine Woche lang völlig ignoriert hat. Ich fand unsere Familienfotos, gerahmt, die hingen zu Hause im Wohnzimmer. Mein Vater, wie er mich als Neugeborenes auf dem Arm hält. Er sieht ganz furchtbar stolz aus. Moa, mein Vater und ich auf unserer Terrasse, Moa und ich im Urlaub am Meer. Es sind ungefähr tausend Fotos. Während ich sie durchsehe, wird mein Herz immer schwerer, vielleicht fühlt sich so Heimweh an. Ich sortiere die mit meinem Vater aus und lege sie zurück in die Kiste. Ich könnte wetten, Moa will auf gar keinen Fall meinen Vater in unserem neuen Wohnzimmer hängen haben, wenn sie schon von seiner Postkarte Sodbrennen bekommt. Wenn ich es genau bedenke, will ich ihn auch nicht hier hängen haben.

Ich muss an einen Streit denken, den ich von der Treppe aus mitgehört habe. Das war ungefähr zwei Monate vor unserem Umzug nach Berlin, und es ging um mich. Natürlich nicht wirklich, denn Moa und mein Vater stritten immer um irgendetwas, aber in Wirklichkeit wollten sie sich nur anbrüllen und sich gegenseitig verletzen. So kam es mir wenigstens vor.

Greta kommt mit nach Berlin, sagte Moa.

Mein Vater sagte gar nichts, und ich konnte mir genau vorstellen, wie er mit den Schultern zuckte, und das versetzte mir einen Stich, weil mir klar wurde, dass er mich gar nicht bei sich behalten wollte. Nicht wie in anderen Familien, wo die Eltern sich erbittert um das Sorgerecht streiten. Keine Spur. Vielleicht war er sogar ganz froh, uns los zu haben.

Das heißt also, es macht dir nichts aus, wenn Greta mit mir kommt, sagte Moa, und ich konnte an ihrem Tonfall hören, dass ihr gleich der Kragen platzen würde.
Du weißt doch, wie ich in der Praxis eingespannt bin, sagte mein Vater, ich hätte gar keine Zeit für Greta.
Eine Weile herrschte Stille, und ich presste meine Stirn gegen das Treppengeländer, bis ich das Gefühl hatte, gleich platzt mein Kopf, und dann gibt es keine Greta mehr, um die sich jemand kümmern muss. Ich hörte, wie meine Mutter ihren Stuhl zurückschob und dann ihre nackten Füße auf den Fliesen. Sie kann nicht stillsitzen, wenn sie wütend ist.
Falls du es noch nicht bemerkt hast, sagte sie, Greta ist kein kleines Kind mehr, sie ist fünfzehn, sie kommt ganz gut alleine zurecht. Aber anscheinend warst du die letzten Jahre in deiner Praxis so eingespannt, dass du noch nicht mal siehst, dass aus deiner Tochter eine junge Frau geworden ist.
Danach kam der übliche Schlagabtausch, und ich hab mir in meinem Zimmer die Decke über den Kopf gezogen und beschlossen, dass es besser ist, nach Berlin zu gehen, als bei einem Vater zu bleiben, dem ich völlig egal bin.
Über mir legt Konrad eine neue CD auf. Ich bin nahe dran, nach oben zu gehen und dem Kerl meine Meinung zu sagen, da klingelt das Telefon, und ich weiß sofort, wer dran ist, noch bevor ich den Hörer abnehme.
Frede?, sage ich und höre am anderen Ende der Leitung einen erstaunten Laut, der meine Vermutung bestätigt.
Warum rufst du mich nicht zurück, sage ich, du kannst

dir nicht vorstellen, wie es hier ist! Es ist total scheiße, und du rufst nicht an.

Mann, Greta, sagt Frede, es ist so viel passiert, zu Hause.

Dann ist es still, und ich höre mein Herz schlagen, fast so laut wie die Bässe aus Konrads Stereoanlage.

Was ist passiert?, frage ich vorsichtig und setze mich mit dem Telefon zwischen die restlichen Bilder auf den Boden.

Ich hab mich nicht getraut anzurufen, sagt Frede leise. Den Tonfall kenne ich, von früher, wenn sie was ausgefressen hatte. Einmal ist sie mit meinem neuen Rad in die Kiesgrube gefahren, das war danach natürlich kaputt, oder als sie Karottensaft über mein Matheheft gegossen hatte, hundert Dinge fallen mir ein, die passiert sein könnten. Aber nichts ist so schlimm, dass Frede sich tagelang nicht traut anzurufen. Wenn Buster krank wäre oder tot, das wäre schlimm. Aber sonst?

Dann fängt sie an zu erzählen, hastig, als würde sie sonst der Mut verlassen, von der Clique, einer Party am See und Felix. Schon bei ihren ersten Worten dämmert mir, was sie mir gleich erzählen wird, und mein Bauch fängt an zu rotieren, mir wird richtig übel, je länger ich Frede zuhöre. Sie erzählt, dass sie alle da waren, aber sie und Felix waren die Letzten am Lagerfeuer. Sie haben ewig geredet über alles Mögliche, und dann haben sie in einem Schlafsack schlafen müssen, weil sie ihren vergessen hatte – zufällig –, und irgendwann haben sie sich geküsst. Sie haben auch über mich geredet, dass er mich auch gern hat und wie schwierig es für ihn war, die Entscheidung, Frede

oder ich, weil wir so unterschiedlich sind, aber beide irgendwie toll. Frede, groß und mit braunem Lockenkopf, und ich, klein und zierlich, typisch blond eben.
Du darfst das nicht falsch verstehen, sagt Frede, wenn du noch hier wärst, wäre er sicher mit dir gegangen …
Sie verstummt, und ich höre sie nur noch atmen. *Wenn ich noch hier wäre!* Das ist doch alles gelogen. Sie und Felix haben doch nur darauf gewartet, dass ich weg bin, und jetzt bin ich ja zum Glück weit weg. Und so fühlt es sich auch an. Falsch, aber weit weg, als wäre das alles nur ein böser Traum. Berlin. Frede und Felix. Trotzdem ist meine Brust wie zugeschnürt, und ich kann kaum atmen, geschweige denn reden. Ich weiß auch gar nicht, was ich jetzt noch sagen soll.
Jetzt sag doch was, sagt Frede kleinlaut, und irgendwie hört es sich an, als würde sie heulen.
Es tut mir so leid, höre ich sie noch sagen, dann lege ich auf.
Ich rolle mich zwischen den Bildern zusammen. Buster kommt und versucht mein Gesicht abzulecken, aber ich vergrabe es zwischen meinen Armen, bis Buster aufgibt und sich neben mich plumpsen lässt.
Guter Hund, sage ich in sein kurzes, weißes Fell und würde gern heulen, aber das Gewummer von oben lässt nicht mal eine vernünftige Portion Selbstmitleid zu.
Warte hier, sage ich zu Buster, denn jetzt reicht es.
Ich stürme die Treppen hinauf, die Musik wird immer lauter und ich immer zorniger: Was bildet der Typ sich ein, hier so einen Lärm zu machen? Eigentlich kommt mir das gerade recht, ich hab richtig Lust, jemand anzu-

brüllen, und vor Konrad habe ich keine Angst. Er ist zwar einen Kopf größer als ich, aber so blass und dünn, als könnte man ihn umpusten.

Mit den Fäusten hämmere ich gegen die Wohnungstür. Keine Reaktion. Die Klingel funktioniert nicht, die würde er wahrscheinlich sowieso nicht hören. Ich hämmere noch mal.

Konrad!, schrei ich.

Aber gegen die Musik komme ich natürlich nicht an. Deshalb drücke ich die Türklinke nach unten, die Tür gibt nach, und ich stehe in einem verlotterten Flur, Zigarettenqualm steht in der Luft und noch alle möglichen anderen Gerüche: vergammelte Pizza, ungewaschene Wäsche, saure Milch. Igitt. Wie kann Cindy Konrad nur cool finden und wie kann Mikesch nur mit so einem verlotterten Typ zusammenleben? Er muss jede Menge Geld dafür bekommen. So viel Geld könnten sie mir gar nicht geben, dass ich so einen Verhau in Kauf nehme ... Links ist eine Tür. Wahrscheinlich die Tür zu Mikeschs Bereich, sie ist nämlich verschlossen, als ich vorsichtig versuche, sie zu öffnen.

Ich steige über einen Haufen schwarzer Klamotten und ausgetretene Turnschuhe und wage mich weiter in das Innere der Wohnung. So wie ich Konrad einschätze, liegt er wahrscheinlich im Bett. Ich öffne die Tür am Ende des Flurs. Tatsächlich: Es ist Konrads Schlafzimmer, die Musik ist ohrenbetäubend, und Konrad liegt bäuchlings auf einer Matratze. Obwohl er ganz offensichtlich schläft, hält er eine Flasche Bier in der Hand. Bis auf die Matratze, einen weiteren Haufen schwarzer Klamotten und

eine Stereoanlage ist das Zimmer völlig leer. Die Wände sind mit seltsamen Zeichen beschmiert, und die Luft ist heiß und stickig, weil das Dachfenster fest verschlossen ist.
Einen Moment stehe ich etwas ratlos in der Tür, dann ziehe ich kurz entschlossen den Stecker der Stereoanlage aus der Steckdose. Konrad ist schlagartig hellwach.
Er wirft sich auf der Matratze herum und starrt mich feindselig an. Er hat Linien von seinem Kissen im Gesicht, als wäre er stundenlang in dieser Position gelegen. Ob er betrunken ist, kann ich nicht eindeutig feststellen. Vielleicht ist er ja immer ein bisschen betrunken, das macht die Sache nicht besser, denn Betrunkene sind unberechenbar, sagt Moa.
Wie kommst du hier rein?, sagt er mit einem Blick, als würde er mir am liebsten den Hals umdrehen.
Was fällt dir ein, die Musik aufzudrehen wie ein Verrückter?, sage ich anstelle einer Antwort und verschränke die Arme vor der Brust. Falls es dir noch nicht aufgefallen ist, ich wohne unter dir, und ich hab keine Lust, mir den ganzen Tag diesen Mist anzuhören.
Ich atme tief durch. So, jetzt kennt er meine Meinung, wenn er mich jetzt umbringen will, bitte, da kann ich auch nichts mehr ändern.
Bedächtig stellt Konrad die Bierflasche neben der Matratze ab und steht auf. Jetzt wird mir doch etwas mulmig, er ist größer als ich gedacht habe, und er sieht auch plötzlich nicht mehr so aus, als könnte ich ihn umpusten. Seine Arme sind tätowiert, es sieht aus, als hätte er sich selbst die Zeichen eingeritzt. So wie die Männer,

die schon im Gefängnis waren, die tun das aus Langeweile. Kreuze mit der Spitze nach unten hat er auf den Armen und seltsame Tiere, die aussehen wie Drachen oder Seeschlangen. Bis zu den ausgefransten Ärmeln seines T-Shirts reichen die bläulichen Zeichen, und als er näher kommt, kann ich auch weitere Tätowierungen an seinem Hals ausmachen. Ich will gar nicht wissen, wie sein Rücken aussieht. Konrad bleibt genau vor mir stehen, zwischen uns ist gerade mal eine Handbreit Platz, und ich muss meinen Kopf in den Nacken legen, um in sein Gesicht zu sehen.

Ich mag es gar nicht, wenn kleine Mädchen sich in meine Angelegenheiten einmischen, sagt er, und ich würde gerne einen Schritt zurückweichen, aber ich bleibe, wo ich bin, damit er nicht denkt, ich habe Angst vor ihm.

Die Kleine aus dem dritten Stock, die hat das jetzt endlich kapiert, und du lernst das auch noch, sagt er, wenn nicht, kann ich ziemlich unangenehm werden.

Mit der *Kleinen* meint er anscheinend Cindy, und ich bezweifle stark, dass sie irgendetwas *kapiert* hat. Für sie ist Konrad ja der Größte.

Aha, sage ich, da krieg ich aber Schiss! Hör mal, du Aufschneider, solange du dich hier oben ruhig verhältst, mache ich nichts lieber, als mich aus deinen Angelegenheiten rauszuhalten, und auch wenn ich nicht so aussehe, ich kann auch ziemlich unangenehm werden.

Jetzt habe ich wirklich das Gefühl, er dreht mir gleich den Hals um, seine Fingerspitzen zucken schon verdächtig, und ich glaube fast, es ist besser, den Platz schnellstens zu räumen. Moa sagt immer, es ist wichtig zu wis-

sen, wann es Zeit ist zu gehen. Und das ist es jetzt eindeutig.
So, das haben wir also geklärt, sage ich freundlich, drehe mich um und spurte auf zitternden Knien Richtung Wohnungstür.
Ich warte darauf, dass er mir nachrennt und mich niederschlägt. Moa würde mich in drei Wochen als vermisst melden. Vorher würde sie wahrscheinlich gar nicht merken, dass ich nicht mehr da bin. Na ja, Buster würde es merken. Ein schwacher Trost. Und vielleicht würde Mikesch Verdacht schöpfen. Das schießt mir durch den Kopf, während ich durch den dunklen Gang haste.
Lass dich nie wieder hier oben blicken!, brüllt Konrad mir nach.
Ich drehe mich nicht nach ihm um, sondern springe über den Klamottenhaufen.
Irgendetwas trifft mich am Kopf, vielleicht ein Schuh, den er mir nachgeworfen hat. Es tut nicht weh, vermiest aber meinen Abgang. Ich werfe die Tür hinter mir ins Schloss, bevor weitere Geschosse einschlagen, und haste die Treppen nach unten.

Parzival

Manchmal versinken ganze Tage im Nebel. Er erinnert sich an sein Gesicht als aufgesetzte Fratze, etwas, das er vor sich herträgt, um andere zu täuschen. Er fasst seine Stirn an und erschrickt über die eigene Berührung, hört sich sprechen, weit entfernt, und wundert sich über den Sinn der Sätze, die aus seinem Mund quellen.

Abends streift er die Fratze ab. Er schaltet den Computer ein.

Die Tage sind heiß, aber noch heißer ist das Fieber, das ihn antreibt, sie zu finden. Sie.

Während die Schriftzeichen unaufhörlich den Bildschirm hinabperlen, sieht er ihr Bild vor Augen.

Sie konnte ihn mit einem Blinzeln zum Lachen bringen. Hinter dem Rücken vom Onkel. Er sieht ihn vor sich, schwerfällig zieht er das Bein nach.

Sie liefen den Weg zur Kapelle hinauf. Jeden Sonntag gingen sie beten. Er hasste die Stunde in der Kapelle. Es war dunkel, und sie mussten sich zu dritt auf der engen Bank zusammendrängen. Zu dritt, weil die Tante nie mitkam. Schweigend saßen sie nebeneinander. Er in der Mitte, links die Mutter und rechts der Onkel. Er berührte den Stumpf mit den Knien, und das grauste ihn.

Halt dich still, Junge, sagte der Onkel, wenn er herumzappelte, und das machte das Stillsitzen noch schlimmer.
Er blieb nur sitzen, weil ihm seine Mutter die Hand hielt. Sie trauten sich nicht, miteinander zu flüstern, aber sie drückte seine kleinen Finger.
Nicht mehr lange, hieß das.
Nicht mehr lange. Er glaubt, sie gefunden zu haben. Ihre Worte sind traurig, ihr Name bannt seine Augen auf den Bildschirm. Er kann an nichts anderes mehr denken. Tagsüber läuft er mit ihren Worten im Kopf herum. Er weiß genau, wie sie aussieht. Blond ist sie. Ihr Haar fällt über die Schultern.

Greta

Nach meinem Streit mit Konrad ist mir nur noch nach Einigeln zumute. Wahrscheinlich deswegen, weil ich Konrad nicht treffen will. Natürlich habe ich keine Angst vor ihm, das wäre ja albern, aber ein bisschen unwohl ist mir schon. Ich ignoriere seine schreckliche Musik, die er am nächsten Tag ab sieben Uhr morgens spielen lässt, und ziehe mir die Decke über den Kopf, obwohl es viel zu heiß zum Decke-über-den-Kopf-Ziehen ist. Ich kämpfe mit mir, damit ich Frede nicht anrufen muss, so schrecklich einsam fühle ich mich.

Frede, würde ich sagen, vergiss das alles, was interessiert mich der blöde Felix.

Ich male mir unser Gespräch in allen Einzelheiten aus: dass sie sagt, ihr ist Felix auch nicht wichtig, und nur unsere Freundschaft zählt, und dass die Nacht mit Felix vergessen ist, dass sie ihn nicht mehr trifft, mir zuliebe, und sich in den Zug setzt, um nach Berlin zu kommen. In ganz bunten Farben zeichne ich ihre Ankunft in Berlin. Sie springt aus dem Zug, wir fallen uns in die Arme. Ich hab ihren Geruch in der Nase, nach Badeweiher und dem Vanillespray aus der kleinen Drogerie im Dorf, das sie immer in rauen Mengen benützt.

Jetzt ist alles gut, Greta, sagt sie, und wir halten uns fest, während sich die Leute an uns vorbeidrängen, uns anrempeln und den Kopf schütteln, weil uns egal ist, dass wir den ganzen Bahnsteig blockieren.
Dann springt das Bild in meinem Kopf, und ich sehe Frede und Felix vor mir händchenhaltend, wie sie sich küssen und sich in die Augen sehen, und in mir drin weiß ich, dass die Wahrheit *so* aussieht und dass ich Frede nicht anrufen kann, jetzt nicht und vielleicht nie wieder.
Ich steige aus dem Bett und tapse ins Wohnzimmer, dort liegen immer noch die Bilder auf dem Fußboden. Ich sortiere noch mal. Die von Frede und mir packe ich zu Papa zurück in die Kiste. Vielleicht sollte ich sie gleich wegwerfen.
Soll ich sie wegwerfen?, sage ich zu Buster und halte ihm ein Foto von Frede als Pippi Langstrumpf unter die Nase.
Buster schlabbert einmal quer über das Bild, was meine Entscheidung nicht erleichtert. Eine Weile starre ich auf die Kiste und das Bild in meiner Hand, dann klappe ich die Kiste zu und trage sie in Moas Zimmer. Man kann ja nie wissen. Vielleicht reicht es fürs Erste, die Bilder sicher zu verstauen. Ich sehe mich im Zimmer um. Moa ist furchtbar unorganisiert. Ihr Kleiderschrank steht offen, und davor liegen die Kleider und Schuhe, die sie heute morgen durchprobiert hat, auf einem Haufen. Ich habe sie fluchen hören, dass sie wohl nie im Besitz einer anständigen Grundgarderobe sein wird. Was sie mit *Grundgarderobe* genau meint, weiß ich nicht, ich weiß nur, dass ich ihr Fluchen etwas bedenklich fand, weil ziemlich viele

Schimpfwörter darin vorkamen, und Moa ist ein vehementer Schimpfwortgegner. Es kam sogar *Scheiße* darin vor. Das konnte nur bedeuten, dass etwas schieflief. Hier in Berlin.
Mit der Kiste unter dem Arm drehe ich mich im Kreis, vielleicht passt sie unter den Schreibtisch, denke ich und schiebe sie unter die Kante. Es passt. Ich schiebe sie, so weit mein Arm reicht. Als ich wieder hochkomme, sehe ich den Laptop.

Alles passiert nur, weil Moa vergessen hat, den Laptop auszumachen. Sie hat den Deckel heruntergeklappt, aber ich kann hören, dass er nicht ausgeschaltet ist. Vorsichtig klappe ich den Deckel nach oben und drücke auf die Leertaste.
Wieder einloggen, steht da.
Ich drücke auf *Enter.*

Den Namen von Cindys Community habe ich mir gemerkt. Ich muss nur den Namen eingeben, und schon bin ich da. Ganz oben steht, was ich nicht darf. Zum Beispiel eigene Einträge verfassen. Deswegen sehe ich mich erst einmal um. Cindy alias Püppchen finde ich auf Anhieb. Sie ist in ein angeregtes Gespräch mit Ron/14 vertieft, und das um acht Uhr morgens. Sie reden nur dummes Zeug, albern herum – langweilig. Aber es gibt mehr Räume. Unendlich viele Räume. Ich klicke mich durch die Seiten, ohne zu wissen, was ich suche. Ja, was eigentlich? Jemand zum Reden. Jemand, der mich versteht. Jemand, der sich genauso einsam fühlt wie ich gerade. Die

Zeilen laufen über den kleinen schwarzen Kasten. Alle Gespräche laufen gleich ab. Jungs mit Mädchen. Mädchen mit Jungs. *Wie alt bist du? Wie siehst du aus? Hast du einen Freund?* Quatsch, dafür bin ich noch zu jung. Nichts dabei, das mich wirklich interessiert. Ich will nicht über Freunde reden, die ich nicht habe, und über Freundinnen schon gar nicht. Vielleicht werde ich in meinem ganzen Leben keine beste Freundin mehr haben. Weil ich traumatisiert bin. Moa sagt immer, sie will keinen Mann mehr, weil Papa sie traumatisiert hat. Er hat ihre Weiblichkeit nicht respektiert, und deswegen kann sie kein Vertrauen mehr zu Männern aufbauen. O Mann. Wenn es danach geht, kann ich die nächsten zehn Leben keine Freundin mehr haben.

Dann bleiben meine Augen doch hängen.

Pampolina.

Es ist zum Davonlaufen, schreibt sie, *meine Eltern lassen sich scheiden.*

Willst du privat reden, fragt einer.

Nöö, schreibt sie, *du bist mir zu blöd.*

Ich muss grinsen.

Was soll das heißen, ich bin dir zu blöd?

Du kannst es doch nicht lassen, die Mädels anzugraben, schreibt Pampolina, *was soll ich mit einem wie dir reden. Du wirst mich fragen, ob wir uns treffen und den ganzen Quatsch.*

Ich will nur reden, ich hab nichts von Treffen gesagt.

Jeder im Chat weiß, was mit dir los ist, zieh Leine.

Mann, Pampolina, musst du immer so gemein zu ihm sein?

Ein Dritter hat sich ins Gespräch eingeklinkt.
Jetzt wird Pampolina richtig sauer. In rasender Geschwindigkeit erscheinen ihre Worte auf dem Bildschirm, Zeile um Zeile, sie scheint nichts anderes zu tun, als am Computer zu hängen. In der Zeit, in der sie einen Roman tippt, würde ich höchstwahrscheinlich einen Satz zusammenstöpseln. Den Typ hat sie gefressen, schreibt sie, und jeder weiß doch, dass er schon fünfundvierzig ist und nicht fünfzehn, und dieses *Nur reden* kennt sie schon, das sagt er zu jeder, und am Ende findet man sich in einem Pilspub Ecke Kurfürstenstraße und darf sich unter dem Tisch befummeln lassen. Igitt.
Ich werde den Verdacht nicht los, dass sie tatsächlich weiß, wovon sie spricht, und nachdem ihr letzter Buchstabe getippt ist, ist erst mal Ruhe, keiner antwortet, und rechts unten erscheint die Mitteilung: *Bärchen/15 ausgeloggt*, und dann bleibt der Kasten leer, eine flimmernde schwarze Fläche. Dem wurde die Sache wohl zu heiß.
Ha, schreibt Pampolina, *siehste!?*
Wie gerne würde ich jetzt mit Pampolina reden. Aber sie weiß noch nicht einmal, dass es mich gibt.
Anmelden. Ich klicke mich Seite um Seite weiter. *Name. Alter. E-Mail-Adresse.* Ich zögere. Soll ich wirklich meine Adresse angeben, die Adresse, die wir damals in unserem Computerkurs angelegt haben, Frede und ich. Heimlich, als unser Lehrer gerade mit anderen Dingen beschäftigt war. Wir kamen uns wer weiß wie toll vor, als hätten wir etwas Verbotenes getan, einen Schritt in eine andere Welt. Dabei ist eine E-Mail-Adresse keine große Sache. Aber sie weiterzugeben, das ist groß. Egal.

Passwort.
Nickname.
Ich muss ewig überlegen. Nichts Bescheuertes wie *Püppchen.* Die spinnt wohl. Ich will mich ja nicht lächerlich machen. Ich will ernst genommen werden. Und der Name soll cool sein.
Electra.
Bestätigen Sie mit erneuter Eingabe.
Electra.
Der Username ist schon vergeben.
So ein Mist. Aber *Electra* war sowieso nicht das Richtige. Das Spiel wiederholt sich noch einige Male. Bis ich ungeduldig werde. *Ivy. Zora. Räuberbraut.* Ich setze Zahlen dahinter. Langsam glaube ich, jemand will verhindern, dass ich Mitglied werde. Ich trommle mit den Fingern auf den Laptop.
Gin.
Herzlich willkommen im Forum.

Als ich zwei Stunden später den Laptop zuklappe, ist mir schwindelig, und Buster sieht mich vorwurfsvoll an. Er muss schon die Pfoten verschränken, um nicht auf den Teppich zu pinkeln, und ich hab ein richtig schlechtes Gewissen.
Schon gut, sage ich, wir gehen ja schon raus.
Buster spurtet zur Wohnungstür, und ich schlüpfe in Shorts und Flip-Flops. Im Treppenhaus fahre ich volles Risiko, es ist mir egal, ob ich den Osinski treffe, ich bin in Gedanken noch viel zu sehr bei den vergangenen zwei Stunden. Pampolina war wie vom Erdboden verschluckt.

Als würde es jemand mit diesem Namen gar nicht geben. Dafür war Püppchen aktiv. Sie hopste von Seite zu Seite. Irgendwann musste ich sie ansprechen.
Wie alt bist du?, fragte ich, um irgendwie mit ihr ins Gespräch zu kommen.
Fünfzehn.
Das war natürlich gelogen.
Und du?
Auch fünfzehn.
So ging es eine Weile hin und her, bis ich beinahe vor Empörung an Cindys Tür geklingelt hätte, um sie zur Rede zu stellen. Sie hätte einen Freund, erzählte sie, der wäre schon neunzehn und fährt einen Opel Tigra, supercool!! Und er würde sie am Wochenende mit in die Clubs nehmen, und das wäre kein Problem, weil sie ja aussieht wie achtzehn.
Ha, ha. Achtzehn.
Ihre Eltern wären auch total super. Ihre Mutter ist Booker in einer Modelagentur und ihr Vater Kommissar. Und sie verstehen sich mit ihrem Freund natürlich spitzenmäßig.
Cindy hat gar keine Mutter, jedenfalls wohnt sie nicht hier. Und ihr Vater ist kein Kommissar. Er fährt Streife. Das weiß ich, weil er sich immer mit dem Streifenwagen von zu Hause abholen lässt.
O Cindy, hab ich gedacht, ich muss gleich kotzen.
Wie kommt die nur auf solchen Blödsinn? Unten auf der Straße wende ich meinen Blick nach oben. Ihre Vorhänge sind wie immer zugezogen, so dicht, dass man nichts dahinter erkennen kann. Buster zerrt an der Leine, und ich

folge ihm weiter Richtung U-Bahn-Station *Schönhauser Allee.*

Werde ich Pampolina wiederfinden?, denke ich.

Ich weiß gar nicht, warum ich sie so dringend finden will. Vielleicht, weil sie der einzige kleine Hoffnungsschimmer ist.

Vielleicht weiß sie ein Zaubermittel gegen Einsamkeit und Erinnerungsfetzen an Eltern, die sich anschreien, immer nur von Trennung reden, von Enttäuschung und dem neuen Leben, das man ohne den anderen führen will. Frede hat davon keinen blassen Schimmer. Ihre Eltern sind meilenweit davon entfernt, sich voneinander scheiden zu lassen. Sie wohnen in einem Häuschen mit blauen Fensterläden und Geranien vor den Fenstern, Plätzchen im Advent und Sahnetorten zum Geburtstag. Heile Welt eben. Sie geben sich Gutenachtküsschen auf die Wange, und Fredes Mama nennt Fredes Papa *Schatzilein.* Wie er sie nennt, weiß ich nicht.

Zornig überquere ich die Straße. Ein paar Autofahrer hupen mich an, und der Currywurstverkäufer schlägt die Hände über dem Kopf zusammen.

Bist du verrückt?, schreit er. Mädchen, Mädchen, da kriegt man ja 'nen Herzinfarkt.

Eine Currywurst bitte, sage ich, mit Pommes.

Damit schmeiße ich meine Grundsätze, nie Currywurst oder etwas ähnlich Ekliges zu essen, über Bord. Ich sehe dem Verkäufer zu, wie er die Wurst vom Rost nimmt, in Stückchen schneidet und auf einen Pappteller legt, aus einem Topf gibt er gelbliche Soße dazu, dann schippt er schwungvoll Pommes in den unansehnlichen Brei.

Das Brötchen nimmst du dir selber, sagt er und hält mir die Klappe der Plastikbox auf, in der ein paar trockene Brötchen liegen.
Bei uns heißen die Semmeln, sage ich.
Dann kommst du aus Bayern.
Er nickt, als würde das Einiges erklären.
Die aus Bayern sind immer so schlechtgelaunt, sagt er, die haben alle 'ne Macke. Guck dir den an, der kommt auch aus Bayern.
Ich drehe mich um und sehe zu der Bank hinüber. Mikesch sitzt dort. Er balanciert seine Aktentasche auf den Knien und versucht, ohne sich zu bekleckern, Currywurst zu essen.
Warum glaubst du, dass er 'ne Macke hat?, frage ich.
Der Currywurstverkäufer lacht.
Na, einer, der den Konrad bei sich aufnimmt, der muss beknackt sein.
Damit spricht er mir aus der Seele.
Jetzt guck nicht so verstört, sagt er, der Mikesch ist schon in Ordnung, ich mach ja nur Spaß.
Damit lässt er mich stehen und verschwindet durch die Tür in der Rückwand der Bude.

Der Typ aus der Imbissbude sagt, alle Bayern haben 'ne Macke, sage ich.
Mikesch lacht. Er klopft mit der freien Hand auf den Platz neben sich auf der Bank.
Setz dich doch, sagt er.
Ich setze mich, und Buster kriecht unter die Bank. Es ist schon wieder viel zu heiß, die Sonne brennt auf den

Asphalt, zum Glück ist hier etwas Schatten, hier unter den Gleisen der U-Bahn.
Hat dir der Osinski noch Ärger gemacht, sagt Mikesch, der kommt übrigens nicht aus Bayern. So viel ich weiß, kommt der aus Mecklenburg-Vorpommern.
Er lächelt mich an, und ich muss zurücklächeln, ein komisches Gefühl, als hätte ich Muskelkater im Gesicht vom vielen Stirnrunzeln und Mundwinkel-nach-unten-Ziehen.
Du kannst ja lächeln, sagt Mikesch prompt.
Verlegen spieße ich ein Stück Currywurst auf den kleinen Zahnstocher und schiebe sie mir in den Mund. Gar nicht so schlecht. Habe ich mir definitiv schlimmer vorgestellt. Wenn ich ehrlich bin, finde ich das Ganze sogar gut, und besonders gut finde ich, dass Mikesch hier sitzt und auch Currywurst isst.
Klar kann ich lächeln, sage ich, und der Osinski hat keinen Ärger mehr gemacht. Danke übrigens, fürs Müllwegbringen.
Gerne, sagt Mikesch.
Das letzte Stück Wurst lässt er heimlich zu Buster unter die Bank fallen, und ich muss noch mal lächeln, weil Buster noch nie etwas heimlich gegessen hat, dafür schmatzt er viel zu laut. Aber ich tu so, als hätte ich nichts gemerkt, um Buster nicht bloßzustellen.
Wie lange wohnst du denn schon hier?, fragt Mikesch.
Zwei Wochen.
Und hast du schon jemand kennengelernt?, fragt er weiter.
Mmmm, sage ich, Konrad, Cindy und dich. Und den

Osinski. Nicht zu vergessen, den Currywurstverkäufer.
Das hört sich nicht gut an.
Ich zucke mit den Schultern und stochere mit dem Zahnstocher auf meinem Pappteller herum.
Es gibt Schlimmeres, sage ich, und als Mikesch nichts darauf antwortet, sage ich: mit Konrad zusammenwohnen zum Beispiel.
Aus den Augenwinkeln beobachte ich Mikeschs Mienenspiel. Er zieht eine Augenbraue nach oben, und seine Mundwinkel zucken.
Ich habe von eurem Streit gehört …, sagt er verhalten.
Ich schnaube empört durch die Nase. Petzen auch noch. Mords cool tun, und dann zum Betreuer rennen. Konrad ist wirklich das Letzte. Das Allerletzte.
Konrad muss erst lernen, mit Auseinandersetzungen umzugehen, sagt Mikesch, er ist nicht gewohnt, mit jemand zusammenzuleben. Das ist problematisch, aber er kriegt das bestimmt hin. Mit der Zeit. Ich hab ihm übrigens gesagt, dass er die Musik nicht mehr so laut stellen soll …
… woran er sich überhaupt nicht hält …
… und ich habe ihm gesagt, dass er sich bei dir entschuldigen muss, wegen des Schuhs, den er geworfen hat.
Und was hat er dazu gesagt?, frage ich.
Mikeschs Mundwinkel zucken wieder.
Dass er dir den Hals umdreht und dem Osinski steckt, dass du einen Hund hast.
Na prima, sage ich, genau das hab ich mir gedacht. Spitze!
Ich lasse auch mein letztes Stück Wurst zu Buster unter

die Bank fallen. Er schlingt es mit einem Haps hinunter, dann schüttelt er sich, dass ich lauter Speichelspritzer auf den Waden spüre und ich froh bin, dass Mikesch lange Hosen trägt. Trotz der Hitze.

Nimm es nicht persönlich, sagt er und legt seine Hand auf meinen Unterarm. Sie ist schlank und sehnig, und ich kann sehen, wie braun mich der Sommer zu Hause gemacht hat. Das sticht in meiner Brust, wenn ich daran denke. An zu Hause und die Zeit vor dem Umzug.

Was denkst du?, sagt er, ohne die Hand wegzunehmen. Leicht fühlt sie sich an und trocken und so, als könnte ich die Linien seiner Finger spüren.

An zu Hause, will ich sagen, aber dann sage ich nichts, weil ich plötzlich Angst bekomme, ich könnte vor Mikesch zu heulen anfangen, und vor anderen Leuten heulen finde ich grässlich. Erniedrigend. Scheußlich. Er könnte glauben, ich will Mitleid schinden, und Mitleid ist das, was ich am wenigsten gebrauchen kann. Vor allem nicht von Mikesch. Deshalb streife ich seine Hand leichthin ab und stehe auf.

Daran, dass ich heim muss, sage ich.

Ich wische mir die Hände an meiner Boxershorts ab.

Mikesch lächelt wieder. Um seine Augen herum sind Hunderte von kleinen Fältchen, und ich wiederstehe dem Impuls, jetzt meine Finger daraufzulegen, um zu fühlen, ob sie sich auch so kühl und trocken anfühlen wie seine Hand.

So ein Blödsinn, denke ich, Greta, reiß dich zusammen. Ein Verrückter im Haus reicht voll und ganz.

Zu Hause blinkt das Lämpchen des Anrufbeantworters, es ist ein altmodisches Relikt aus Moas WG-Zeiten, das sie sich hartnäckig weigert wegzuwerfen. Ich höre die Nachrichten ab. Es ist nur eine, und ich höre nur, wie jemand ins Telefon atmet. Am Atmen erkenne ich Frede.
Feigling, sage ich laut, blöder Feigling.
Dann drücke ich auf *Löschen*. Die Kassette spult zurück. *Sie haben keine neuen Nachrichten.*
Von Frede will ich auch keine Nachricht, denke ich. Ich schleudere meine Flip-Flops von den Füßen und tapse in Moas Zimmer. Kann es schaden, wenn ich noch einmal nach Pampolina sehe? Und wenn ich sie nicht finde, werde ich den Computer nicht mehr anrühren.
Abgemacht, denke ich, einmal noch suchen, und wenn ich sie nicht finde, lasse ich das Ganze.
Ich muss an früher denken: Einmal noch über den Bach springen, und wenn ich es diesmal nicht schaffe, dann lasse ich es. Einmal noch auf den Kirschbaum in unserem Garten klettern. Einmal noch an Frau Weikerts Tür klingeln und weglaufen.
Systematisch klicke ich alle Räume an. Einen nach dem andern. Cindy finde ich sofort, was mich langsam ärgert. Diesmal ist sie aber nicht aktiv, vielleicht hat sie nur vergessen, sich auszuloggen, oder sie ist über der Tastatur eingeschlafen. Jedenfalls sehe ich ihren Usernamen am Rand des Raums für Leute über 15.
Ich ertappe mich dabei, wie ich minutenlang auf die schwimmenden Zeilen starre, ohne wirklich aufzunehmen, um was es geht. Um Jungs natürlich. Und Sex. Das erste Mal. Wann der richtige Zeitpunkt ist.

Ich seufze. Dafür braucht man erst mal einen Freund. Und da Felix jetzt mit Frede zusammen ist, bin ich meilenweit von dieser Thematik entfernt. Aber mit Felix hätte ich mir alles vorstellen können.

Am Anfang des Sommers sind Frede und ich abends manchmal noch lange in Fredes Zimmer gesessen. In Fredes Zimmer, weil mir die allabendlichen Streitereien meiner Eltern auf die Nerven gingen und ich nicht wollte, dass Frede mitbekam, wie schlimm es wirklich war. Natürlich wusste Frede davon. Auch davon, dass meine Eltern sich scheiden lassen wollten. Aber das Moa heulend im Wohnzimmer saß, davon hatte ich nie erzählt, und davon, dass Papa manchmal zwei Flaschen Wein in sich hineinschüttete, um seinen Kummer und Stress zu ertränken, wie er sagte, auch nicht. Das ging niemand etwas an. Das war mein Geheimnis. Wenn ich aus Fredes Zimmer sah, konnte ich schemenhaft meine Eltern erkennen. Hinter den Vorhängen sahen sie friedlich aus. Normal. Als würden sie zusammen kochen oder sich einfach unterhalten. Aber später spürte ich an der eisigen Stille im Haus, dass nichts normal war. Gar nichts.

Bei Frede war alles normal. Ich drehte mich vom Fenster weg und ließ mich zu Frede auf den Dielenboden fallen, die saß im Schneidersitz da und wippte mit den Knien, um gelenkiger zu werden.

Im Bett ist Gelenkigkeit alles, sagte sie und schob mir die neue *Bravo Girl* unter die Nase.

Da lies, sagte sie, die zehn Stellungen des Kamasutra. Das kriegst du mit deiner Beweglichkeit nie hin.

Ich musste lachen, weil ich an Felix denken musste, in der Stellung des gespaltenen Bambus.

Du spinnst ja, lachte ich, so stelle ich mir das Ganze nicht vor.

Und wie stellst du dir das Ganze vor?, fragte Frede, wobei sie *das Ganze* betonte und ihre Nase krauszog.

Naja, anders, sagte ich, und im Dunkeln.

Frede prustete los.

Du meinst also, dass du dann gar nicht merkst, ob Felix den gespaltenen Bambus macht oder den knienden Hund, sagte sie und betrachtete eingehend die gezeichneten Abbildungen.

Aber du hast recht, sagte sie, ich stelle mir mein erstes Mal auch anders vor. Unglaublich romantisch. Ganz besonders. Überragend. Supermegaspitze.

Ein Name reißt mich aus meinen Gedanken. Endlich. *Pampolina ist eingeloggt.*

Ich beobachte, wie sie sich in Gespräche einklinkt. Lange spricht sie privat mit einem Jungen, was ich natürlich nicht lesen kann, obwohl es mich brennend interessieren würde. Ich warte, bis sie wieder im Chat ist, dann spreche ich sie an.

Hallo Pampolina, schreibe ich, *meine Eltern lassen sich auch scheiden.*

Ein Moment vergeht, dann erscheint ihre Antwort.

Dann bist du also auch so ein beschissener Glückspilz wie ich.

Ihre flapsige Art verunsichert mich, meine Finger schweben über der Tastatur, und ich weiß nicht, was ich schrei-

ben soll. Ich bin nicht so cool. Und ich finde das nicht lustig. Vielleicht habe ich mich auch getäuscht, und Pampolina ist nicht wie ich. Denkt zumindest nicht wie ich.
Bist du noch da?
Ja, schreibe ich, *und ich bin kein Glückspilz.*
Du musst ja nicht alles wörtlich nehmen. Und außerdem finde ich wirklich, dass ich ein Glückspilz bin, im Moment jedenfalls. Ich meine damit, so haben wir doch wenigstens unsere Ruhe. Sie sind so mit sich selbst beschäftigt, sie kommen doch gar nicht auf die Idee, darüber nachzudenken, was wir den ganzen Tag tun und lassen. Im Grunde gibt es nichts Grässlicheres als Eltern, die sich verstehen und immer einer Meinung sind, die sind eine Katastrophe, total techno, wenn du verstehst, was ich meine.
Natürlich weiß ich genau, was Pampolina meint. Oft genug hatte ich Gelegenheit, genau diese Situation bei Frede zu Hause mitzuerleben. Frede mit einer Fünf im Zeugnis. Ihre Eltern als geballte Front waren wirklich furchterregend. Frede mit zwei Fünfen im Zeugnis. Im Bombenhagel zu stehen, ist vergleichsweise sanft.
Das denkst du nicht wirklich, antworte ich.
Und Pampolina schreibt: *Nein, das denke ich nicht.*
Natürlich weiß ich nicht, wo Pampolina lebt und wie sie aussieht, darüber sprechen wir nicht, aber vor meinem inneren Auge sehe ich sie in einem kleinen Zimmer mitten in Berlin, genau wie ich. Sie hat auch die Füße untergeschlagen und damit ihre Beine geradezu verknotet, sie trägt Boxershorts wie ich und wegen der Hitze nur ein Bustier. Ihre Schulterknochen sind irgendwie spitz, als hätte sie die letzten Wochen zu wenig gegessen, und wenn

man genau hinsieht, kann man unterhalb des Nackens ihre Wirbelsäule erkennen, gesäumt von feinen blonden Härchen. Ich schließe dieses Bild in mein Herz, gemeinsam mit den Dingen, die sie mir an diesem Nachmittag erzählt, Gemeinsamkeiten, die wir austauschen, erschreckende Ähnlichkeiten unserer Eltern, was sie einander an den Kopf werfen, wie sie sich hinterherspionieren, wie ihre Mutter ihren Vater mit einer anderen erwischt und Pampolina davon erzählt. Mein Vater hat keine andere, das weiß ich. Dazu hat er gar keine Zeit. Er hatte ja nicht mal Zeit für Moa und mich.

Was tust du jetzt?, frage ich Pampolina.

Was soll ich schon tun, schreibt Pampolina, *ich schlafe die meiste Zeit und hänge im Chat rum. Genauso wie du.*

Wieder weiß ich nicht, was ich antworten soll. Ich fühle mich seltsam angegriffen, als müsste ich mich dafür entschuldigen, Pampolina angesprochen zu haben.

Ich dachte, ich könnte mit dir reden, schreibe ich.

Kannst du auch, schreibt Pampolina.

Parzival

Seit er weiß, dass sie da ist, stellt er den Computer gar nicht mehr aus. Er beobachtet sie, ohne sie anzusprechen. Das macht er immer so. Er muss sich ganz sicher fühlen. Er hält sich wie zufällig in denselben Räumen auf. Manchmal spricht er mit anderen. Belangloses, erfundenes Zeug, für das er sich hasst, das ihn nur aufhält. Aber er tut es wegen ihr. Um ihr nahe zu sein. An einem Abend schläft er über dem Computer ein, und als er aufwacht, ist sie weg. Ausgeloggt. Ohne sich zu verabschieden.

Da fängt sein Kopf wieder zu summen an. Sonst ist er klar. Wenn er sich auf sie konzentriert, ist er klar und kühl wie ein Bergsee. Aber da summt er, und er muss sich auf den Boden legen.

Ruhig, denkt er, ruhig.

Er presst sich die Hände auf die Augen, fest, bis er goldene Ringe tanzen sieht. Dann läuft er doch los, die Treppen hinunter, hinaus, mitten in die Nacht hinein, Straßenfluchten hinunter.

Wo bist du?, schreit er und merkt nicht, wie Leute ihn anstarren, Angst vor ihm bekommen und sich abwenden. Dann merkt er, dass er nicht schreit. Es ist alles in seinem Kopf, und aus seinem Mund kommt nur Atem.

Er läuft, bis er die Bäume sehen kann, erst da wird er langsamer, spürt, dass seine Lunge sticht und das Summen aufhört.

Greta

Am Sonntag fahren wir tatsächlich zum Wannsee, Moa und ich. Wir fahren in unserem alten Peugeot, bei dem man das Dach zurückklappen kann. Moa macht das nur ungern, da es jedes Mal so ein Aufwand ist, und wenn es regnet, hat man es nie schnell genug wieder zugeklappt, und alles ist nass, die Sitze, der Boden und alles, was man dabei hat. Aber heute lässt sie sich zur Feier des Tages breitschlagen. Außerdem ist der Himmel blitzblau, es hat wieder mal fünfunddreißig Grad, und es sieht kein bisschen nach Regen aus. Wir binden uns Tücher ins Haar und setzen Sonnenbrillen auf, wie im Film. Nur Buster ist sauer. Der muss zu Hause bleiben, weil im Wannseebad keine Hunde erlaubt sind.

Wir nehmen den Peugeot, hat Moa immer gesagt, wenn mal wieder Streit mit Papa war und wir irgendwohin sind, zu einer von Moas Schwestern oder für einen Tag in die Berge. Papa war dann rein aus Prinzip schon sauer, weil er den Peugeot nicht leiden kann. Der ist nämlich eine alte Klapperkiste, sagt er, und dass er sich vor seinen Patienten schämen muss, wenn wir damit herumfahren. Ich hatte den Verdacht, dass Moa den Peugeot nur deswegen so hartnäckig behielt, damit Papa sich schämen musste.

Ich lasse meinen Arm aus dem heruntergekurbelten Fenster baumeln. Der heiße Fahrtwind bläst mir durchs Haar, wir fahren die Stadtautobahn, am Avus vorbei.
Das ist eine Rennstrecke, hat Moa vor zwei Wochen gesagt, als wir mit dem gemieteten Lastwagen hier in Berlin angekommen sind.
Willst du jetzt eine Sightseeingtour mit mir machen, habe ich genervt geantwortet, das kannst du dir sparen.

Am Wannsee müssen wir ewig suchen, bis wir einen Parkplatz finden. Halb Berlin will baden gehen, schließlich zwängen wir uns so zwischen zwei andere Autos, dass wir übers Dach aussteigen müssen.
Die werden fluchen, sagt Moa.
Vielleicht schleppen sie uns ab, sag ich.
Wir sehen uns an und grinsen, und ich denke, jetzt fühlt sich alles in Ordnung an. Wir hängen uns unsere Badesachen über die Schultern und pilgern mit hundert anderen zum Wannseebad.
Was Pampolina wohl gerade macht?
Ich konnte nur kurz mit ihr reden, als Moa heute Morgen in der Dusche war.
Ich glaube, mein Vater hat eine andere, hat sie geschrieben.
Quatsch, hab ich geantwortet und hab auf Moas Duschgeräusche gelauscht, das Plätschern in der Wanne und das undeutliche Brabbeln aus dem Radio. Moa benützt ein albernes, kleines Radio beim Duschen, das sie als Doppelpack mit dem Duschkopf erstanden hat.
Nichts Quatsch, hat Pampolina gesagt, *er ist noch seltener*

daheim als sonst, und heute trifft er sie, glaub ich, auch. Mir ist das egal. Ich wundere mich nur, dass eine so doof ist und ihn will. Er ist grässlich langweilig. Deswegen verlässt ihn ja meine Mutter.

Ich weiß, dass Pampolinas Eltern noch zusammenleben. Aber ihr Haus ist so groß, dass sie sich nicht treffen müssen. Pampolina und ihre Mutter haben das Stockwerk mit der Küche, weil ihr Vater sowieso immer zum Essen geht. Sie haben alles sehr praktisch geregelt, schließlich sind Pampolinas Eltern ja *vernünftige Erwachsene.* Sie streiten sich nie, weil sie nur noch über den Anwalt miteinander reden, und wenn sie sich im Haus treffen, sehen sie in die entgegengesetzte Richtung. Pampolina kann es nicht erwarten, bis ihr Vater endlich auszieht. Ich stelle mir das Ganze auch grässlich vor.

Aber weißt du, Gin, hat sie gestern Abend geschrieben, *ich glaube, das kann noch ewig dauern. Schließlich haben wir eine Putzfrau und einen Gärtner und all den Kram, das ist so bequem, mein Vater wäre schön doof, wenn er auszieht.*

Ich habe mir eingestehen müssen, dass ich an Pampolinas Stelle immer hoffen würde, dass meine Eltern wieder zusammenkommen, und dann habe ich mich gefragt, warum mir das so wichtig ist. Vielleicht sollte mir der ganze Familienkram nicht wichtig sein.

Irgendwie ist es schon ein bisschen wichtig, hat Pampolina geschrieben, *weil man ja sonst ganz alleine ist. Und alleine sein ist das Schlimmste.*

Dann hat Moa aufgehört zu duschen, und ich hab den Laptop zugeklappt.

Tschüss dann, bis später, morgen, irgendwann.

Ich schrecke aus meinen Gedanken hoch, als Moa unvermittelt vor einem dicklichen, schwitzenden Mann anhält, er trägt eine Nickelbrille und einen hellgrauen Anzug, und unter dem Arm klemmt eine Laptoptasche.
Das, sagt sie, ist Lothar. Dabei strahlt sie übers ganze Gesicht. Er ist Chefredakteur, und wir haben noch ein paar Dinge zu besprechen. Ich hab mir gedacht, ich kann das Nützliche mit dem Angenehmen verbinden …
Sie sieht zwischen uns hin und her. Lothar lächelt mich etwas hilflos an, und ich starre zurück, auf die Schweißperlen auf seiner Oberlippe, und kapiere gar nichts.
Alles in Ordnung, Schätzchen, fragt Moa und legt ihren Arm um meine Schulter, du siehst aus, als hättest du einen Hitzschlag. Naja, es wird auch Zeit, dass du ins Wasser kommst.
Sie lacht seltsam affektiert und bugsiert Lothar und mich durch das Drehkreuz.
In der Umkleide nimmt sie mich zur Seite.
Jetzt guck nicht so sauer, zischt sie mich an, ganz leise, weil Lothar in der Umkleidekabine neben uns ist. Das ist doch jetzt kein Drama. Wir können doch trotzdem Spaß haben.
Du vielleicht, zische ich zurück, hab du nur Spaß mit Lothar. Und danke für den tollen Tag.
Ich knote meinen Bikini im Nacken zusammen, dann rausche ich davon, hinunter zum Strand. Ich werfe mein Handtuch in den Sand und stürze mich ins Wasser. Moa hat völlig recht, ich brauche dringend Abkühlung. Ich tauche, solange mein Atem reicht. Vorbei an blassen, schwammigen Beinen, plantschenden Kinderfü-

ßen, Gummibooten und Schwimmreifen. Ich wünschte, ich könnte bis ans andere Ufer tauchen.

Lothar, der Chefredakteur. Die spinnt ja. So, für mich ist die Sache gegessen. Pampolina hat völlig recht. Ich werde nicht mehr auf meine blöde Mutter warten.

Als ich auftauche, brennen meine Augen. Ich schwimme mit gleichmäßigen Zügen weiter. Überall sind Stege und schwimmende Inseln festgemacht. Ich peile die nächste an. Ein paar Kinder turnen darauf herum. Sie nehmen Anlauf und springen ins Wasser. Die Insel schwankt gefährlich, was einen jungen Mann nicht zu stören scheint. Der liegt völlig ruhig auf dem Rücken und sonnt sich, vielleicht ist er auch eingeschlafen. Ich ziehe mich an den Planken hoch.

Hallo Mikesch, sage ich, und Mikesch schlägt die Augen auf.

Hallo Greta, sagt er.

Ich erzähle ihm von Moa und Lothar, dass die beiden jetzt drüben unter einem Baum liegen und zusammen irgendwelche *Storys* diskutieren, die für Moa so irre wichtig sind. Es gibt überhaupt nichts Wichtigeres mehr als die Redaktion und die Arbeit. Schließlich bin ich so in Fahrt, dass ich sogar von Frede und Felix erzähle, und es ist mir nicht mal peinlich.

Mikesch sitzt nur da und hört zu, während die Kinder unentwegt mit platschenden Füßen an uns vorbeirennen und ins Wasser springen.

Als ich fertig bin und einmal tief durchatme, sagt er: Warst du sehr verliebt in Felix?

Ich zucke mit den Schultern.
War ich sehr verliebt? Ich versuche, mich an die Gefühle zu erinnern, die ich hatte, wenn ich mit Felix zusammen war. Aber ich kann mich nicht erinnern. Natürlich erinnere ich mich an Sommerabende, Felix, Frede und ich zusammen vor unserem Haus, mit Chips und Vanilleeis auf den Knien. Felix saß zwischen uns, und Frede und ich warfen uns über seine Schultern hinweg bedeutungsschwere Blicke zu. Ich wusste genau, an was Frede gerade dachte, und Frede wusste es von mir. Wir dachten beide an die *Bravo Girl* und das Kamasutra und an unsere Endlosgespräche über das *erste Mal.* Wir hatten uns gefragt, ob Felix wohl schon Erfahrung hatte, schließlich war er ein Jahr älter als wir und letztes Jahr mit einem Mädchen aus der elften Klasse zusammengewesen. Das war cool. Wir hätten ihn zu gerne danach gefragt, aber natürlich trauten wir uns nicht. Felix ahnte nichts von unseren Gedanken und spielte den Hahn im Korb.
Du hast vielleicht ein Glück, sagte Moa zu ihm, als sie den Kopf aus dem Küchenfenster streckte, zwei so hübsche Mädchen.
Finde ich auch, sagte Felix und grinste, was Frede und mich stolz machte, weil Felix uns hübsch fand.
Aber war ich sehr verliebt gewesen?
Ich weiß es nicht, sage ich, und Mikesch sieht mich empört an.
Das musst du doch wissen, sagt er. Wenn du das nicht weißt, dann warst du nicht richtig verliebt. Denn wenn man verliebt ist, weiß man das sofort. Man kann an nichts anderes mehr denken, es tut einem alles weh, wenn

man denjenigen nicht sieht. Man fühlt sich so, als wäre man krank, mit Bauchschmerzen und Fieber, und wenn man dann denjenigen wiedersieht, ist man der glücklichste Mensch der Welt.
Ich zucke wieder mit den Schultern.
Vielleicht war ich ja nicht richtig verliebt, sage ich, und Frede auch nicht. Die hat auch nichts von Bauchschmerzen erzählt.
Der Steg schwankt, und ich muss mich mit den Händen abstützen, um nicht ins Wasser zu fallen.
Die sitzen voll im Weg, sagt ein kleiner Junge hinter uns, da kann man ja gar nicht richtig Anlauf nehmen.
Magst du ein Eis?, fragt Mikesch.
Ich nicke und wir lassen uns ins Wasser gleiten.

Pampolina Und dann seid ihr Eis kaufen gegangen.

Gin Genau, und vor der Eisbude war Konrad, der Verrückte. Er hatte schwarze Jeans an und ein Kapuzenshirt und Chucks und das bei der Hitze.

Pampolina Ein Verrückter eben.

Gin Wir sind uns wie doof gegenübergestanden, und ich wusste nicht, was ich sagen soll. Ich kann ja nicht sagen, hallo, schön dich zu sehen. Ich meine, der will mir den Hals umdrehen.

Pampolina Saublöde Situation. Und dann?

Gin Er hat getan, als wäre ich gar nicht da. Das musst du dir vorstellen! Er hat einfach durch mich durchgesehen. Ich will nach Hause, Mikesch, hat er gesagt, und dass er auch mit der S-Bahn fahren kann. Und Mikesch hat gesagt, das kommt nicht in Frage, sie fahren gleich. Dann hat er uns Eis gekauft. Konrad wollte natürlich keins, er hat nur an mir vorbeigestarrt. Voll gruselig.

Pampolina Echt gruselig. Hast du keine Angst, ihm abends über den Weg zu laufen? Wenn keiner im Haus ist?

Gin Jetzt hör bloß auf, ich bin gerade alleine im Haus. Naja, Cindy ist vielleicht noch da und Buster natürlich.

Pampolina Die Cindy, von der du erzählt hast, dass sie auch im Chat ist? Die kleine Nervensäge?

Gin Yes!

Pampolina Jetzt erzähl weiter.

Gin Wir haben uns auf die Stufen gesetzt. Konrad natürlich nicht. Der ist von einem Bein aufs andere getreten und hat kleine Steinchen über die Stufen gekickt. Total hibbelig, als könnte er keine Minute stillsitzen. Mikesch hat so getan, als wäre alles normal. Der ist eben Profi. Der weiß, wie man mit Verrückten umgeht.

Pampolina Das lernst du auch noch mit der Zeit … ☺

Gin Ha! Ha! Von unserem Platz aus konnten wir meine Mutter und den blöden Typen aus ihrer Arbeit sehen. Sie hatten einen Mordsspaß. Sie hat mich kein bisschen vermisst, und das hat mich so wütend gemacht, dass ich plötzlich gesagt hab: Kann ich mit euch nach Hause fahren?

Pampolina O Mann!

Gin Ich hab es auch nicht glauben können, aber ich hab das gesagt, ohne nachzudenken, und Mikesch hat wieder getan, als wäre alles normal. Okay, hat er gesagt, dann in zehn Minuten beim Ausgang.

Pampolina Und Konrad?

Gin Hat mich mit Blicken getötet.

Pampolina Du bist echt mutig.

Gin Ich bin eigentlich gar nicht mutig. Ich denke nur oft nicht nach, bevor ich etwas sage, und das kommt dann dabei heraus.

Pampolina Find ich trotzdem mutig, ich hätte mich nicht getraut, mit diesem Konrad in ein Auto zu steigen.

Gin Mir war auch echt mulmig. Ich bin zu meiner Mutter, hab gesagt, dass es mir reicht und dass ich nach Hause fahre. Sie hat mich auch mit Blicken getötet, und zwar nur deswegen, weil ich sie vor diesem Typen lächerlich mache. Weil sie dasteht, als hätte sie ihre Tochter nicht im Griff. So was von daneben.

Pampolina ☹☹☹!!!!!!

Gin Danke! Ich bin dann zum Ausgang, durch das Drehkreuz durch, und da war schon Konrad. Er hatte sich die Kapuze über den Kopf gezogen, damit er noch gruseliger aussieht. Schlechte Idee, hat er gesagt, ganz schlechte Idee, und mein Herz hat geklopft bis zum Hals, und ich hab gedacht, hoffentlich kommt Mikesch bald, sonst zieht er mir gleich eins über den Schädel.

Pampolina Hast du ’ne Ahnung, was mit dem nicht stimmt?

Gin Nö! Keinen blassen Schimmer. Cindy wusste auch nichts, außer, dass er in einem Heim für Schwererziehbare war. Aber sonst …

Pampolina Du bist dann echt zu denen ins Auto? Du spinnst ja!

Gin Wahrscheinlich spinn ich echt, jedenfalls sind wir zum Parkplatz. Konrad ist mir bei jedem zweiten Schritt auf die Hacken getreten und ich hab so getan, als wäre nichts. Am liebsten wäre ich zur S-Bahn, aber irgendwie hab ich mich nicht getraut zu sagen, dass ich doch nicht mitfahre, und ich wollte auch nicht, dass Konrad merkt, dass ich Schiss vor ihm hab. Dem darf man doch keine Angriffsfläche bieten, oder?

Pampolina Also, das wäre mir egal, wenn ich wo Schiss vor hab, dann geh ich nicht hin. Zur letzten Matheschulaufgabe zum Beispiel.

Gin Du gehst einfach nicht zur Schule?

Pampolina Naja, ich lasse mir von meiner Mutter Entschuldigungen schreiben.

Gin Deiner Mutter ist egal, wenn du nicht zur Schule gehst?

Pampolina Meistens schon. Hauptsache, ich nerve nicht.

Gin Typisch! Im Auto ist Konrad dann hinter mir gesessen, und ich hab mir die ganze Zeit gedacht, Gott sei Dank, dass Mikesch dabei ist. Mikesch hat pausenlos gelabert: wo ich genau herkomme und in welche Klasse ich gehe und wie alt mein Hund ist. Er hat gar nicht mehr aufgehört, aber ich war ganz froh, das hat mich von Konrad abgelenkt.

Pampolina Der Typ steht auf dich …

Gin Konrad?!

Pampolina Quatsch, dieser Mikesch.

Gin Wie kommst du denn da drauf? Der ist doch mindestens zehn Jahre älter als ich.

Pampolina Das spüre ich.

Gin Ich spüre da gar nichts.

Pampolina Selber spürt man immer nichts. Das ist ganz normal.

Gin Dann müsste ja die halbe Welt in mich verknallt sein, ha, ha … Ich glaube eher, ich nerve ihn langsam.

Pampolina Warum sollte er dann mit dir reden wollen und dir ein Eis spendieren und dich nach Hause fahren?

Gin Er ist eben sehr nett!

Pampolina Schon klar!

Gin Glasklar!

Pampolina Superglasklar!

Gin Doofe Kuh!

Pampolina Zicke!

Gin Mist, meine Mutter kommt nach Hause. Gute Nacht, doofe Kuh!

Pampolina Schlaf gut, Zicke!

Ich lächle immer noch, als ich Moa im Gang treffe. Sie sieht mich erstaunt an.
So gutgelaunt?, sagt sie.
Ich zucke mit den Schultern und höre, wie sich hinter mir der Computer runterfährt. Moa bemerkt nichts. Sie wirft die Badetasche in eine Ecke und tätschelt Buster den Kopf. Keine Ahnung, ob sie sauer wäre, wenn sie wüsste, dass ich ihren Laptop benutze, vielleicht hätte sie gar nichts dagegen, aber ich habe keine Lust, ihr von Pampolina zu erzählen. Und vom Chatten schon gar nicht. Ich weiß genau, dass sie solche Dinge blöd findet. Zeitverschwendung, genauso wie telefonieren.

Außerdem habe ich Angst, dass Pampolina sich in Luft auflöst, wenn ich ihren Namen in den Mund nehme. Wie im Märchen, die gute Fee. Mehr als Luft ist sie ja nicht. Jetzt noch nicht.
Und, wie war es noch mit Lothar?, sage ich.
Hör bloß mit diesem Tonfall auf, sagt Moa, du brauchst keine Angst haben, er gefällt mir nicht, und ich werde auch keinen neuen Mann mit nach Hause bringen.
Ich verdrehe die Augen.
Wegen mir kannst du hundert Männer mit nach Hause bringen, sage ich patzig, solange ihr mich in Frieden lasst.
Ich lasse sie im Gang stehen und schlage die Wohnungstür hinter mir zu. Als ob ich eifersüchtig auf diesen Lothar wäre! Das ist doch lächerlich.
Ich stapfe die Treppe nach oben, nicht weil ich Mikesch besuchen will und Konrad schon gar nicht. Ich weiß nur nicht, wo ich sonst hin soll. Im Treppenhaus ist es dämmrig. Vorsichtig lege ich mein Ohr an Mikeschs Wohnungstür. Ob Pampolina recht hat?
Quatsch, denke ich, jemand wie Mikesch verliebt sich in ältere Frauen. In Models oder Popstars. Jedenfalls nicht in fünfzehnjährige Mädchen, die zufällig im selben Haus wohnen.
Ich drücke mein Ohr fester gegen das Holz, aber ich höre nichts. Bei der Vorstellung, jemand könnte plötzlich die Tür öffnen, läuft es mir kalt den Rücken hinunter, und ich mache zwei schnelle Schritte zurück. Wie peinlich. Unschlüssig sehe ich mich im Treppenhaus um. Da ist noch eine Tür, und der Schlüssel steckt. Ich drehe den

Schlüssel im Schloss, und die Tür springt auf. Ein paar steile Stufen führen noch ein Stück nach oben, zu einem engen Platz, vielleicht für den Kaminkehrer, denn da oben gibt es nichts außer einer Luke zum Kamin und einer Luke zum Dach. Die steht offen. Ich stemme mich hoch und schwinge mein Bein über den Fenstersims, und dann bin ich oben. Über der Stadt. Eine Flut von Dächern breitet sich vor mir aus, verschachtelte Höfe, Dachterrassen und, weiter weg, der Fernsehturm, alles in rotes Licht getaucht. Das Dach unseres Hauses ist erstaunlich flach, man kann ein paar Schritte gehen, bevor es jäh zum nächsten abfällt, es gibt drei Kamine und jede Menge Vogelscheiße. Ich suche mir einen Platz, wo ich mich anlehnen kann und mein Hintern nicht zu dreckig wird, dort kauere ich mich zusammen und lasse mir die untergehende Sonne ins Gesicht scheinen. Jetzt wohne ich schon fast drei Wochen hier. Noch drei Wochen, dann sind die Sommerferien zu Ende, und ich muss irgendwo da unten zur Schule gehen.

Drei Wochen sind lang, denke ich, da kann man sich verlieben, zum ersten Mal geküsst werden und ein Mädchen kennenlernen, das die neue beste Freundin wird. Besser als Frede. Besser als Frede und Felix zusammen.

Der Kamin in meinem Rücken ist noch sonnenwarm. Ich stelle mir vor, wie ich hier oben einschlafe und im Schlaf die Dächer hinunterkullere. *Plop, plop, plop.* Von einem Dach aufs nächste.

Das Geräusch, wie jemand das Dachfenster aufdrückt, reißt mich aus meinen Gedanken. Mikesch, denke ich und will aufspringen, aber irgendetwas hält mich zurück, ein unbestimmtes Gefühl, oder vielleicht ist es die Sonne, die genau in diesem Moment hinter Berlin verschwindet und ihre letzten Strahlen mit fortnimmt.

Bleib sitzen, denke ich, und deswegen mache ich mich klein und halte die Luft an.

Ich höre, wie jemand seine Füße auf das Kupferblech vor dem Fenster setzt, dann federnde Schritte auf dem Dach, eine Gestalt läuft an mir vorbei, schwarz gekleidet, sogar die Turnschuhe sind schwarz. Obwohl ich ihn nur noch von hinten sehe, erkenne ich Konrad an seiner schlaksigen Statur. Erstaunlich geschmeidig läuft er bis zum Rand des Daches, dann springt er. Ich höre ihn aufkommen und weiterlaufen. Mit noch immer angehaltenem Atem robbe ich bis zu der Stelle, von der aus er abgesprungen ist. Konrad läuft über das nächste Dach, ohne zu zögern oder seinen Laufflluss zu unterbrechen, zieht er sich an einer Mauer hoch und lässt sich auf die andere Seite gleiten. Jetzt sehe ich ihn nicht mehr. Die Dächer haben ihn verschluckt. Ich spähe nach unten. Bis zum nächsten Dach sind es etwa drei Meter. Für so einen Sprung muss man geübt sein. Auch die Mauer ist nicht ohne. Ohne den Punkt aus den Augen zu lassen, an dem ich Konrad verloren habe, setze ich mich auf und lasse die Beine hinunterbaumeln. Es kribbelt in meinen Fußsohlen, so richtig schwindelfrei bin ich nicht. Ob ich auch über die Mauer klettern könnte? Mein Kopf fühlt sich seltsam leer an. Konrad wird mir immer unheimlicher. Er will mir den Hals umdrehen. Er trägt nur schwarze Klamotten. Er kommt aus einem Heim für Schwererziehbare. Vielleicht sollte ich ihm noch mehr aus dem Weg

gehen. Jedenfalls war es nicht clever, mit ihm zusammen in ein Auto zu steigen. Gut, es ist nichts passiert, aber nur weil Mikesch dabei war. Überhaupt: Mikesch. Wieder muss ich an seine blassen Hände denken und die Ringellocken an seinen Schläfen. Manchmal hab ich während der Fahrt hinübergesehen, heimlich, damit er es nicht merkt. Beim Sprechen runzelt er die Stirn, vielleicht nur beim Autofahren. Männer können ja schlecht zwei Dinge gleichzeitig tun, sagt Moa.
Ab und zu hat er mich auch angesehen. Wenn unsere Blicke sich trafen, hab ich schnell den Kopf zum Seitenfenster gedreht, als hätte ich dort etwas Interessantes entdeckt. Und ich hab die ganze Zeit nicht an Felix gedacht. Kein einziges Mal. Und an Konrad auch nicht. Es war mir egal, dass er hinter mir sitzt und seine Fingerknöchel knacken lässt. In dem Moment kam mir das albern vor, und beinahe hätte ich mich umgedreht und gesagt: *Du, ich hab keinen Fatz Angst vor dir.*
Jetzt bin ich ganz froh, dass ich den Mund gehalten hab. Pampolina hat recht. Konrad ist nicht ganz dicht. Ich sollte zusehen, dass ich hier wegkomme, bevor er wieder auftaucht und mich hier findet.
Gute Nacht, Berlin, denke ich, und gute Nacht, Mikesch.

Parzival

Wenn ich nicht mehr da bin, sagte seine Mutter, musst du brav sein. Du musst auf den Onkel und die Tante hören.
Warum gehst du weg?, fragte er.
Das verstehst du jetzt noch nicht, sagte seine Mutter. Du musst brav sein und auf mich warten.
Wie lange?, sagte er.
Darauf sagte sie lange nichts.
Sie lagen zusammen im Bett, und sie sagte so lange nichts, bis er glaubte, sie wäre eingeschlafen. Er horchte auf ihren Atem und traute sich nicht, sie anzusprechen. Vielleicht würde sie dann gleich weggehen. Davor hatte er am meisten Angst, dass sie weg war und er alleine mit dem Onkel und der Tante.
Du musst warten, bis ich wiederkomme, sagte sie, als er selbst fast eingeschlafen war.
Gut, sagte er.
Dann schlief er.

Greta

Pampolina Wann ist Konrad dann wiedergekommen?

Gin Keine Ahnung, es muss aber nach zwölf gewesen sein, denn vorher hab ich im Treppenhaus gelauscht, und da war nichts.

Pampolina Vielleicht geht er auf Diebestour. Das könnte doch sein.

Gin Ich weiß nicht. Soll ich Mikesch davon erzählen?

Pampolina Das ist aber fast petzen.

Gin Aber nur fast.

Pampolina Gib es zu, du willst ja nur mit Mikesch reden.

Gin Du spinnst!

Pampolina Gar nicht. Du bist in ihn verknallt!

Gin Du spinnst echt!

Pampolina Wieso legst du dann dein Ohr an seine Wohnungstür?

Gin Mir war langweilig.

Pampolina Aha. Langweilig. Ich nenne das verknallt.

Gin Themenwechsel!

Pampolina Okay. Mein Vater zieht jetzt doch aus. Er ist mit seiner Sekretärin zusammen. Die ist nur ein paar Jahre älter als ich. Voll peinlich.

Gin Was will die denn mit dem alten Knacker?

Pampolina Da redet die Richtige … ☺

Gin Das hab ich überhört.

Pampolina Manche graut es eben vor nichts … damit meine ich nicht dich!

Gin Ich würde austicken, wenn mein Vater eine andere hätte.

Pampolina Ich könnte auch austicken. Ich hasse sie. Aber meinem Vater ist das egal.

Gin Meinem Vater ist, glaube ich, auch alles egal. Vielleicht ist es ihm sogar ganz recht, dass meine Mutter und ich weg sind. Und meiner Mutter ist es auch egal, die ist ja nur noch am Arbeiten.

Pampolina Meine Mutter ist nur am Fernsehen und Prosecco trinken. Das ist auch nicht so toll.

Gin Erwachsene sind grässlich!

Pampolina Vergiss die Erwachsenen. Ich will nie erwachsen werden. Nie im Leben!

Mit lauter Verrückten im Haus zu leben, ist auf die Dauer ziemlich anstrengend. Ich muss Konrad aus dem Weg gehen. Herr Osinski darf mich nicht mit Buster erwischen, und dann ist da noch Cindy, die Nervensäge. Was für ein Glück, dass Buster taub ist. Deswegen bellt er nicht, wenn Cindy an unsere Wohnungstür klopft, und ich kann ohne schlechtes Gewissen so tun, als wäre ich nicht zu Hause. Manchmal schleiche ich zum Türspion und spähe hinaus, da steht sie dann mit ihrer grässlichen Zahnspange, dem strähnigen, aschblonden Haar und den ausgeleierten Leggins und tritt von einem Fuß auf den anderen. Zieh Leine, denke ich, versuch es bei Konrad.

Dann schleiche ich mich zurück zu Moas Laptop, und meistens ist Cindy wenige Minuten später auch wieder im Netz. Wenn Pampolina nicht da ist, unterhalte ich mich mit ihr. Irgendwie macht es mir Spaß, ihre haarsträubenden Geschichten anzuhören. Wenn Cindy auch nicht da ist, was selten genug vorkommt, rede ich mit irgendjemand, der mir zufällig über den Weg läuft. Aber mit niemand verstehe ich mich so wie mit Pampolina.

Morgens, wenn Moa aus dem Haus geht, schalte ich als Erstes den Laptop ein.

Eine neue Nachricht für Gin.

Das ist Pampolina. Sie schreibt mir, in welchem Raum wir uns treffen und wann. Mittlerweile weiß ich genau, wie sie lebt, welche Farbe die Tapete in ihrem Zimmer hat, lavendelblau nämlich, und was sie sieht, wenn sie aus dem Fenster blickt.

Direkt vor dem Haus steht eine riesige Buche, hat sie geschrieben, *früher bin ich aus dem Fenster über die Äste hinuntergeklettert. Wie ein Eichhörnchen. Jetzt ist das nicht mehr nötig. Ich kann ja jetzt tun und lassen, was ich will. In die Astgabel vor meinem Fenster habe ich die Typen eingeritzt, in die ich mal verknallt war: Tobi, Lukas, Renke und Sebastian. Ganz schön viele, was? Aber zusammen war ich nur mit Tobi. Und das auch nur zwei Wochen. Ich wollte die Namen alle wieder wegstreichen, aber dann hab ich mir gedacht, ich mache da meine Sammlung. Damit ich mich erinnern kann. Später mal.*

Ich weiß, dass sie am liebsten Kelloggs zum Frühstück isst, ohne Zucker, weil der ganze Zuckerkram dick macht, und zu Mittag Pizza vom Italiener vor ihrer Schule, denn mittags ist Pampolina ihr Gewicht egal. Sie kauft die Pizza und isst sie auf dem Heimweg, damit Frau Lang sich ärgert. Das ist die Haushälterin, die kocht und putzt und kauft ein. All das, was ihre Mutter nicht erledigt, weil sie den ganzen Tag fernsieht.

Zum Glück haben wir Unmengen von Geld, hat Pampolina geschrieben, *sonst wäre ich schon längst verwahrlost und verhungert. Aber meine Mutter hat geerbt, und deswegen muss sie nie wieder arbeiten, und wenn ich nicht will, muss ich auch nie arbeiten.*

Pampolina ist dünn. Sie wiegt nur fünfundvierzig Kilo bei einem Meter siebenundsechzig. Sie trägt schwarze Leggins mit Ballerinas. Davon hat sie fünfundzwanzig Paar. In jeder Farbe. Ihr Haar ist blond, und ihre Augen sind wasserblau.

Aber wenn ich sie auf der Straße treffen würde, würde ich sie nicht erkennen. Oder doch?

Wenn ich abends mit Buster rausgehe, stelle ich mir vor, ich könnte sie treffen. Gleich hier vor dem Haus, an den S-Bahn-Gleisen oder im Mauerpark. Ich ziehe meine Turnschuhe an und laufe an den Gleisen entlang. Buster hechelt. Seine Zunge hängt fast bis zum Boden. Die Leine hab ich um meine Taille geschlungen wie einen Gürtel. So laufe ich. Gleichmäßig. Mein Pferdeschwanz schwingt bei jedem Schritt. Bei den Schlaglöchern muss ich aufpassen. Nicht so wie Konrad. Wenn der nicht aufpasst, fällt er vom Dach und bricht sich alle Knochen. Einmal sehe ich ihn vor mir, im Mauerpark. Er hängt wieder mit den anderen Punks rum. Sie rauchen und treten ihre Kippen im Gras aus. Ein Mädchen legt ihren Arm auf seinen

Rücken, aber Konrad schüttelt sie unwirsch ab. Bevor er mich entdeckt, drehe ich scharf in die andere Richtung ab. Sicher ist sicher. Pampolina hat gesagt, petzen ist richtig doof. Deswegen erzähle ich Mikesch nicht von Konrads Ausflügen über die Dächer. Obwohl ich es zu gerne tun würde. Alleine, um Mikesch wiederzusehen.

Ich laufe durch den ganzen Park, bis ich Seitenstechen bekomme und ich Buster nicht mehr hinter mir herziehen kann. Dann werde ich langsamer. Ich schlendere zurück.

Pampolina, denke ich, klettere aus deinem Fenster, die Buche hinunter und dann hierher. Noch zweihundert Atemzüge, dann bist du da.

Keine Ahnung, wo Pampolina in Wirklichkeit wohnt. Das könnte überall sein. Irgendwo, wo es Villen in riesigen Gärten gibt, mit Springbrunnen und englischem Rasen, gekiesten Auffahrten und Dobermännern, die am Zaun hochspringen, wenn man daran entlanggeht. Irgendwo, wo es auch tagsüber still ist, weil es keine Tram gibt, keine Kinder und keinen Verkehr, der Tag und Nacht vorbeiflutet.

Wenn ich die Augen schließe, höre ich das Rauschen der Bäume und den Rasensprenger. Sie verrutschen den Sprenger alle zwanzig Minuten. Kannst du dir vorstellen, wie groß unser Garten ist, dass man den ganzen Tag Rasensprengen muss?

Ich versuche es, sehe aber nur unseren eigenen Garten zu Hause auf dem Dorf. Der ist nie gesprengt worden, weil keiner Zeit und Lust dazu hatte. Moa hat das Gras wachsen lassen, bis man nicht mehr richtig durchkonnte, und

dann hat sie sich eins der Ponys vom Nachbarn ausgeliehen.
Das ist doch ideal so, hat sie gesagt, das Pony hat was davon und wir auch.
Aber bei Pampolina gibt es einen Gärtner, der das Rasensprengen übernimmt und noch so *gewisse andere Dinge*, was bedeutet, dass Pampolinas Mutter eine Affäre mit ihm hat.
Wenn ich daran denke, dass Moa eine Affäre haben könnte, wird mir ganz übel. Vor allem, wenn ich an Lothar denke. Ich sehe dann sein Doppelkinn vor mir und die Schweißflecken unter seinen Achseln und hoffe, dass Moa sich nicht zu etwas hinreißen lässt, was sie später bereut. Laut Pampolina tun das Frauen in mittleren Jahren, die gerade verlassen wurden. Die sind dann so verzweifelt, dass sie wahllos alles nehmen, was des Weges kommt. Bei ihrer Mutter ist es das Gleiche. Zuerst der Nachbar von gegenüber und jetzt der Gärtner.
Meiner Mutter graust es vor nichts, hat Pampolina gestern geschrieben, *bei mir ist das anders. Ich warte auf den Richtigen. Deswegen hab ich auch mit Tobi Schluss gemacht. Wenn ich mal mit jemand richtig zusammen bin, dann für immer.*
Für immer ist ganz schön lange, hab ich geantwortet.
Darauf kam keine Antwort, nur am Rand erschien die blinkende Mitteilung: *Pampolina ausgeloggt.*
Ich wartete eine Stunde, ob sie noch mal auftauchen würde, aber für diesen Tag blieb Pampolina wie vom Erdboden verschluckt, und ich war ein bisschen sauer, weil sie einfach so gegangen war, ohne Verabschiedung, aber

am nächsten Tag war sie dann wieder da, als wäre nichts gewesen, und ich wollte auch nicht fragen, ob sie sauer gewesen war.
Vor unserem Haus binde ich Buster an ein Verkehrsschild und sehe nach, ob die Luft rein ist. Das mache ich immer so. Ich spähe zu Osinskis Fenster hinein. Da sitzt er, einen knappen Meter von mir entfernt, vor dem Fernseher, nur in Unterhosen, sein Bierbauch quillt über den Rand der Hose. Er bemerkt mich nicht, dabei müsste er nur den Kopf drehen und er würde mich entdecken, aber dazu fesselt ihn das Fernsehprogramm viel zu sehr.
Brisant, sagt eine Stimme neben mir.
Mikesch ist neben mich ans Fenster getreten.
Er guckt *Brisant*, sagt er, als er meinen verwirrten Blick bemerkt.
Ach so, sage ich und verrenke meinen Hals, um einen Blick auf den Fernseher werfen zu können, was mir auch gelingt, aber ich sehe noch etwas: Herr Osinski hat auch einen Computer. Einen ziemlich alten Kasten, aber es ist ein Computer, und er steht gleich neben dem Fernseher.
Du bist ganz schön neugierig, was, sagt Mikesch und grinst.
Ich werde knallrot und trete einen Schritt zurück, weg vom Fenster. Kann es sein, dass er gesehen hat, wie ich mein Ohr an seine Tür gelegt habe?
Ich muss Buster holen, sage ich statt einer Antwort und lasse ihn einfach stehen.
Das war nur ein Witz, ruft er mir hinterher, ich passe auf, dass der Osinski euch nicht sieht.

Als ich mit Buster zurückkomme, steht Mikesch immer noch da.
Danke, sage ich im Vorbeilaufen, wäre aber nicht nötig gewesen.
Schon gut, sagt Mikesch, mach ich doch gerne.

Pampolina Du bist echt doof, wahrscheinlich hast du ihn jetzt vergrault.

Gin Wieso vergrault?

Pampolina Du warst grässlich unfreundlich.

Gin Ich konnte nicht anders, ich habe mich so geschämt. Was, wenn er mich wirklich gesehen hat. Durch den Türspion.

Pampolina Dann denkt er, dass du in ihn verknallt bist … Was ja auch stimmt.

Gin Wie oft soll ich es dir noch erklären …

Pampolina Was? Dass er total nett ist und süß und so tolle Ringellocken hat und so ein wahnsinnig interessantes Gesicht mit den schönsten rehbraunen Augen, die du jemals gesehen hast? Von seiner Figur ganz zu schweigen, da kann nicht mal Brad Pitt dagegen anstinken. Ach wo, gar nicht. Um es zusammenzufassen, dieser Mikesch ist der tollste Typ, der frei herumläuft, aber du bist nicht verknallt, ganz im Gegenteil. Irgendwie findest du ihn doof und willst ihn nicht treffen, und wenn du ihn triffst, bist du eklig zu ihm. Super Taktik.

Gin Du bist ja nur neidisch.

Pampolina Netter Versuch. Bin ich aber nicht. Und dreimal darfst du raten, warum.

Gin Weil ich eben nicht verknallt bin.

Pampolina Nö!

Gin Weil es eine total blöde Situation für mich ist.

Pampolina Nö – aber gut, dass du das wenigstens einsiehst.

Gin Weil du selber verknallt bist.

Pampolina Bingo!

Gin Was?! In wen?! Erzähl!

Pampolina Naja, verknallt ist zu viel gesagt, aber ich hab jemand kennengelernt.

Gin Wo?

Pampolina Na, im Netz natürlich, wo sonst.

Gin Spinnst du?! Man kann doch keine Typen im Netz kennenlernen!

Pampolina Wieso denn nicht? Wir haben uns doch auch im Netz kennengelernt und verstehen uns total super. Warum soll das nicht mit Jungs klappen?

Gin Weil das viel zu gefährlich ist! Du weißt doch gar nicht, mit wem du chattest.

Pampolina Willst du damit sagen, dass du auch ein Verrückter sein könntest …

Gin Könnte ich sein. Und der Typ, den du kennengelernt hast, erst recht. Im Chat muss man voll vorsichtig sein.

Pampolina Wer hat dir denn so einen Mist erzählt?

Gin Das weiß man doch. Naja, eigentlich hat Cindy das gesagt.

Pampolina Cindy! Das hätte ich mir denken können. Weißt du was? Ihr beiden seid mir echt zu langweilig.

Gin Ich will doch nur, dass du vorsichtig bist.

Pampolina Und ich will den Typ ja nicht gleich heiraten.

Gin Na, dann ist's ja gut …

Abends lauert mir Cindy im Hof auf. Sie sieht aus, als hätte sie schon längere Zeit auf mich gewartet, tut aber so, als würde sie zufällig bei den Mülltonnen herumlungern.

Hallo Greta, sagt sie, gehst du joggen?

Sieht so aus, sage ich und werfe einen nervösen Blick zu Osinskis Fenster.

Ich kann gerade mal die Hälfte seines Kopfes erkennen, genaugenommen sein dünnes, schwarzes Haar. Wenn ich noch länger hier stehe, entdeckt er mich mit Buster, deswegen dränge ich mich an Cindy vorbei, die sich aber sofort an meine Fersen heftet.

Kann ich mitkommen?, fragt sie und hopst hinter mir her.

Ich drehe mich unwirsch um.

Du?, sage ich. Joggen?!

Klar, sagt Cindy, ich kann voll schnell sein. Ich bin vielleicht klein, aber ich bin flink, und ich hab mir Turnschuhe gekauft.

Cindy streckt mir ihren Fuß hin, damit ich die Schuhe begutachten kann. Sie sind lachsfarben und sehen riesig an ihren dünnen Beinen aus.

Die blinken beim Laufen, sagt sie stolz und hüpft einmal auf und ab, um mir zu zeigen, dass sie tatsächlich blinken.

Super, sage ich genervt, aber ich glaube nicht, dass dir Joggen mit mir Spaß macht.

Mit dir vielleicht nicht, sagt sie, aber mit Buster. Darf ich die Leine halten?

Wenig später laufen wir nebeneinander her. Cindy ist knallrot im Gesicht, aber sie hält tapfer mit, nur um sich keine Blöße zu geben. Ich laufe viel schneller als sonst, obwohl mich das viel Kraft kostet und ich mein Herz in den Ohren wie wild pochen höre. Aber das ist mir egal. Hauptsache, ich werde Cindy los.

Damit ist dieses Problem ein für allemal aus der Welt, denke ich, ein zweites Mal läuft sie nicht mit mir.

Aber Cindy läuft und schafft es auch noch, ständig vor sich hin zu plappern. Sie erzählt von ihrem Vater, der ständig im Dienst ist und selten Zeit für sie hat, deswegen ist sie auch in die Krippe gekommen, gleich nachdem ihre Mutter weg war, und danach in den Hort, da geht sie jetzt noch hin, nach der Schule.

Aber ich verstehe das, sagt sie altklug und schnappt gleichzeitig nach Luft, er löst furchtbar wichtige Fälle.

So ein Quatsch, gebe ich zurück, dein Vater fährt Streife. Der löst überhaupt keine Fälle.

Daraufhin presst Cindy ihre Lippen beleidigt zusammen.

Du kannst ganz schön fies sein, sagt sie nach einer Weile.

Wir biegen in den Mauerpark ein, und Cindy wird langsamer. Eigentlich bin ich darüber ziemlich froh, ich kann auch nicht mehr, vor allem ist es immer noch heiß, und ich bekomme Seitenstechen. Ich drossle auch mein Tempo und lasse sie wieder aufholen.

Ich bin nicht fies, sage ich, aber die Wahrheit darf man schließlich sagen.

Du weißt doch gar nichts, sagt sie und bleibt nach

vorne gebeugt stehen, die eine Hand in die Seite gepresst.
Zornig hält sie mir Busters Leine entgegen, und ich sehe Tränen in ihren Augenwinkeln.
Mein Vater löst wohl Fälle, sagt sie.
Natürlich, entgegne ich, und deine Mutter ist Bookerin in einer Modelagentur.
Darauf ist sie still, nur ihre Lippen zittern unmerklich, und sie tut mir fast ein bisschen leid, aber ich reiße mich am Riemen und nehme Busters Leine entgegen.
Jetzt schau mich nicht so böse an, sage ich, während ich federnd auf der Stelle laufe.
Ich weiß genau, wie überheblich das aussieht, und ich würde mich an ihrer Stelle dafür hassen – und als ob es irgendwo Gerechtigkeit geben würde, bekomme ich im selben Moment einen Stoß zwischen die Schulterblätter, der mich genau vor Cindys blinkende Schuhe fallen lässt, und das tut ziemlich weh, vor allem an den Knien.
Uuups, höre ich jemand hinter mir, und ich weiß sofort, dass diese Stimme zu Konrad gehört, bist du gestolpert?
Ich beiße die Zähne zusammen und rapple mich auf.
Was soll das, fahre ich ihn an, aber bevor ich noch ein Wort sagen kann, bekomme ich noch einen Stoß, der mich nach hinten taumeln lässt, diesmal gegen Cindy.
Du bist jetzt mal ganz still, sagt er und baut sich genau vor mir auf, hinter ihm die restlichen Punks, die scheinbar gelangweilt Steine über den Weg kicken.
Das hier ist der Mauerpark, sagt Konrad.
Er macht eine weitausholende Geste, die das gesamte

Areal umfassen soll, und ich sehe mich selbst wie blöde nicken. Klar ist das der Mauerpark. Was sonst?
Der Mauerpark ist mein Revier, sagt Konrad, verstehst du, was ich meine?
Um seine Worte zu unterstreichen, gibt er mir noch einen leichten Schlag vor die Brust, der Cindy und mich einen weiteren Schritt zurückweichen lässt.
Hier haben kleine Mädels nichts zu suchen.
Er atmet tief durch, als müsste er sich selbst beruhigen, und lässt seinen Blick lange über die Rasenflächen schweifen. Als ich schon fast glaube, er hat uns vergessen, sieht er mir plötzlich direkt in die Augen. Seine Augen sind dunkelgrau, oder vielleicht sind sie auch blau und nur so dunkel vor Zorn.
Gar nichts, sagt er, das kapierst du doch, oder?
Ich nicke wieder und spüre, wie sich Cindy, hinter mir, gegen meinen Rücken presst. Toll. Buster versagt in Notsituationen völlig. Er steht zwischen uns, hechelt wie immer freundlich und denkt, wir machen Spaß. Und dann auch noch Cindy. Am liebsten würde ich ihr eins vors Schienbein treten, damit sie Abstand hält. Aber damit ist jetzt auch niemandem geholfen.
Also, du nimmst jetzt deinen Köter und deine kleine Freundin und verschwindest von hier, sagt Konrad, und ich hoffe für dich, dass du dich hier nicht mehr blicken lässt. Berlin ist groß. Riesig … Nur so als Tipp.
Er hält meinen Blick fest, bis ich unbehaglich wegsehe, dann drehen wir uns um und marschieren langsam davon, als hätten wir keine Eile, obwohl wir am liebsten rennen würden. Wir hören die Punks lachen.

Denen hast du es aber gegeben, sagt einer.
Cindys Turnschuhe blinken bei jedem Schritt, und meine Knie tun grässlich weh.
Du blutest, flüstert Cindy.
Ach was, fauche ich böse zurück, halt jetzt bloß die Klappe, es ist schon alles schlimm genug.
Den Rest des Weges gehen wir schweigend. Cindy hat die Hände vor der Brust verschränkt und kaut auf ihrer Unterlippe, und ich kann mich nicht erinnern, mich schon einmal so gedemütigt gefühlt zu haben. Von Konrad! Fieberhaft überlege ich, was ich ihm alles antun könnte, dabei fühle ich mich noch schrecklicher, weil völlig klar ist, dass ich ihm gar nichts tun kann, weil ich ihm kräftemäßig völlig unterlegen bin. Ich kann mich nicht mit ihm prügeln. Außer es ist mir egal, dass er mir sämtliche Knochen bricht. Und zum Egal-Sein hab ich zu viel Schiss vor ihm. Ja, jetzt habe ich richtig Schiss. Ich hab sogar Angst, dass er uns doch noch nachläuft. Und ich habe Angst, ihn zu Hause zu treffen. Das war noch nie so. In unserem Dorf, daheim, musste man vor niemandem Angst haben. Da gab es niemand wie Konrad. Alle kannten sich, und wenn man sich mit jemand prügeln musste, früher, dann nicht im Ernst.
Mikesch, denke ich, ich erzähle Mikesch alles, und der schmeißt ihn dann raus. Dann kann er zurück in sein Heim für Schwererziehbare.
Ohne auf den Osinski zu achten, überqueren wir den Innenhof und laufen die Treppen hoch. Vor ihrer Wohnungstür hält Cindy mich kurz am Arm fest.
Du, der Konrad hat gedacht, wir sind Freundinnen.

Ich schüttle sie einfach ab und lasse sie im Treppenhaus stehen.

Pampolina Das wirst du nicht tun. Du wirst nichts davon Mikesch erzählen.

Gin Aber wieso nicht? Und was soll ich denn sonst tun?

Pampolina Willst du wirklich, dass Mikesch dich für eine jämmerliche Heulsuse hält?

Gin Musst du immer so schlimme Sachen sagen?

Pampolina Stimmt, eine jämmerliche Heulsuse ist eine verdammt schlimme Sache.

Gin Du weißt genau, wie ich es meine.

Pampolina Weiß ich. Und du weißt, dass ich recht habe. Wenn du jetzt petzen gehst, denkt Mikesch, du bist eine kleine, verzogene Göre, und Konrad denkt übrigens das Gleiche. Wenn du nichts sagst, beweist du echte Größe.

Gin Du solltest mal meine Knie sehen!

Pampolina Heulsuse!

Gin Ich werde nie wieder Miniröcke tragen können. Wegen der Narben.

Pampolina Jetzt stell dich nicht so an! Dir wird schon noch etwas Besseres wegen Konrad einfallen. Ich würde nichts überstürzen.

Gin Apropos überstürzen: Was ist mit dem Internettyp?

Pampolina Das willst du doch alles gar nicht wissen.

Gin Und ob ich das wissen will! Ich vergehe vor Neugierde!

Pampolina Na, dann ist ja gut! Es gibt aber gar nichts zu erzählen. Also *noch* gar nichts …

Gin Kannst du mal aufhören, in Rätseln zu sprechen?

Pampolina Wir werden uns treffen!

Gin Du spinnst komplett! Was habe ich dir über Internet und Leute-Treffen erzählt!?

Pampolina Du meinst Cindys tolle Weisheiten?

Gin Cindy ist vielleicht doof und nervig, aber in dem Fall hat sie recht. Es ist einfach viel zu gefährlich. Wie lange kennst du ihn überhaupt schon?

Pampolina Nicht so lange, aber was macht das schon.

Gin Das fragst du noch?!

Pampolina Sei doch nicht so altklug. Ich muss ihn unbedingt treffen. Ich spüre, dass es zwischen uns etwas ganz Besonderes ist. Das spüre ich einfach.

Gin Das ist doch Quatsch! Das kannst du doch jetzt noch gar nicht sagen!

Pampolina Und ob ich das kann. Wir reden stundenlang miteinander. Ich weiß alles über ihn, und er weiß alles über mich.

Gin Und wenn er dich anlügt?

Pampolina So kann man nicht lügen.

Gin Du vielleicht nicht und ich auch nicht, aber lies doch mal, was Cindy für einen Mist erzählt.

Pampolina Wenn ich noch einmal den Namen Cindy höre, bekomme ich einen Tobsuchtsanfall.

Gin Entschuldigung, aber es stimmt doch, was ich sage.

Pampolina Gar nichts stimmt. Du und deine Cindy, ihr geht mir vielleicht auf den Wecker! Ich treffe ihn, und zwar heute Abend, wenn du es genau wissen willst. Und daran ist auch nichts mehr zu rütteln.

Mit brennenden Augen starre ich auf die Mitteilung: *Pampolina ausgeloggt.* Wütend klappe ich den Deckel des Laptops herunter. Wie kann man nur so verbohrt sein? Oder vielleicht bin ich ja verbohrt, und Pampolina trifft heute die Liebe ihres Lebens. Ich schiebe den Laptop so weit wie möglich von mir weg. Soll sie doch tun, was sie will. Schließlich bin ich nicht ihre Mutter.

Den Rest des Nachmittags tigere ich unruhig in der Wohnung herum. Wieder einmal ist es viel zu heiß draußen, um rauszugehen. Die Stadt saugt die Hitze auf wie ein Schwamm und bunkert sie sogar über Nacht, und am nächsten Tag ist es wieder genauso. Ich ziehe mich bis auf die Unterwäsche aus und lege mich flach aufs Bett. Von dort aus beobachte ich meine Uhr an der Wand, wie der Minutenzeiger langsam vorrückt, und meinen Bauch, der sich beim Atmen hebt und senkt, und ich denke daran, dass Pampolina sich gerade für ihr Date vorbereitet. Sie wird in die Dusche springen, den Temperaturregler auf kalt stellen und fluchen, weil das Wasser nur noch lauwarm aus der Leitung kommt, seit es so heiß ist. In ihrem Bad sind goldene Armaturen an der Wand. Es ist zartrosa gekachelt, das Bad einer Prinzessin. Sie schlingt ein Handtuch um ihr Haar und kauert sich nackt vor den großen Ankleidespiegel, um sich die Wimpern zu tuschen und die Lippen anzumalen.

Anmalen, sagt sie, weil ihr das Wort *Schminken* zu ernsthaft und erwachsen ist. Sie malt ihre Lippen rot und stellt sich vor, wie es ist, ihn zu küssen, jemand, den sie noch gar nicht kennt, und das macht ein komisches Flattern in ihrem Bauch, als würde jemand einen Schwarm fliegende

Fische in ihr herumjagen. Geküsst hat sie schon. Aber nur Jungs, die sie kannte, und berauschend war das nicht gewesen. Aber jetzt ist alles anders. Aufregend. Neu. Ein richtiges Abenteuer eben. Deswegen gibt sie sich Mühe, tuscht die Wimpern sorgfältig, sprüht Parfüm auf ihren Hals – *Roma*, weil der Flakon so gut in ihr rosa Badezimmer passt. Sie hat nämlich gelesen, dass man das Parfüm dort hinsprühen soll, wo man geküsst werden will. Ein paar Spritzer auf den Bauchnabel, darüber muss sie selbst grinsen, aber wenn schon, denn schon … Von unten hört sie den Fernseher ihrer Mutter. Das Vorabendprogramm läuft. Noch eine Stunde, denkt sie, dann wird alles anders.

Ich muss eingeschlafen sein, denn als ich wieder auf die Uhr sehe, ist es fast acht. Ich habe von Pampolina geträumt. *Alles ist anders, als es scheint*, hat sie im Traum zu mir gesagt. Ihr Mund war knallrot und riesig, aber das alles liegt nur an dieser verrückten Hitze. Ich wälze mich aus dem Bett und öffne die Fenster. Der Wind ist heiß, aber immerhin ist es Wind. Unter mir überquert Mikesch die Straße. Er hat wie immer diese komische Aktentasche dabei. Auf der anderen Straßenseite steht sein Auto, er schließt die Fahrertür auf und wirft die Tasche auf den Beifahrersitz.

Hallo Mikesch, rufe ich plötzlich übermütig und winke.

Er sieht zu mir hoch und winkt zurück. Dann fährt er. Der Wind trägt den Geruch nach Abgasen zu mir ans Fenster.

Alles wird anders, denke ich, bald wird alles anders.

Parzival

Wenn er nachts nicht schlafen konnte, sah er sie an.
Du sollst nicht weggehen, sagte er.
Immer wieder. *Du sollst nicht weggehen. Du sollst nicht weggehen.* Bis er schläfrig wurde und langsam in die andere Welt hinüberglitt.
Die andere Welt, sagte seine Mutter, du weißt nie, was wirklich ist. Träumst du oder wachst du? Du kannst es dir aussuchen.
Du meinst also, der Onkel ist nur ein böser Traum, flüsterte er.
Genau, flüsterte sie zurück, und nachts gehst du in die andere Welt. Dort bist du kein kleiner Junge, sondern ein Held.
Dann könnte ich dich retten, sagte er.
Sie gab ihm einen schnellen Kuss auf die Wange. Schnell, damit der Onkel es nicht sah.
Das könntest du, sagte sie.

Greta

Mitten in der Nacht wache ich auf und kann nicht mehr schlafen. Endlos wälze ich mich im Bett herum, schließlich stehe ich auf und taste mich im Dunklen in die Küche. Buster tappt hinter mir her, in der Hoffnung, es könnte etwas für ihn abfallen.
Du kannst auch was zu trinken haben, sage ich, während ich mir ein Glas randvoll mit Mineralwasser gieße.
Aber Busters Schüssel ist noch voll. Mit dem Glas trete ich ans Fenster. Der Hof liegt dunkel und leer unter mir. Nur in Herrn Osinskis Fenster flimmert der Fernseher. Wie immer. Wahrscheinlich ist er davor eingeschlafen. Ich trinke das Glas mit einem Zug leer, da geht plötzlich über mir ein Licht an. Ich sehe die Spiegelung am Haus gegenüber. Ein Schatten huscht über die Mauer.
Mikesch, denke ich, oder Konrad.
Anscheinend bin ich nicht die Einzige, die nicht schlafen kann. Der Gedanke an Pampolina lässt mir keine Ruhe. Ob sie ihn getroffen hat? Wahrscheinlich liegt sie in ihrem Bett und schläft, ganz im Gegensatz zu mir. Ich lasse das Glas am Fensterbrett stehen und schleiche in Moas Zimmer. Vielleicht hat Pampolina mir eine Nachricht geschickt. Moa liegt in einem Knäuel aus Decken. Ich lau-

sche ihren Atemzügen. Endlos stehe ich neben ihrem Bett und traue mich nicht, den Laptop einzuschalten, aber dann ist meine Unruhe größer als die Angst, Moa könnte aufwachen. So leise wie möglich klappe ich den Deckel hoch, das Surren dröhnt in meinen Ohren, und als Moa sich plötzlich bewegt, glaube ich fast, mein Herz bleibt stehen. Ich halte inne und zähle langsam bis zehn. Dann logge ich mich ein.

Gin hat keine neuen Nachrichten.

Keine Nachricht von Pampolina. Ich atme leise aus. Das kann nicht sein. Pampolina würde mir sofort erzählen, wie es mit dem Typ gelaufen ist. Außer sie ist beleidigt, wegen heute Nachmittag.

Pampolina, schreibe ich schnell, *bitte melde dich doch. Morgen um elf im Netz, okay? Deine Gin.*

Wieder bewegt sich Moa, und ich beeile mich, den Computer runterzufahren. Ich warte, bis er ganz verstummt, dann will ich mich wieder aus dem Zimmer schleichen.

Greta?

Das Deckenknäuel bewegt sich, und Moa sieht mich schlaftrunken an.

Was tust du da?

Ich kann nicht schlafen, flüstere ich.

Moa setzt sich auf. Hinter mir bewegen sich die indischen Tücher im leichten Wind, und die Geräusche der Stadt wehen zu uns herauf. Die Stadt ist nie ganz still.

Willst du hierbleiben?, fragt Moa.

Ich setze mich zu ihr ins Bett, so wie ich es früher als kleines Mädchen oft getan habe.

Du vermisst Frede, sagt sie, und den Felix, oder?
Mmmmh, sage ich unbestimmt und rolle mich an ihrer Seite zusammen.
Willst du die beiden nicht mal einladen? Sie könnten dich besuchen kommen, solange noch Ferien sind. Das wäre doch nett.
Frede und Felix sind jetzt zusammen, sage ich und spüre, wie sich mein Herz zusammenkrampft. Immer noch, aber nicht wegen Felix, der ist mir egal, sondern wegen Frede, und ich denke daran, wie lange sie sich nicht mehr gemeldet hat. Wahrscheinlich meldet sie sich nie wieder. Jedenfalls macht jeder Tag die Kluft zwischen uns größer, und ich glaube, je länger es dauert, um so unüberwindbarer wird das, was jetzt zwischen uns steht.
Oh, sagt Moa, und mehr kann man dazu wohl auch nicht sagen.
Sie legt ihren Arm um mich, und so schlafen wir ein. Buster kommt ins Zimmer getapst, sein Hundeatem vermischt sich mit dem Summen Berlins und begleitet mich in meine Träume.

Bei uns auf dem Dorf werden jetzt die Kornfelder abgemäht, Tag und Nacht fahren Mähdrescher und wirbeln riesige Staubwolken, die gehäckseltes Stroh und Erde tragen, vor sich her. Überall hängt der Geruch von Heu und gemähter Wiese, und wenn man die Augen schließt, glaubt man, man könnte betrunken davon werden. Hier in der Stadt riecht es nach brennendem Asphalt und Frittenbude. Dem kleinen Verkäufer läuft der Schweiß in

Strömen übers Gesicht, als er mir eine kalte Cola über den Tresen reicht.
Na, vermisst du dein schönes Bayernland?, fragt er und grinst.
Klar, gebe ich zurück, ich kann nicht mehr schlafen vor lauter Heimweh.
Die Stadt ist auch gut im Sommer, sagt er, du musst ins Prinzenbad gehen und an die Spree zum Dampferfahren, und Biergärten gibt es hier auch. Nicht nur in Bayern. Und die Männer sind in Berlin auch schöner.
Er zwinkert mir zu und deutet auf sich.
Ich ignoriere diesen Wink und nehme einen tiefen Schluck von meiner Cola.
Wie lange kennst du denn den Mikesch schon, sage ich, ohne ihn anzusehen.
Ah, daher weht der Wind, sagt er, der schöne Mikesch. Logisch, dass ich da einpacken kann. Auf den stehen ja alle Frauen.
Er seufzt theatralisch und rüttelt an seinem Currywurstrost, damit die Würste nicht anbrennen, und ich frage mich, was er damit meint, dass alle Frauen auf ihn stehen. Wahrscheinlich hat er alle paar Wochen ein anderes Model im Schlepptau.
Den Mikesch, sagt er, den kenn ich schon länger, der ist schon seit ein paar Jahren hier. Stammkunde sozusagen. Aber Stammkunden habe ich viele, bei mir gibt's ja auch die beste Berliner Currywurst …
Lass stecken, unterbreche ich ihn, weil ich keine Lust habe auf eine dreistündige Abhandlung über echte Berli-

ner Currywurst und diese zusammengepanschten Würste, die man an Dönerbuden kaufen kann.
Was willst du denn über ihn wissen?, ruft er mir nach, als ich mich umdrehe.
Ich schwenke zurück und lehne mich wieder an den Tresen, da muss man aufpassen, dass man nicht das spritzende Fett abkriegt, aber ich bleibe trotzdem stehen.
Na, alles, was du weißt, sage ich.
Dann muss die Liebe aber groß sein, sagt der Wurstverkäufer und macht ein gespielt bedenkliches Gesicht.
Bevor ich etwas erwidern kann, stellen sich zwei junge Männer hinter mir an und bestellen zweimal Currywurst. Ich weiß gar nicht, wieso ich ihn über Mikesch ausfrage. Natürlich gefällt er mir. Sehr gut sogar. Aber irgendwie will ich gar nicht wissen, ob er eine Freundin hat. Solange ich darüber nichts weiß, kann ich mir immerhin vorstellen, wie es wäre, wenn ich Mikesch auch gefallen würde. Oder wie es wäre, wenn er mich fragen würde, ob ich am Wochenende wieder mit raus zum Wannsee fahre. Wir könnten zusammen auf den Flößen liegen, nebeneinander, und uns von den Wellen schaukeln lassen, dabei müssten wir nicht reden, es wäre nur schön, wenn er da wäre und ich ihn ansehen könnte.
Ich glaube nicht, dass er eine Freundin hat, sagt der Currywurstverkäufer und reißt mich so aus meinen angenehmen Gedanken.
Wenn es das ist, was du wissen willst. Er war noch nie mit einer hier. Nur alleine oder mit Konrad.
Er stützt sich mit den Armen vor mir auf und sieht mir zu, wie ich rot werde. Schnell wende ich mich ab und tue

so, als hätte ich auf der anderen Straßenseite etwas Interessantes entdeckt.

Dafür brauchst du dich nicht schämen, sagt er väterlich, jeder ist doch mal verliebt. Ich zum Beispiel steh schon seit Jahren auf diese mollige Brünette aus der Eckkneipe Kastanienallee. Aber meinst du, sie würde auf mich stehen? Keine Spur.

Er nimmt meine leere Coladose und wirft sie in den Abfall.

Das muss in deinem Fall jetzt nichts heißen, sagt er schnell, als er meinen bösen Blick bemerkt. Du musst nur ein bisschen netter sein, setzt er noch eins drauf.

Wie kommst du dann darauf, dass die Frauen auf ihn stehen, wenn er noch nie mit einer hier war?, frage ich und ziehe mir einen Strohhalm aus dem Behälter.

Ich hatte mal eine Aushilfe, sagt der Currywurstverkäufer, die war so verliebt, die ist jedes Mal fast in Ohnmacht gefallen, wenn Mikesch hier aufgekreuzt ist. Und das war fast täglich. Schließlich musste ich sie entlassen, weil sie nur noch bleich in der Ecke herumgesessen ist.

Ich glaub dir kein Wort, sage ich misstrauisch.

Das musst du auch nicht, sagt er gutmütig, entlassen habe ich sie, weil sie ein faules Ding war. Aber der Rest stimmt.

Wieder rüttelt er an seinem Rost und lässt die Würste springen. Das sieht richtig professionell aus, als würde er in seinem Leben nichts anderes tun, als Currywürste wenden.

Du darfst einfach nicht so zickig sein, sagt er, das mögen die Männer nicht.

Und lächeln, schreit er mir nach, als ich schon die Straße überquere, immer lächeln!

Pünktlich um elf Uhr bin ich wieder zurück. Ich fülle Busters Schüssel randvoll mit Wasser, kicke die Flip-Flops von den Füßen und fahre den Laptop hoch. Moas Bildschirmschoner ist ein Foto von uns beiden beim Umzug. Wir stehen vor dem geliehenen Umzugswagen, und Moa macht das Victoryzeichen, ich lehne daneben und lächle gequält. Ich weiß noch genau, wie ich mich in diesem Moment gefühlt habe. Schrecklich erschöpft und wütend, weil wir den ganzen Tag geschuftet hatten, alleine, und genau in dem Moment, als wir loswollten, kam meine Clique mit den Rädern vom Baden zurück. Sie zogen ein paar Kreise um den Transporter, und Moa drückte Frede ihre Kamera in die Hand.
Da mach ein Foto, hat sie zu ihr gesagt, als Erinnerung.
An was, hab ich böse gesagt, an den furchtbarsten Tag meines Lebens?
Da hat Moa mich angesehen und mir vor allen aus der Clique – wie schrecklich peinlich – einen schnellen Kuss auf die Stirn gedrückt.
Nein, Süße, hat sie gesagt, als Erinnerung an den Anfang unseres neuen Lebens. Also guck ein bisschen freundlicher.
Ich atme tief durch, um den Knoten in meiner Brust zu vertreiben, dann wähle ich mich ins Internet und klicke weiter, bis ich im Chatroom lande. Um fünf Minuten nach elf logge ich mich im Raum für Leute über fünfzehn ein, die *grüne-couch-lounge*, und warte. Sieben

Leute sind angemeldet, darunter natürlich Cindy. Anscheinend hat sie sich mit Ron/14 verkracht und nun einen neuen Kandidaten für ihre Schwindeleien aufgetan, jedenfalls ist sie in endloses Geplänkel mit einem Typ, der sich Hoover nennt, vertieft.
Übrigens habe ich eine neue Freundin, schreibt sie, *ich habe sie bei meiner Mutter in der Agentur kennengelernt. Sie ist ein ganz bekanntes Model, deswegen darf ich auch nicht schreiben, wie sie heißt. Das würde ihre Privatsphäre verletzen.*
Ach komm schon, schreibt Hoover, *lass dir nicht alles aus der Nase ziehen.*
Aber Cindy bleibt hart, es bleibt ihr ja auch gar nichts anderes übrig.
Lass mich raten, schreibe ich böse, *es ist Claudia Schiffer, und morgen bist du mit ihr zum Kaffeetrinken verabredet.*
Echt?!, kommt von Hoover zurück. *Claudia Schiffer?! Die ist doch schon uralt!*
Ich verschränke die Arme vor der Brust und lehne mich in meinem Stuhl zurück. Am rechten unteren Rand des Bildschirms läuft die Uhr. Zehn Minuten nach elf, und noch kein Zeichen von Pampolina. Bis jetzt war sie jeden einzelnen Tag im Netz. Und immer zuverlässig da, wenn wir uns verabredet hatten.
Wer kennt Claudia Schiffer, schreibt AtomicRasta, *die möchte ich auch mal treffen, die ist doch nicht uralt.*
Vielleicht hat Pampolina auch einfach ihre Mails noch nicht gelesen, aber wenn ich ehrlich bin, ist das noch nie vorgekommen. Ich weiß, dass sie als Allererstes den Lap-

top aufklappt, morgens, noch bevor sie Zähne putzt oder zur Toilette geht.
Ich bin süchtig nach dem Geräusch, hat sie mal geschrieben, *manchmal, wenn ich nicht einschlafen kann, lasse ich den Computer die ganze Nacht laufen. Das ist wie Wellenrauschen. Kennst du das? Wenn man am Meer ist und nachts das Fenster offen lässt? Das ist fast genauso.*
Ich weiß, was du meinst, bei mir daheim waren das die Bäume, hab ich geantwortet, *der Wald war genau hinter unserem Haus, und die Bäume sind auch wie Wellenrauschen.*
Ich ertappe mich dabei, dass ich auf den Laptop starre, ohne die Zeilen zu lesen. Was, wenn etwas schiefgelaufen ist? Wenn Cindy recht hat? Mir läuft ein Schauer über den Rücken, trotz der Hitze, und ich bohre meine Fingernägel in die Oberarme. Das bringt mich zurück, und ich wische die Gedanken fort.
Wie kommt ihr denn auf Claudia Schiffer?, schreibt Cindy. *Ich hab doch nie was von Claudia Schiffer gesagt.*
Ich finde Claudia Schiffer klasse, schreibt AtomicRasta, *die ist voll sexy.*
Die könnte unsere Mutter sein, schreibt Hoover.
Vielleicht hat Pampolina sich auch wirklich verliebt. Vielleicht waren sie ganz romantisch spazieren, haben sich geküsst, und dann hat Pampolina ihn mit in ihr Schloss genommen, vorbei an den schlafenden Dobermännern und der Prosecco trinkenden Mutter. Und jetzt liegen beide in ihrem Zimmer, unter der Decke versteckt, und erzählen sich Geheimnisse, leise, damit niemand merkt, dass sie zu zweit sind. Wenn jemand an die Tür

klopft, Frau Lang, die Hauswirtschafterin beispielsweise, hält Pampolina ihm die Hand auf den Mund.
Ich schlafe noch, ruft sie durch die verschlossene Tür.
Dann warten sie und horchen, bis Frau Langs Schritte von den unendlichen Teppichböden verschluckt werden.
So könnte es sein, aber eine andere Version dieser Geschichte geistert in meinem Kopf. Die von Mädchen, die in dunkle Lieferwägen gezerrt werden, nachts, wenn niemand etwas davon merkt. Wenn man Glück hat, wird man irgendwohin verschleppt, und wenn man Pech hat, wird man gar nichts mehr, weil man nämlich tot ist. Zumindest hört man so etwas ständig in den Nachrichten.
Also, wenn Püppchen Claudia Schiffer kennt, dann soll sie mir mal ein Date machen, schreibt AtomicRasta.
Vor fünf Jahren ist ein Mädchen aus unserer Gegend verschwunden. Ich kannte sie von der Schule, sie war zwei Klassen über mir und Frede. Sie hieß Evelyn und war das hübscheste Mädchen der ganzen Schule, darüber waren wir uns alle einig. Sie hatte rotes, gewelltes Haar und blaue Augen, aber das beste war ihre weiße Haut, so weiß, dass sie nie wirklich in die Sonne gehen konnte, aber wenn man sie von nahem ansah, konnte man erkennen, dass sie über und über voller winziger Sommersprossen war, als hätte jemand einen Sandeimer über ihrem Kopf ausgelehrt. Eines Tages kam sie nicht von der Schule nach Hause. Ich bilde mir ein, mich noch genau an den Tag erinnern zu können, den Tag, als ich sie zum letzten Mal vom Schulhof radeln sah, mit wehendem Haar, die

Schultasche auf den Gepäckträger geklemmt. Vielleicht kann ich mich aber nur an das erinnern, was die Leute erzählt haben. Dass sie nach Hause radeln wollte, aber jemand hat sie in dem kleinen Waldstück, das zwischen Schule und unserem Dorf lag, abgefangen. Das Rad haben sie dort gefunden, aber Evelyn nicht. Lange durfte niemand das Waldstück betreten, und dann haben sie es abgeholzt, damit niemand auf die Idee kam, Schülern aufzulauern, und außerdem wollte die Gemeinde ohnehin schon lange einen neuen Sportplatz bauen. Das traf sich dann gerade so. Frede und ich dachten oft an Evelyn. Wir wollten nicht glauben, dass sie tot war, und weil es niemand genau wusste, malten wir uns aus, was mit ihr passiert war. Dass sie eine heimliche Liebe hatte und mit ihm durchgebrannt war, nach Südamerika oder Mexiko, wo niemand sie finden konnte. Aber im Grunde unseres Herzens wussten wir, dass sie nicht durchgebrannt war, wir wussten, dass jemand ihr etwas angetan hatte.

Du spinnst ja, schreibt Hoover, *wenn, dann möchte ich mich mit Paris Hilton treffen.*

Das ist doch Quatsch, schreibt AtomicRasta, *wenn Püppchen Claudia Schiffer kennt, sollten wir uns mit der treffen. So eine Gelegenheit kommt nie wieder.*

Ich seufze und schließe die Seite.

Liebe Pampolina, schreibe ich, *wenn du das liest, dann melde dich bitte sofort, ich mache mir Sorgen um dich.*

Parzival

Jetzt wo sie da ist, weiß er nicht, was er tun soll. Er hat sie aufs Bett gelegt, verschnürt wie ein kleines Bündel, und dort liegen lassen. Sie hat gewimmert, ist aber nicht wach geworden, und darüber war er froh. Zeit, er brauchte mehr Zeit. Vom Bett zum Fenster sind es vier Schritte, die geht er, öffnet den Riegel, drückt gegen das Holz der Fensterläden. Nichts rührt sich, er hat sie von außen vernagelt, vor zwei Wochen schon, kurz nachdem er sie entdeckt hatte.

Sie wimmert wieder, und er fährt herum, aber sie liegt ganz still. Sie atmet, als würde sie tief schlafen.

Auf dem Tisch hat er Konserven aufgereiht. Ravioli. Thunfisch. Zwieback und zwei Flaschen Mineralwasser.

Er weiß nicht, ob er das Bündel aufschnüren soll.

Lieber nicht, denkt er.

Er geht die vier Schritte zurück und geht vor dem Bett in die Hocke. Bilder hat er von ihr schon gesehen, aber in Wirklichkeit ist sie viel zarter und kleiner, ihre Hände sind winzig. Er öffnet ihre Fäuste und fährt die feinen Linien im Inneren der Hand entlang. Durch die Ritzen im Holz dringt schwaches Licht herein und erinnert ihn daran, dass es Zeit ist aufzubrechen.

Greta

Die Uhr steht nicht still. Sie läuft weiter, und die Zeit ohne Lebenszeichen von Pampolina wird endlos. Ich höre Schritte im Treppenhaus und schleiche mich zur Wohnungstür. Von dort erhasche ich einen Blick auf Konrad, mit hängenden Schultern schlurft er an mir vorbei.
Vollidiot, flüstere ich und bin froh, dass er mich weder hören noch sehen kann.
Ich lehne meinen Kopf gegen das Holz und überlege. Vielleicht ist Pampolina auch sauer auf mich und will mich deswegen auf die Folter spannen. Das würde ihr zumindest ähnlich sehen.
Ich bin nachtragend wie ein Elefant, hat sie geschrieben, *die vergessen auch nichts.*
Wenn sie jemandem böse ist, hält sie das wochenlang durch. Einmal hat sie einen ganzen Monat nicht mit ihrer Mutter gesprochen, ich habe vergessen, warum. Jedenfalls war es etwas völlig Unwichtiges. Wenn ich nachtragend wäre, dürfte ich nach der Sache mit Lothar nie wieder mit Moa sprechen.
Wieder höre ich Schritte. Jemand kommt ziemlich langsam die Treppen hoch.

Das kann nur Mikesch sein, denke ich, ansonsten wohnt ja niemand mehr über uns.
Ich öffne vorsichtig die Tür und strecke meinen Kopf hinaus, gerade als Mikesch, beladen mit einer riesigen Sporttasche, die letzte Stufe hinaufsteigt.
Na Greta, sagt er, lauerst du mir auf?
Ganz genau, gebe ich zurück, ich warte schon stundenlang hinter der Tür.
Er lässt den Riemen der Sporttasche von der Schulter gleiten und lässt sie dann auf den Boden plumpsen.
Judo, erklärt er, ich habe jeden Mittwochmorgen Judo-Training.
Bei der Hitze, frage ich entsetzt, das ist ja verrückt.
Mikesch reibt sich die Schulter an der Stelle, wo der Riemen aufgelegen ist. Er trägt ein weißes, ziemlich zerknautschtes Poloshirt, und am Halsausschnitt kann man seine schwarzen Brusthaare sehen. Felix hatte keine Brusthaare, kein einziges. Aber Felix ist auch kein richtiger Mann. Ein kleiner Junge ist er. Jawohl.
Nicht verrückter als Joggen, sagt er.
Als er mein erstauntes Gesicht bemerkt, grinst er und sagt: Ich lauer dir nämlich auch auf.
Ein Stockwerk über uns knallt jemand demonstrativ die Tür zu. So laut, dass selbst Buster kurz mit den Ohren zuckt, wahrscheinlich wegen der Schallwellen. War ja klar, dass uns Konrad belauscht. Der Typ ist wirklich grässlich.
Konrad ist nur eifersüchtig, sagt Mikesch.
Ich kann nichts dagegen tun, dass mein Herz wie verrückt zu pochen beginnt. Vielleicht flirtet Mikesch ja tat-

sächlich mit mir. Fieberhaft überlege ich, was man in solch einer Situation tut. Was würde Pampolina tun? Sie würde Mikesch gnädig hereinbitten und von Frau Lang Häppchen zubereiten lassen. Das Haus wäre vorbildlich aufgeräumt und die Toilette geputzt – nichts von alledem trifft auf unsere Wohnung zu. In der Spüle stapelt sich das Geschirr, weil weder Moa noch ich Lust hatten, die Spülmaschine einzuräumen, und ein schneller Blick über die Schulter sagt mir, dass man auch den Flur niemandem zumuten kann. Überall liegen einzelne Schuhe – Moas Schuhe –, denke ich böse – und diverse, angenagte Kauknochen herum. Das würde bei Pampolina auch nicht passieren. Die Dobermänner Blue und Berry wohnen in einem Zwinger neben dem Hoftor, damit Einbrecher abgeschreckt werden und sie das Haus nicht verdrecken. Also keine Kauknochen im Haus.

Blödsinn, sage ich schnell und halte mich dabei am Türstock fest, der ist nicht eifersüchtig, der macht die Türen immer so zu. Der ist einfach gewohnheitsmäßig unhöflich.

Mir liegt auf der Zunge, Mikesch von unserem Zusammenstoß im Mauerpark zu erzählen. Warum soll er nicht über Konrad Bescheid wissen? Doch gleichzeitig sehe ich Pampolinas Zeilen vor mir. *Heulsuse*, hat sie geschrieben.

Du willst doch nicht, dass Mikesch denkt, du bist eine jämmerliche Heulsuse.

Und das will ich auf keinen Fall. Deswegen schlucke ich meinen Zorn auf Konrad schnell hinunter.

Willst du was trinken, frage ich stattdessen, ich kann dir was holen.

Später sitzen wir zusammen im Schneidersitz vor meiner Wohnungstür, ich mit einer Flasche Orangensaft auf den Knien und Mikesch mit einer Tasse Instantkaffee, und ich jubiliere innerlich, weil ich so mutig gewesen bin. Buster liegt zwischen uns und sabbert auf die Fliesen, und alles erscheint mir plötzlich so leicht und schön und gar nicht mehr einsam, und das alles nur, weil Mikesch da ist. Die Türe hören wir noch mehrere Male knallen, und da lächeln wir uns jedes Mal an, als hätten wir etwas Gemeinsames, etwas, das nur wir wissen, und dass dieses Etwas ausgerechnet Konrad ist, stört mich in diesem Moment gar nicht.
Wie lange wohnt denn Konrad schon bei dir?, frage ich leise, mit einem Blick nach oben.
Ungefähr eineinhalb Jahre, sagt Mikesch, er war davor zwei Jahre im Heim, und davor hatte er es auch nicht einfach. Deswegen musst du ihm nachsehen, wenn er etwas seltsam ist. Aber im Grunde seines Herzens ist er ein guter Kerl.
Etwas seltsam ist gut, sage ich und denke an unseren Zusammenstoß im Mauerpark, aber ich beiße mir auf die Lippen und behalte meine Gedanken für mich. Wie Pampolina gesagt hat. Bloß nicht wie eine Heulsuse aussehen. So beeindruckt man keine Jungs und so jemand wie Mikesch schon gar nicht. Nicht, dass ich ihn unbedingt beeindrucken will, aber dass er mich doof findet, will ich auch nicht. Am Besten, er hält mich für richtig erwach-

sen. Ich wollte auch, dass Felix mich für erwachsen hält. Wenn Frede über einen blöden Witz gekichert hat, hab ich nur die Augen verdreht. Die coole Greta, hat Felix oft gesagt, und das fand ich gut. Ich wollte nicht wie ein kleines Mädchen sein, auch wenn ich mich oft so gefühlt habe, neben Frede, die trotz ihres kindischen Benehmens schon viel fraulicher aussah als ich. Daran wird es wohl liegen, dass Felix lieber mit Frede zusammen ist, denke ich. Am Äußeren.
Ja, innerlich ist Konrad bestimmt toll, sage ich dann großmütig, obwohl ich vom Gegenteil überzeugt bin.
Gemeinsam streicheln wir Buster, der rollt sich gemütlich auf die Seite und streckt alle viere von sich. Einmal berühren sich kurz unsere Hände, aber ich zucke sofort zurück, als hätte ich mich verbrannt, und Mikesch sagt nichts dazu. Weil er ein Gentleman ist. Er nippt an seinem Kaffee, von dem ich weiß, dass er ziemlich gruselig schmeckt, und lässt seine Hand auf Busters weißem Bauch liegen. Plötzlich sieht er sehr erschöpft aus, und ich frage mich, ob Judo am frühen Morgen so gesund ist.
Machst du das schon lange?, frage ich.
Mikesch sieht mich irritiert an, als wäre er mit seinen Gedanken gerade ganz woanders gewesen.
Was meinst du?, fragt er.
Na Judo, sage ich und sehe in seine Augen, die aussehen, als hätte sich ein Schleier über die Iris gelegt.
Er stellt die leere Tasse neben sich auf die Treppenstufe.
Ach so, sagt er und zuckt mit den Schultern, ein paar

Jahre. Drei Jahre vielleicht. Nicht genug Zeit, um richtig gut zu sein.
Über uns wird wieder die Wohnungstür geöffnet, aber diesmal so leise, dass man es nur erahnen kann, und ich bin nicht sicher, ob es Mikesch auch bemerkt hat. Konrad schleicht nach oben. Er geht wieder auf Tour. Gleich wird er wieder das Dachfenster öffnen und sich über den Rand schwingen. Ein paar leichte Schritte, ein Sprung, und weg ist er. Die Treppe knarzt verräterisch, doch Mikesch verzieht keine Miene. Und ich, ich denke an Pampolina und halte meinen Mund fest verschlossen. Von wegen Heulsuse.

Ich bin schon im Bett, als Moa nach Hause kommt. Dreimal habe ich nach Pampolina gesehen, dreimal keine Nachricht. Dreimal vergeblich im Chatroom ausgeharrt und Gesprächen anderer gelauscht. Das letzte Mal habe ich mich vor einer Stunde eingeloggt. Wieder einmal fast gleichzeitig mit Cindy. Wie mir Cindy auf die Nerven geht! Ihre Lügerei ist kaum mehr auszuhalten. Seit ich Claudia Schiffer ins Spiel gebracht habe, ist die ganze Sache eskaliert, und Cindy spielt sich als Vertraute sämtlicher Topmodels auf. Wahrscheinlich muss sie bald Autogramme geben.
Moa tritt im Dunkeln auf einen der Kauknochen und flucht leise vor sich hin.
Friss das Zeug doch wenigstens auf, Buster, verstehe ich.
Dann klopft es an meine Tür.
Ich setze mich im Bett auf, schalte meine Nachttisch-

lampe ein, und Moa öffnet die Tür. Sie sieht zerzaust vom Fahrradfahren aus und hat dunkle Ringe unter den Augen.
Darf ich reinkommen?, fragt sie und tritt ein, ohne meine Antwort abzuwarten.
Seit der Nacht, die wir zusammen in ihrem Bett verbracht haben, haben wir uns nicht mehr gesehen. Nur ihre Zettel auf dem Küchentisch: *Schönen Tag, meine Süße!*
Das war alles. Sie setzt sich auf meine Bettkante und umschlingt ihre Knie mit den Armen. So habe ich sie zu Hause oft sitzen sehen. Nachmittags auf dem Sofa, wenn Papa in der Praxis war und sie vorher einen ihrer schrecklichen Streits hatten. Dann saß sie genau so da und starrte vor sich hin. Stundenlang. Und ich streifte durch die Wohnung, leise, um sie nicht zu stören, aber stillhalten konnte ich mich auch nicht, weil mir ihre Versunkenheit Angst einjagte. Einmal kam Frede zu uns herüber, sie fragte nichts und sah zu, dass sie wieder nach Hause kam. Am nächsten Tag hörte ich in der Bäckerei, die Frau Doktor hätte Depressionen, und das wäre doch ein Jammer, dass der Herr Doktor alle Leute gesund machte, nur seine eigene Frau nicht. Die Verkäuferin schlug sich auf den Mund, als sie mich erkannte, aber da war es schon zu spät, ich hatte schon alles gehört und lief hinaus, ohne Brot zu kaufen. Zu Hause sah ich im Lexikon nach. *Depressionen.* Natürlich sprach jeder von Depressionen und all dem Psychokram, den jeder hatte. Mein Mathelehrer hatte Angstattacken und konnte deswegen oft nicht zur Schule kommen, und Fredes Tante hatte Klaustrophobie, was bedeutete, dass sie nicht Aufzug fahren konnte, was

aber auf dem Land nicht so schlimm war, weil es ohnehin keine Aufzüge gab. Ich wusste, dass es Krankheiten gab, die im Kopf stattfanden. Aber Moa Depressionen? Was im Lexikon stand, schien auf Moa zuzutreffen, sie war antriebslos, schaffte es morgens oft nicht aus dem Bett und weinte viel. Als ich sie danach fragte, nahm sie mich in den Arm.

Quatsch, sagte sie, mach dir keine Sorgen, wenn wir erst hier weg sind, wird alles anders.

Und das stimmte. Seit wir hier waren, hatte sie kein einziges Mal ihre Knie umschlungen und trübsinnig vor sich hin gestarrt. Bis jetzt.

Was ist los?, frage ich und stubse sie vorsichtig an.

Wahrscheinlich hat sie ihren Job verloren, und wir müssen zurück, denke ich, und das eigenartige Gefühl, heimatlos zu sein, macht sich in mir breit, denn zurück will ich jetzt, nach der Geschichte mit Frede, auch nicht mehr. Oder, was noch schlimmer wäre, sie und Lothar sind ein Paar. Lothar zieht hier ein, mitsamt seinem Doppelkinn und den Schweißflecken unter den Armen. Lieber Gott, bloß das nicht.

Du bist nicht glücklich, oder?, fragt sie, ohne mich anzusehen. Seit wir hier sind, bist du nicht glücklich.

Ich rücke ein Stück von ihr ab.

Was soll das, sage ich barsch, wie kommst du jetzt da drauf?

Moa streicht die Bettdecke glatt. Sie muss immer irgendwo herumzupfen, wenn sie nicht mehr weiter weiß.

Ich sehe doch, dass es dir hier nicht gutgeht, sagt sie, was mich noch zorniger macht, weil ich mich frage, wann sie

das sehen will. Bis jetzt hat sie sich darum gut gedrückt.
Und das fällt dir jetzt ein, sage ich böse, dass ich nicht glücklich bin, und deswegen weckst du mich mitten in der Nacht auf? Du spinnst ja!
Ich musste jetzt einfach mit dir reden, sagt sie unbestimmt, und ich weiß, dass ich dich in letzter Zeit vernachlässigt habe. Das werde ich ändern. Ganz bestimmt.
Dann sieht sie mich unvermittelt an.
Heute in der Redaktion ist was passiert, sagt sie, und da ist mir klargeworden, dass ich gerade Mist mache. Mit dir.
Aha, sage ich und rücke noch ein Stück weg, um sie besser ansehen zu können, kannst du vielleicht etwas deutlicher werden?
Sie seufzt und vergräbt den Kopf in ihren Armen, dass ich nur noch einen Wust zauseliger, blond gesträhnter Haare sehen kann. So sitzt sie da, bis ich mich vernehmlich räuspere, da seufzt sie noch einmal und hebt ihren Kopf.
Ein Mädchen ist verschwunden, sagt sie, und mir bleibt beinahe das Herz stehen, hier in Berlin.

Die indischen Tücher bewegen sich leise, irgendwo draußen miaut eine Katze jämmerlich, und ich sitze wie erstarrt in meinem dunklen Zimmer, im Kopf nur den einen Gedanken: Pampolina. Pampolina ist verschwunden. Genau so, wie ich es befürchtet habe.
Weiter komme ich nicht, ich weiß nicht, was zu tun ist, ob

es überhaupt noch Sinn hat, nach ihr zu suchen, weil sie vielleicht schon tot ist, irgendwo vergraben oder in die Spree geworfen. Fast unerträglich ist es, daran zu denken, und der Gedanke an eine tote Pampolina macht mir Gänsehaut auf den Armen, im Nacken, überall. Ihr Postfach kommt mir in den Sinn, mit meinen Mails, das sie wahrscheinlich nie öffnen wird, und Blue und Berry, die Hunde, und ihr lavendelblaues Zimmer. Ich stehe auf, um das Fenster zu schließen, damit ich die einsame Katze nicht mehr hören muss, sie sitzt als kleiner, grauer Schatten unten auf der Straße.
Pssst, sage ich und beuge mich aus dem Fenster, sei doch endlich still!
Sie sieht kurz zu mir hoch, dann verschwindet sie in einem Hauseingang auf der anderen Straßenseite.
Danke, kommt es leise von unten, ich konnte auch nicht schlafen.
Cindy winkt zu mir hinauf, sie sitzt auf dem Fensterbrett und wackelt mit den Füßen, und irgendwie bin ich über diesen Anblick seltsam erleichtert.
Du, Cindy, flüstere ich, kann ich kurz zu dir runterkommen?

Cindys Wohnungstür steht einen Spalt offen, ich schlüpfe hinein und schleiche hinter Cindy her, in ihr Zimmer.
Wir müssen leise sein, sagt sie, mein Vater ist heute da.
Ich nicke und schwinge mich aufs Fensterbrett, es ist so breit, dass man bequem zu zweit dort sitzen kann. Wir lassen unsere Füße hinausbaumeln. Cindy trägt ein komisches rosa Nachthemd mit Mickymaus auf der Brust,

das zu ihrer Bettwäsche passt. Der Computer surrt und erinnert mich daran, warum ich mit ihr reden wollte.
Kennst du dich mit Polizeiarbeit aus?, flüstere ich.
Cindy sieht mich mit großen Augen an.
Ich?, flüstert sie zurück. Wieso sollte ich mich mit so etwas auskennen?
Na, dein Vater ist schließlich Polizist, sage ich etwas ungeduldig und frage mich, ob es wirklich Sinn hat, mit Cindy über Pampolina zu sprechen.
Ich kenn mich keine Spur aus, sagt Cindy kleinlaut.
Das habe ich befürchtet, sage ich leise und will mich wieder zurück ins Zimmer gleiten lassen.
Da hält Cindy mich am Arm fest.
Vielleicht kann ich dir ja trotzdem helfen, sagt sie, ich könnte es zumindest versuchen.
Wir sehen uns in die Augen, dann klettere ich zurück. Was habe ich schon zu verlieren, wenn ich ihr davon erzähle, und sie kann mir nicht helfen. Dann bin ich eben so weit wie jetzt und muss mir etwas anderes einfallen lassen.
Also gut, sage ich, aber du darfst mich nicht vollquatschen, und wir sind nicht die besten Freundinnen. Ist das klar?
Cindy nickt eilig.
Jetzt erzähl schon, sagt sie.
Es hat damit angefangen, dass ich auch zu chatten begonnen habe. Im selben Chatroom wie du, sage ich.
Jetzt springt Cindy vom Fensterbrett.
Du hast was?, fragt sie aufgebracht. Du hast dich in meinen Chatroom geschlichen? Unter welchem Namen?

Jetzt krieg dich wieder ein, fauche ich sie an, was ist schon dabei, dass ich auch chatte, und einen anderen Chatroom kannte ich nun mal nicht!

Cindy atmet tief durch, sie sieht aus, als würde sie mir am liebsten ins Gesicht schlagen, und ich frage mich, ob es so clever ist, auf dem Fensterbrett sitzenzubleiben, falls sie wirklich richtig austickt und auf mich losgeht. Man kann ja nie wissen. Ein Blick nach unten sagt mir, dass es immer noch ziemlich hoch ist, auch wenn Cindy ein Stockwerk unter mir wohnt. Wahrscheinlich würde ich mir den Hals brechen, wenn ich rausfalle.

Was da dabei ist, faucht sie zurück, das fragst du noch?! Das geht gegen jede Chatterehre, dass man sich heimlich einloggt und Leute, die man kennt, belauscht. Das ist einfach völlig mies und hinterhältig.

Dir ist ja nur peinlich, dass ich weiß, was du für Lügengeschichten im Netz verbreitest, versetze ich und halte mich vorsichtshalber am Fensterrahmen fest, aber Cindy weicht vor mir zurück und hat schon wieder Tränen in den Augen.

Warum musst du immer so fies sein, sagt sie wieder, wie vor ein paar Tagen im Mauerpark.

Dann sind wir beide still. Ich höre Cindy beherrscht atmen, ein und aus, damit sie nicht losheulen muss, und ich sehe aus dem Fenster, Richtung S-Bahn-Gleise, und ärgere mich über mich selbst, dass ich mit Cindy reden wollte. Das musste ja in die Hose gehen. Sie ist eben ein kleines Mädchen, weiter nichts. Was will man da erwarten? Eine S-Bahn huscht vorbei und macht dieses komische, pfeifende Geräusch auf den Schienen, die Waggons

sind hell erleuchtet und immer noch vollbesetzt. Sogar um diese Uhrzeit hören die Menschen nicht auf, durch Berlin zu pulsieren.
Also, du hast auch zu chatten begonnen, sagt Cindy nach einer Weile.
Sie klettert langsam wieder neben mich aufs Fensterbrett.
Genau, sage ich, und da habe ich Pampolina kennengelernt.

Und weswegen glaubst du, dass Pampolina dieses Mädchen ist, das verschwunden ist? Pampolina könnte doch überall wohnen. Ihr habt doch nie darüber gesprochen, wo ihr herkommt, oder?, fragt Cindy, als ich geendet habe.
Wieder fährt eine S-Bahn vorbei, und mir tut langsam der Hintern weh, weil das Fensterbrett so hart ist und wir schon so lange hier sitzen. Ich könnte schwören, der Himmel wird im Osten schon wieder hell, aber ich kann mich auch täuschen, weil der Himmel über Berlin nie ganz dunkel ist. Der ist immer ein bisschen rot von den vielen Lichtern der Stadt.
Moa hat mir ihren Namen gesagt. Also den Vornamen, den Nachnamen durfte sie natürlich nicht sagen. Sie heißt Paulina. Gut, das kann Zufall sein. Paulina, Pampolina. Wäre aber ein komischer Zufall, findest du nicht?, sage ich.
Cindy schüttelt den Kopf.
Die wenigsten Leute wählen einen Namen fürs Netz, der ihrem richtigen Namen ähnlich ist. Das wäre ja doof. Da

würde doch jeder sofort draufkommen. Püppchen hat mit Cindy schließlich auch nichts zu tun. Aber Moment mal, sagt sie und sieht mich plötzlich triumphierend an, ich weiß, wer du bist.
Sie macht eine Pause, als müsste sie diese Erkenntnis richtig auskosten.
Du bist Gin, sagt sie dann, das ist auch nicht gerade einfallsreich.
Ich verlagere mein Gewicht auf die andere Pobacke und sehe sie kurz verwarnend an.
Und ich habe mich schon gewundert, was diese Gin für eine doofe Kuh ist, sagt sie wie zu sich selbst, die war ja richtig ätzend.
Ist ja gut jetzt, sage ich genervt.
Stimmt doch auch, sagt Cindy, richtig, richtig ätzend!
Sie grinst mich erfreut an, als müsste ich sie für ihre schnelle Auffassungsgabe beglückwünschen.
Cindy, es reicht, sage ich nachdrücklich, entweder du hilfst mir, oder wir lassen es bleiben. Ich muss mir hier nicht den Hintern plattsitzen. Ich kann genauso gut ins Bett gehen.
Cindy grinst immer noch, hält aber endlich den Mund.
Unter uns spaziert die Katze über die Straße. Ihr Schwanz peitscht launig hin und her, als hätte jemand sie geärgert, und ich weiß genau, wie sie sich fühlt.
Gibt es noch etwas, was du über diese Paulina weißt?, fragt Cindy einlenkend.
Ich überlege, was Moa alles erzählt hat. Eigentlich hat Moa die meiste Zeit über ihre Schuldgefühle geredet. Dass sie nicht will, dass wir aneinander vorbeileben und

sie nichts mehr über mich weiß. Mit wem ich mich treffe, in wen ich verliebt bin, was in mir vorgeht und welche Sorgen und Nöte mich plagen. Und ich habe mir gedacht, das weißt du doch jetzt schon alles nicht mehr. Nach nur drei Wochen Berlin. Oder vielleicht wusste Moa auch vorher nichts über mich, weil da der Streit mit Papa das Wichtigste war, ihre schlechte Stimmung und dann der Umzug.

Dass ihre Mutter nichts über Paulina wusste, sage ich, sie wusste nicht, ob sie einen Freund hat oder nicht und mit wem sie sich trifft. Ihre Mutter ist Alkoholikerin. Okay, das hat Pampolina so nie gesagt. Sie hat nur gesagt, dass ihre Mutter den ganzen Tag Prosecco trinkt. Das ist vielleicht das Gleiche. Ansonsten hat mir Moa nichts mehr erzählt, und ich glaube, sie wusste auch nicht mehr. Sie hat auch gar nicht selbst mit Pampolinas Mutter gesprochen, das war dieser bescheuerte Lothar, der Chefredakteur. Aber morgen steht sowieso alles in der Zeitung.

Plötzlich komme ich mir albern vor. Pampolina kann wirklich überall in Deutschland wohnen. Oder sogar in Österreich oder der Schweiz. Sie hat mir keinerlei Anhaltspunkt gegeben, und ich ihr auch nicht. Wahrscheinlich gibt es gar keine Parallelen zwischen Pampolina und dem verschwundenen Mädchen.

Wahrscheinlich bilde ich mir alles bloß ein, sage ich, das sind alles Hirngespinste. Pampolina hat einfach keine Lust mehr auf chatten, wohnt in Stuttgart und ist jetzt mit ihrem Internettyp zusammen. Wir sollten gar nichts tun.

Cindy sieht mich entsetzt an.

Das ist doch Blödsinn, sagt sie, stell dir vor, du bist die Einzige, die über Pampolina-Paulina Bescheid weiß, also mehr weiß als alle anderen. Und du bist vielleicht ihre einzige Chance. Es wäre doch schrecklich, diese Chance verstreichen zu lassen. Wir müssen sofort was tun!
Cindy hüpft vom Fensterbrett und zieht mich hinter sich her.
Wir werden mit meinem Vater reden. Der ist schließlich von der Polizei.

Leise öffnet sie die Türe zum Schlafzimmer ihres Vaters. Wir können gleichmäßige Atemzüge hören. Im Dunkeln kann ich fast nichts erkennen. Nur ein Bett mit weißem Leintuch, und unter diesem Leintuch ragt ein ziemlich großer Fuß hervor.
Das ist er, flüstert Cindy.
Darüber bin ich nicht besonders überrascht.
Wer soll es denn sonst sein, sage ich ungeduldig, wecke ihn auf.
Das Laken bewegt sich, der Fuß verschwindet, und Cindy und ich weichen einen Schritt zurück.
Er war auf Streife, er ist erst vor einer Stunde heimgekommen, sagt Cindy.
Was heißt das?, sage ich noch ungeduldiger und taste nach der Türklinke hinter mir.
Wahrscheinlich ist er total schlechtgelaunt, wenn er aufwacht, flüstert Cindy.
Wieder bewegt sich das Bettlaken, und Cindys Vater rollt sich auf die andere Seite. Es sieht aus, als würde sich ein großer Fisch unter Wasser bewegen.

Papa, sagt Cindy leise.
Der Fisch bewegt sich noch einmal und gibt seltsame, knurrige Töne von sich.
Wer mich jetzt aufweckt, kriegt eins vor den Latz, sagt er, und Cindy und ich sehen uns erschrocken an.
Lass mal gut sein, flüstere ich, hauen wir lieber ab.

Parzival

Obwohl er vorher alles tausend Mal durchdacht hatte, ist nun alles anders. Das Zimmer ist klein und stickig, es gibt keine Toilette, und sie sitzt ihm ratlos gegenüber. Er sieht, dass sie Angst hat, aber so tut, als wäre sie gefasst, nur ihre Hände zittern unentwegt, selbst wenn sie wie jetzt in ihrem Schoß liegen. Wenn er geht, fesselt er ihre Hände und Füße, sicherheitshalber, damit sie nicht auf die Idee kommt, die Fenster zu öffnen. Er hat ihr gesagt, dass sie nicht sprechen soll, so eindringlich, dass sie bloß genickt hat, und seit sie da ist, hat sie kein einziges Wort gesagt. Dafür redet er. Er erzählt ihr von früher und hofft, sie könne sich erinnern. An den Wald, den Geruch der Wiesen, das kleine Haus, in dem es immer dämmrig war.

Fast wie hier, sagt er, es roch sogar ähnlich. Nach alten Kissen, Leder und eingemachtem Obst.

Dass es nach Obst riecht, weil draußen die Äpfel von den Bäumen fallen und verfaulen, weil niemand sie aufhebt, sagt er nicht, aber wenn er geht, bleiben bei jedem Schritt die Äpfel an seinen Schuhen kleben.

Ich hab dein Rad in den Fluss geworfen, sagt er, an einer Stelle, wo es niemand findet. Ich hab wochenlang nach der Stelle gesucht.

Als er sich zu ihr aufs Bett setzen will, zuckt sie zurück.
Es ist ja noch Zeit, denkt er.

Greta

Jetzt stehen wir vor Cindys Wohnungstür, beide in unseren Nachthemden, und fühlen uns niedergeschlagen und müde.
Tolle Idee, sage ich, bereue es aber sofort, weil Cindy nun den Kopf noch mehr hängen lässt.
Du weißt doch, wie die Erwachsenen sind, sagt sie leise, sie hören einem nie zu, und wenn man sie braucht, lassen sie einen im Stich. Du kannst dir nicht vorstellen, wie oft ich das schon hatte. Blöde Idee. Genau, ganz blöde Idee, wieso wollte ich nur meinem Vater davon erzählen. Blöder geht's ja nicht. War ja klar, dass ich mich sowieso nicht trau. Und jetzt ist unsere Freundschaft wieder im Eimer.
Dann schlägt sie die Hände vors Gesicht und fängt an zu heulen. Ich kann die Tränen zwischen ihren Fingern hervorquellen sehen und verkneife mir den Kommentar, dass wir ja gar keine Freundinnen sind. Das würde ihr jetzt den Rest geben.
Jetzt hör schon auf, sage ich stattdessen, so schlimm ist das auch wieder nicht.
Daraufhin schluchzt Cindy nur noch lauter, dass ich richtig Angst bekomme, sie weckt ihren Vater wirklich noch

auf und schlimmstenfalls das ganze Haus. Das wäre jetzt richtig unangenehm, von Konrad hier überrascht werden, daran mag ich gar nicht denken.
Es ist *wohl* schlimm, heult Cindy, mein Vater nimmt mich nie ernst, und meine Mutter ist nicht mehr da, und du warst bis jetzt auch nur eklig zu mir. Und jetzt, wo ich dir einmal helfen kann, macht er alles kaputt.
Sie lässt sich theatralisch auf den Boden sinken.
Ich wünschte, ich wäre gar nicht hier, wimmert sie, und ich muss an Moa denken, denn das hat Moa auch immer gesagt, wenn sie heulend in der Wohnung herumlief, meinem Vater hinterher, der daraufhin nur noch wütender wurde.
Dann geh doch endlich, hat er sie einmal angebrüllt, so laut, dass ich es oben in meinem Zimmer hören konnte, und Moa hat zurückgebrüllt, dass er nichts versteht, dass sie damit nicht meint, sie möchte woanders sein, sondern sie möchte überhaupt weg sein. Ganz weg, und das hat mir Angst eingejagt, weil *ganz weg* nur Totsein bedeuten konnte.
Energisch schiebe ich diese Gedanken beiseite und gehe vor Cindy in die Hocke.
Uns fällt bestimmt etwas anderes ein, sage ich diplomatisch, wir müssen nur nachdenken. Deswegen bringt es jetzt gar nichts, dass du hier rumheulst.
Daraufhin hört Cindy schlagartig mit dem Heulen auf und nimmt die Hände vom Gesicht.
Du meinst, wir denken darüber nach, wie wir Pampolina helfen können?, sagt sie atemlos.
Hast du einen anderen Vorschlag, sage ich und bereue

den letzten Satz sofort wieder, weil ich eigentlich gar keine Lust habe, mit Cindy über irgendetwas nachzudenken. Es bringt ja noch nicht einmal was, wenn ich alleine über Pampolina nachdenke. Sie ist verschwunden, im Netz und in der wirklichen Welt. Wenn das verschwundene Mädchen und Pampolina überhaupt dieselbe Person sind und alle Parallelen keine dummen Zufälle. Also, warum sollte ich mit Cindy über Pampolina nachdenken? Aber im Moment ist das egal, Hauptsache, sie hört mit dem Heulen auf.
Unten schließt jemand die Haustür auf, macht aber kein Licht, und so bleiben wir im Dunkeln sitzen und lauschen den Schritten, die langsam näher kommen.
Wer kann das sein, sagt Cindy, es ist mindestens vier Uhr morgens.
Keine Ahnung, flüstere ich, es gibt wahrscheinlich mehr Leute, die spät ins Bett gehen.
Wir sehen eine dunkle Silhouette auftauchen, und diese Silhouette erschrickt ganz fürchterlich, als sie beinahe über uns beide stolpert.
Verdammt, flucht Mikesch und tastet nach dem Lichtschalter, und als er ihn endlich findet, blendet uns das Neonlicht alle drei, und ich denke, jetzt sieht er, dass Cindy geheult hat und dass bei uns etwas nicht stimmt.
Müsst ihr Mädels hier im Dunkeln sitzen, sagt er und lässt Cindy nicht aus den Augen, die knallrote Augen hat und Flecken auf den Wangen und dem Hals und dann auch noch das grässliche Mickymaus-Nachthemd.
Er sieht noch blasser aus als sonst, das kommt wahrscheinlich von dem Schrecken, den wir ihm eingejagt ha-

ben, und ich schäme mich wieder einmal in Grund und Boden für mein Verhalten, das einer Fünfzehnjährigen nicht angemessen ist.
Das müssen wir, sagt Cindy mit Stolz in der Stimme, wir haben nämlich über etwas schrecklich Wichtiges nachzudenken.
Ich remple Cindy unmerklich an, aber sie scheint nichts davon zu merken, und Mikesch sieht uns beide fragend an.
Das ist Quatsch, sage ich schnell, wir konnten nur beide nicht schlafen und mussten eine unglückliche Katze verjagen, und jetzt ist alles wieder ruhig, und deswegen gehen wir auch ins Bett.
Was erzählst du für einen Blödsinn, fällt Cindy mir ins Wort, das ist doch ganz anders. Und die Katze mussten wir auch nicht verjagen. In Wirklichkeit ist etwas ganz Schlimmes …
Ich rapple mich auf und versetze Cindy einen ziemlich auffälligen Schlag in die Seite, worauf sie beleidigt den Mund hält und Mikesch mich noch fragender ansieht. Jetzt hält er mich auch noch für gewalttätig. Albern und gewalttätig. Schlimm genug, dass er mich mit Cindy hier erwischt hat, mitten in der Nacht.
Na, das müsst ihr untereinander klären, sagt er etwas hilflos und wendet sich zum Gehen. Er steigt die Stufen weiter hinauf, und ich presse meinen Ellbogen vorsichtshalber weiter in Cindys Seite.
Aua, zischt sie mich an, was soll das denn?
Ich warte, bis ich Mikeschs Wohnungstür zufallen höre, dann sehe ich Cindy fest in die Augen.

Das ist ein Geheimnis, du Pflaume, sage ich böse, das kannst du nicht Gott und der Welt erzählen. Und wenn du das tust, dann rede ich nie wieder auch nur ein einziges Wort mit dir. Merk dir das.
Mit einem *Klick* schaltet sich das Licht wieder aus, und darüber bin ich froh, weil Cindy bestimmt gleich wieder weint.
Also gute Nacht, sage ich und laufe schnell die Treppen hinauf, damit sie nicht auf die Idee kommt, mir zu folgen.

Früher, wenn Moa ein schlechtes Gewissen hatte, legte sie nachts Müsliriegel vor meine Zimmertüre, damit ich morgens etwas Nettes fand. Mir wäre Schokolade lieber gewesen, aber Moa fand, Schokolade hatte in einem ernährungsbewussten Haushalt nichts zu suchen. Moa hatte oft ein schlechtes Gewissen, wenn sie und Papa sich bis spät in der Nacht in den Haaren lagen. Papa legte nie etwas vor die Tür. Er war immer schon weg, wenn ich aufstand, und wahrscheinlich hatte er auch kein schlechtes Gewissen. Heute liegt kein Müsliriegel da, dafür ein Zettel, in Eile hingekritzelt.
Komm mich doch heute in der Redaktion besuchen, habe ab 16 Uhr Zeit.
Und dann die Adresse, vorsichtshalber, obwohl ich die Adresse natürlich auswendig weiß.
Anscheinend will Moa mich in ihr Leben einbinden, damit ich nicht auch urplötzlich verschwinde. Ein ziemlich kläglicher Versuch, finde ich, zumal mich die Redaktion nicht im Geringsten interessiert. Allein das Wort lässt mir

die Haare an den Unterarmen zu Berge stehen. Ich denke dabei an Lothars Schweißflecken, an Moa, die nicht mehr Moa ist, sondern eine wichtige Redakteurin, an dumme, blonde Assistentinnen, die alle zehn Minuten himbeerfarbenen Lippenstift auf den Lippen verteilen und ansonsten den ganzen Tag mit ihrem Aussehen, sich selbst und dem Zustand ihrer Fingernägel beschäftigt sind. Die Redaktion, die kann sie sich in die Haare schmieren. Wenn sie mich sehen will, soll sie nach Hause kommen oder an den Wannsee oder meinetwegen an die Imbissbude Schönhauser Allee. Mir ist alles recht. Nur in der Redaktion werde ich Moa nicht besuchen.

Ich lasse den Zettel achtlos liegen und nehme Buster an die Leine. Die Imbissbude ist überhaupt eine gute Idee. Wenn Moa die Wahrheit erzählt hat, dann steht heute etwas über Pampolina in der Zeitung, vielleicht irgendetwas, was mir weiterhilft, obwohl ich mir nicht vorstellen kann, dass Lothar etwas rausgekriegt hat, was ich nicht auch schon weiß. Außer er durfte in Pampolinas Zimmer rumschnüffeln, aber das darf doch nur die Polizei.

An Osinskis Fenster sind die Vorhänge zugezogen. Ich schleiche mich an und spähe durch den Spalt zwischen den Stoffbahnen. Na klar, der Osinski ist im Internet, und die Vorhänge sind zu, damit die Sonne nicht blendet. Ich sehe seinen fleischigen Rücken mit den Haaren am Nacken, dort, wo der Bademantel endet, aber den Computer sehe ich nicht, dafür müsste ich aufs Fensterbrett klettern. Ich bedeute Buster mit der Hand, dass er sich hinlegen soll, was er auch erstaunlicherweise tut, und ziehe

mich am Fenstersims hoch. So, wenn Mikesch mich jetzt erwischt, wie ich vor Osinskis Fenster herumturne, lässt er mich wahrscheinlich einweisen. Aber das ist jetzt auch schon egal, denn nach gestern Nacht habe ich sämtliche Chancen sowieso schon verspielt. Soll er mich doch sehen. Vorsichtig richte ich mich auf und stütze mich mit den Händen an der Scheibe ab. Nun kann ich an Osinskis Kopf vorbei einen kurzen Blick auf den Bildschirm werfen. Schwarz. Der Bildschirm ist schwarz, und weiße Buchstaben laufen unentwegt. Osinski chattet. Ich verlagere mein Gewicht auf die Fußinnenkanten, um besser Balance halten zu können. Er chattet, und es könnte sogar in der *günen-couch-lounge* sein. Theoretisch. Aber alle Chatrooms sehen wohl ähnlich aus. Da sind ja nur Buchstaben und sonst nichts. Natürlich kann ich nicht erkennen, was Osinski schreibt, aber ich sehe, dass es ihm leicht von der Hand geht. Nicht wie ich, mit der Zwei-Finger-Technik, sondern richtig professionell. Vielleicht hat Cindy recht mit dem, was sie über den Osinski denkt, dass er ein alter Lustmolch ist, der nur Pornos guckt und auf Sexseiten chattet. Langsam denke ich, Cindy hat mit erstaunlich vielen Dingen recht.
Unter mir winselt Buster leise, damit ich ihn nicht versehentlich vergesse.
Gleich, flüstere ich und versuche, auf die Zehenspitzen zu kommen, aber auch das beschert mir keinen noch besseren Blickwinkel. Wieder einmal muss ich an Frede denken. An die tausend Mal, die wir auf Bäumen herumgeklettert sind, in alten Scheunen, drüben beim bösen, alten Bauern, der einem Schläge angedroht hat, sollte er

uns auf seinem Grund erwischen. Er hat uns nie erwischt, dazu waren wir zu flink. Aber gegruselt haben wir uns immer, und dasselbe Gruseln in der Magengegend spüre ich beim Anblick von Osinskis Hinterseite. *Vorsicht, Gefahr*, sagt mein Bauch, und ehe mich das Kribbeln zu Fall bringt, lasse ich mich rückwärts vom Fensterbrett gleiten, und Buster ist froh, dass die Warterei endlich ein Ende hat.

Das geheimnissvolle Verschwinden der Paulina M. steht in riesigen Lettern unübersehbar gleich auf der ersten Seite der Zeitung, die auf dem Tresen der Imbissbude liegt. Ich bestelle eine Cola, die der Verkäufer wortlos vor mir abstellt, und vertiefe mich in den Artikel.
Auf Wiedersehen, liebe Mutti, das waren die letzten Worte, die Sabine M. (38) von ihrer Tochter Paulina (15) hörte, doch ein Wiedersehen gab es nicht. Das hübsche Mädchen wollte mit dem Fahrrad in eine nahegelegene Discothek, doch dort kam sie nie an. Jetzt hofft die verzweifelte Mutter auf Hinweise aus der Bevölkerung.
Ich starre auf das verschwommene Bild eines blonden Mädchens, das grimmig die Stirn runzelt. Das passt schon besser. Was hat sich Lothar bei diesem Text gedacht? Wenn Paulina wirklich Pampolina ist, dann würde sie niemals auf *Wiedersehen, liebe Mutti* sagen. Niemals. Wahrscheinlich hat sie gar nichts gesagt und sich einfach aus dem Haus geschlichen. Oder sie ist einfach an der Buche hinuntergeklettert, mit einer von diesen winzigen strassbesetzten Handtaschen, die man gerade an jeder Straßenecke kaufen kann, zwischen den Zähnen. Noch

ärgerlicher machen mich die Worte *verzweifelte Mutter.* Ich weiß nicht, wen Lothar interviewt hat, auf keinen Fall Pampolinas Mutter. Oder sie hat ihm die verzweifelte Mutter vorgespielt.

Balletttänzerin wollte Paulina werden, jetzt hat ihre Mutter Angst, dass aus diesen Träumen niemals Wirklichkeit wird.

Bitte gebt mir meine Tochter zurück, so flehte Sabine M. unter Tränen.

Darunter ein ebenso verschwommenes Bild von Pampolinas Mutter, einer rothaarigen Frau mit Dauerwelle und ausgeleiertem Hard-Rock-Café-T-Shirt.

Das Foto macht mich stutzig. Kann diese Frau wirklich Pampolinas Mutter sein?

Obwohl sie nur säuft und im Haus herumhängt, trägt sie nichts anderes als *Prada* und *Dolce & Gabbana. Das ist auch einer der Trennungsgründe meines Vaters,* hat Pampolina geschrieben, *sie wirft sein Geld zum Fenster raus. Meistens bestellt sie die Klamotten in irgendwelchen Edelkatalogen. Du kannst dir nicht vorstellen, wie oft der Paketdienst bei uns klingelt. Fast täglich. Ich meine, meinem Vater könnte es egal sein, schließlich verdient er genug, aber er hasst Verschwendung. Wenn sie in den Katalogen nichts mehr findet, schickt sie Frau Lang los. Kannst du dir so etwas Verrücktes vorstellen?*

Deswegen wundert mich das ausgewaschene T-Shirt, und ein bisschen wundert mich auch die komische Frisur. Aber wer weiß, was in Müttern vorgeht, deren Kinder gekidnappt werden. Vielleicht ist Pampolinas Mutter so verwirrt, dass sie ihre ältesten Klamotten aus dem

Schrank gekramt und den Leuten von der Zeitung Blödsinn erzählt hat.

Ich seufze und falte die Zeitung wieder zusammen.

Den Gesichtsausdruck hatte ich heute schon einmal, sagt der kleine Imbissmann und hält mir eine Portion Pommes unter die Nase. Da nimm, du siehst so verhungert aus.

Du musst mich nicht durchfüttern wie Konrad, sage ich, doch mein Magen knurrt verräterisch, und so nehme ich die Pommes, und der Imbissmann grinst von einem Ohr zum anderen, als hätte er gerade eine Schlacht gewonnen.

Was meinst du damit, den Gesichtsausdruck hattest du heute schon einmal?, frage ich.

Naja, sagt er, diesen mürrischen Ausdruck beim Lesen der Zeitung. Dann Seufzen, Zeitung zusammenfalten, und jetzt müsstest du sagen: Die ist wahrscheinlich mit ihrem Freund durchgebrannt.

Ich stopfe mir ziemlich gierig die Pommes in den Mund, weil ich wirklich schrecklichen Hunger habe, und schüttle den Kopf.

Ich glaube aber nicht, dass sie mit ihrem Freund durchgebrannt ist, sage ich.

Und was glaubst du?, fragt der Wurstverkäufer, während er noch immer grinsend mein Essverhalten beobachtet.

Nichts, sage ich, ich glaube gar nichts, und wenn ich ehrlich bin, interessiert es mich auch nicht besonders. Wahrscheinlich verschwinden in Berlin jede Woche irgendwelche Menschen.

Hinter mir tost der Verkehr vorbei, und ich denke, das ist auch kein Wunder, bei so vielen Menschen auf einem Haufen. Wenn ich verschwinden würde, würde es erst einmal niemand merken. Moa sieht nicht jeden Tag in meinem Zimmer nach, ob ich da bin. Sie geht außer Haus, wenn ich noch schlafe, und wenn sie heimkommt, bin ich meistens schon im Bett. Es würde ihr gar nicht auffallen, wenn ich weg wäre. Zu Hause war das anders. Aber jetzt? Gott sei Dank gibt es Cindy. Der entgeht nichts.

Du bist ein echt harter Knochen, sagt der Wurstverkäufer, aber so übel kannst du eigentlich nicht sein, dann würdest du nicht mit einem tauben, hässlichen Hund durch die Gegend laufen.

Bevor er noch länger auf Buster herumhacken kann, knülle ich die Pommestüte zusammen und werfe sie gekonnt über den Tresen in den Mülleimer.

Kann ich die mitnehmen?, sage ich und klemme mir die Zeitung unter den Arm.

Nur zu, sagt der Wurstverkäufer, das Käseblatt liest doch heute sowieso niemand mehr. Aber willst du gar nicht wissen, wen ich vorhin gemeint habe? Ich wette, es interessiert dich brennend …

Als ich darauf nicht antworte und ihn nur skeptisch ansehe, zuckt er mit den Schultern.

Na gut, ich kann es auch für mich behalten, sagt er, dass dein Schwarm heute schon ganz früh da war. Hat ’ne Wurst bestellt und eine zum Einpacken, zwei Cola, und die Zeitung hat er auch gelesen. Aber das willst du ja alles nicht wissen …

Vor meiner Wohnungstür steht Cindy und tritt ungeduldig von einem Fuß auf den anderen. Sie sieht aus, als hätte sie stundenlang gewartet.
Wo warst du so lange, sagt sie vorwurfsvoll, wir müssen doch nachdenken!
Ich schließe die Tür auf, und sie wischt an mir vorbei, den Gang hinunter, in die Küche. Buster wirft sich im Flur auf die kalten Fliesen, und ich tappe ihr ergeben hinterdrein, immer noch mit der Zeitung unter dem Arm.
Was hast du rausgekriegt, sagt sie aufgeregt, und ich lege die Zeitung zwischen uns auf den Tisch, mit dem Titelblatt und Pampolinas Foto nach oben.
Das ist sie, sage ich.
Cindy studiert eingehend die Bilder, während ich eine Flasche Wasser aus dem Kühlschrank hole und auch Busters Schüssel auffülle. Es sieht wieder einmal wie Hölle in unserer Wohnung aus, doch das scheint Cindy nicht im Geringsten zu stören.
Sie wirkt nicht wie eine Prinzessin, sagt sie, ich meine, sie sieht nicht so aus, wie du erzählt hast. Eher normal, wie du und ich, als könnte sie hier um die Ecke wohnen.
Cindy bemerkt meinen bösen Blick und senkt schnell wieder die Augen.
Das kann natürlich täuschen, sagt sie.
Du glaubst mir nicht, sage ich ärgerlich, du glaubst, dieses Mädchen ist eine ganz andere, stimmt's?
Buster kommt zu uns in die Küche und schlabbert genüsslich seine Schüssel leer. Wenigstens er macht keinen Ärger. Er mag hässlich sein und taub und ein bisschen doof, aber dafür ist er immer da, wenn man ihn braucht,

er stellt nie in Frage, was ich ihm erzähle, und was noch wichtiger ist, er nervt nie. Wenn alle so unkompliziert wären wie Buster, wäre die Welt in Ordnung. Als hätte er meine Gedanken erraten, schlendert er zu Cindy und wischt seine nasse Schnauze an ihren nackten Beinen ab.

Natürlich glaube ich dir, sagt Cindy und tätschelt Buster den Kopf, ich versuche nur zu kombinieren. Kombinieren ist das absolut Wichtigste. Übrigens habe ich die halbe Nacht über Pampolina nachgedacht.

Sie macht eine bedeutungsschwere Pause, und ich frage mich, welcher Teufel mich geritten hat, als ich Cindy gestern die ganze Geschichte erzählt habe. Es war einer dieser schwachen Momente, die man später oft jahrelang bereut. Das letzte Mal ist mir etwas ähnlich Dummes passiert, als ich versehentlich meine ganze Klasse zu meinem vierzehnten Geburtstag eingeladen hatte. Wochenlang hatte ich meine Eltern bequatscht, dass sie mir eine Party erlauben, und endlich hatte ich sie so weit. Sie wollten abends ausgehen und erst gegen Mitternacht wiederkommen. Frede und ich fanden das grandios, und Frede rutschte in der kleinen Pause heraus, dass es bei mir eine Party geben würde. Da konnte ich nicht mehr zurück, und abends hatte ich das Haus voll. Die Jungs plünderten die Bar meiner Eltern, und einer kotzte auf das Nachtkästchen meiner Mutter. Es war grauenvoll. Als meine Eltern zurückkamen, war das Haus ein Schlachtfeld und Frede und ich stundenlang beschäftigt, den Schaden zu beheben. Genauso fühle ich mich jetzt. Von Cindy überrumpelt und in eine Sache hineingeraten, mit der ich nichts zu tun haben will. Im Übrigen habe ich nicht die halbe Nacht über Pampolina nachgedacht. Ganz im Gegenteil, ich habe mich in meinem Bett herumgewälzt und an Mikesch gedacht. An unser Treffen auf der Treppe, wie er mich angesehen hatte, seltsam abwesend und genervt. Als hätte es unser Gespräch vor ein paar Tagen nie gegeben.

Ich stütze meinen Kopf in beide Hände und sehe Cindy abwartend an.

Wir haben nur eine Chance, sagt sie, wir müssen rauskriegen, mit wem sie sich getroffen hat.

Ach was, sage ich trocken, genau das versucht die Polizei auch gerade, du Schlaumeier.

Cindy lehnt sich in ihrem Stuhl zurück und verschränkt die Arme vor der Brust. Wieder einmal trägt sie eines ihrer grässlichen Mickymaus-T-Shirts in Rosa, nur dieses Mal ist es Minnimaus.

Ja, das versuchen die, sagt sie, aber wie es aussieht, haben sie ja keinerlei Anhaltspunkte.

Sie schiebt mir wieder die Zeitung zu, damit ich einen Blick auf den nichtssagenden Artikel werfen kann, und da muss ich ihr recht geben. Die Polizei tappt völlig im Dunklen. Pampolina hat niemandem erzählt, mit wem sie sich treffen will. Sie hat nicht einmal gesagt, dass sie überhaupt jemanden treffen wollte. Sie wollte in die Disco, steht da, aber selbst das bezweifle ich. Pampolina wollte nicht in die Disco. Sie wollte den Typ alleine treffen. Sie wollte nicht, dass andere Leute dabei sind, deswegen wäre eine Disco ein völlig ungeeigneter Ort gewesen. Vielleicht hat sie sich mit ihm in einem ruhigen Café ver-

abredet, oder im Tierpark, oder an der Spree. Ich mag gar nicht daran denken.
Aber *wir* haben Anhaltspunkte, sagt Cindy.
Und die wären, sage ich misstrauisch.
Cindy sieht mich an, als wäre ich von einem anderen Stern und zudem geistig minderbemittelt.
Das ist doch ganz einfach, sagt sie. Erstens: Wir wissen, dass sie jemanden treffen wollte. Zweitens: Wir wissen, dass sie denjenigen im Internet kennengelernt hat. Also wissen wir auch, wo wir suchen müssen, um ihn zu finden. Wir müssen an Pampolinas Computer. Und wie wir das bewerkstelligen, darüber müssen wir jetzt nachdenken.
Sie steht auf, faltet die Zeitung zusammen, und ich habe das leise Gefühl, sie ist größenwahnsinnig geworden. Sie hält sich für die neue Superdetektivin oder etwas Ähnliches. Jedenfalls scheint sie nicht locker zu lassen. Genau, wie ich es befürchtet habe. Ich sehe mich schon den Rest der Ferien in schwarzen Turnanzügen und einer Lupe vor der Nase herumlaufen. Auf der Suche nach irgendwelchen Indizien. Es ist wirklich zum Davonlaufen.
Wir müssen rausfinden, wo Pampolina wohnt, sagt sie und wendet sich zur Tür, also streng dich ein bisschen an.
Ich höre ihre nackten Füße im Flur auf den Fliesen, aber bis zur Wohnungstür kommt sie nicht. Sie bleibt vor meinem Zimmer stehen, und als ich mich nach ihr umdrehe, hebt sie gerade den Zettel auf, den ich vorhin so achtlos liegen gelassen habe. Das hat man davon, wenn man nicht gleich alles wegräumt.
Da ist es ja schon, sagt sie erfreut, die Lösung. Komm

mach dich startklar, bis vier Uhr in die Redaktion, das schaffen wir locker.
Dann sieht sie sich mit einem strengem Blick in der Wohnung um.
Den Saustall beseitigen kannst du auch später.

Moa scheint sich ehrlich zu freuen, als sie mein Gesicht hinter der Glasscheibe erspäht, das ihr Büro von den anderen Büros trennt. Sie sitzt in einem Haufen Papierkram und Fotos und winkt mich zu sich.
Wie schön, dass du da bist, mein Schatz, sagt sie, ich habe schon gedacht, du kommst nicht.
Ich habe Cindy mitgebracht, sage ich unbehaglich.
Hinter mir winkt Cindy durch die Scheibe, sie muss sich ein bisschen auf die Zehenspitzen stellen, damit sie hindurchsehen kann.
Das ist doch toll, sagt Moa, dann kann ich euch beiden die Redaktion zeigen. Das ist sicher spannend für Cindy.
Und wie, sagt Cindy und steckt ihren Kopf durch den Türspalt, ich will später vielleicht auch Redakteurin werden, wie Sie.
Oder Polizist, wie mein Vater, fügt sie nach einer kurzen Pause hinzu.
Moa lächelt Cindy freundlich an.
Na, dann komm doch rein, wir können gleich anfangen.
Man sieht auf einen Blick, dass Moa hier in ihrem Element ist. Sie hat sogar ein eigenes Büro und muss nicht mit den anderen *Mädels*, wie sie sagt, zusammenglucken.
Über ihren ganzen Schreibtisch verteilt kleben diese klei-

nen, gelben Post-it-Zettelchen mit Notizen, sogar auf dem Computer. Ich entdecke eine Schwarz-Weiß-Kopie von Pampolinas Foto und auch eine vom Foto ihrer Mutter und dann noch endlos viele Bilder eines ziemlich heruntergekommenen Hauses mit Flachdach, von allen Seiten aufgenommen, was aber mit Pampolina nichts zu tun haben kann. Zu Hause war Moas Schreibtisch leer. Ein riesiges Monstrum von Schreibtisch aus Nussbaumholz, den Papa ihr zum zehnjährigen Hochzeitstag geschenkt hatte, damit sie sich Platz für ihre kreativen Prozesse schaffen konnte, und er war so leer, dass man Beklemmungen bekam, wenn man nur hinsah. Manchmal sah ich Moa davorsitzen und ein weißes Blatt Papier hin und her schieben, von der einen Kante des Tisches zur anderen. Ich hatte Angst, sie zu fragen, was sie da tat, aber einmal, als sie mehrere Stunden mit dieser sinnlosen Tätigkeit zubrachte, fragte ich trotzdem.

Ich kann nicht schreiben, sagte sie, du kannst dir gar nicht vorstellen, wie schrecklich das ist.

Das konnte ich tatsächlich nicht, vor allem, weil es für sie ja keinen Grund zum Schreiben gab. Sie arbeitete für keine Zeitung, was, zum Teufel, sollte sie also schreiben?

Hier ist es alles andere als leer. Voller Stolz zeigt sie uns die Ordner, die später im Archiv abgelegt werden, natürlich nur von außen, und die Bildmappen und die Wand mit den Abreißblättern, wo man Notizen machen und hinterher vom Schreibtisch aus immer wieder einen Blick darauf werfen kann.

Gibt es etwas Neues über das Mädchen?, frage ich vorsichtig, als Moa mit ihrem Bürorundgang fertig ist.

Sofort verfinstert sich ihre Miene.
Nichts, sagt sie, ihre Mutter will mit niemandem mehr sprechen. Im Übrigen weiß sie auch nichts. Lothar sagt, er hat den Eindruck, sie kannte oder kennt ihre Tochter überhaupt nicht. Er ist gerade noch einmal hingefahren, aber ich bezweifle, dass es Sinn hat.
Sie lehnt sich gegen den Schreibtisch und lässt ihre Halswirbel knacken, eine ihrer unangenehmen Angewohnheiten.
Aber jetzt kommt, ich zeige euch noch den Rest der Redaktion.
Sie bugsiert uns vor sich her, durch die Glastüre, doch Cindy bleibt stehen.
Ich müsste noch schnell zur Toilette, sagt sie und zwinkert mir zu, ich komme gleich nach.
Dann marschiert sie, ohne mit der Wimper zu zucken, den Gang hinunter. Mir bricht der Schweiß aus, und ich hoffe inständig, dass sie von niemandem erwischt wird. Der Gang ist leer, wie ausgestorben, und alle sind an ihren Schreibtischen. Das heißt, die Chancen sind gut. Trotzdem bin ich nervös und wünschte, Cindy würde sich beeilen.
Halte deine Mutter lange genug hin, hat sie in der Tram gesagt, den Rest übernehme ich, ich weiß, wie das geht.
Und als ich sie skeptisch angesehen habe, hat sie hinzugefügt: Ich kann keine Computer knacken oder so, aber das muss ich vielleicht gar nicht. Vielleicht liegt ja ihre Adresse einfach so herum. Auf ihrem Schreibtisch. Dann muss ich nur – *schwupps* – zurücklaufen, ein bisschen herumkramen, und schon können wir wieder gehen.

Voller Zweifel sehe ich ihr nach. Schon auf dem Weg hierher habe ich mich gefragt, wie zum Teufel ich meine Mutter hinhalten soll. Moa ist schließlich nicht doof. Sie hat einen untrüglichen Instinkt, wenn eine Sache faul ist, sonst wäre sie schließlich nicht Journalistin geworden.

Cindy hat eine Blasenentzündung, sage ich, die muss ständig aufs Klo.

Moa grinst.

Ich wusste gar nicht, dass ihr befreundet seid, ich dachte eher, sie ist überhaupt nicht dein Fall, sagt sie und zieht mich in den nächsten Raum, in dem mehrere junge Frauen sitzen und entweder telefonieren oder wie wild auf ihren Computern herumhämmern. Sie sind allesamt blond und genauso, wie ich sie mir vorgestellt habe.

Das ist meine Tochter Greta, Mädels, sagt Moa und legt mir ihren Arm um die Schultern, ich zeige ihr heute die Redaktion.

Die *Mädels* winken mir zu und eine sagt: Wie süß!

Ich lächle gequält, und Moa zieht mich an den Schreibtischen vorbei in das nächste Büro, einen großen Raum, mit Panoramablick, schwarz möbliert und nicht im Geringsten chaotisch. Die Klimaanlage ist so kalt eingestellt, dass ich Gänsehaut auf den Armen bekomme. Ich reibe mit den Händen darüber, damit mir warm wird.

Sie schließt die Tür hinter uns.

Das ist Lothars Büro, sagt sie feierlich, normalerweise haben wir niederen Chargen hier nichts zu suchen, aber heute ist Lothar nicht da, da kann man schon mal eine Ausnahme machen.

Sie schwingt sich auf seinen Drehstuhl und lässt sich einmal herumwirbeln, und ich kann mir genau vorstellen, was in ihrem Kopf vorgeht.
Mit ein bisschen Glück, sagt sie prompt, sitze ich in ein paar Jahren hier.
Ich schlendere zur Fensterfront hinüber, der Ausblick ist gigantisch, man kann ganz Berlin überblicken und noch viel weiter. Ganz in der Nähe ist der Alexanderplatz. Ich drücke mein Gesicht gegen die Scheibe und sehe hinunter, bis ich zurücktreten muss, weil mir schwindelig wird.
Das heißt, du willst dich weiter so in deine Arbeit reinhängen, sage ich zu Moa, ohne mich umzudrehen.
Im Übrigen muss ich sie gar nicht ansehen, ich weiß schließlich schon im Voraus, was kommt. Genau das Gleiche wie zu Hause in den Tagen vor unserer Abreise, wenn wir zwischen unseren halbgepackten Koffern saßen. Dann hat Moa immer von ihrer Arbeit angefangen, dass alles anders wird, dass dieser Umzug ein riesiger Karrieresprung für sie bedeutet und für uns beide finanzielle Unabhängigkeit.
Und weißt du auch, was es für mich bedeutet, habe ich sie einmal angeschrien, es bedeutet, dass ich alle meine Freunde verliere und Papa und mein Zuhause.
Da war sie still und wusste nicht mehr, was sie sagen sollte, und das hat mich noch unglücklicher gemacht, weil ich mit einem Mal wusste, dass es stimmte. Ich würde alles verlieren. Ich konnte mir nichts mehr schön reden, von wegen, Frede kommt mich besuchen, die Clique schreibt mir jede Woche. Alles Quatsch.

Moa seufzt.
Das haben wir doch alles hundert Mal besprochen, sagt sie leise, ich muss mich jetzt reinhängen, sonst funktioniert gar nichts. Und du bist doch schon meine Große …
Weit unten krabbeln Menschen vorbei, wie kleine Käferchen. Autos stoppen an der Kreuzung und fahren wieder an, aber man hört kein Geräusch. Es ist, als würden wir in einem Vakuum über der Welt sitzen, Moa und ich, und Moa wartet, dass ich dieses Vakuum zerplatzen lasse, indem ich irgendetwas Versöhnliches sage. Dass diese ganze Berlin-Geschichte schon okay ist, dass ich kein Heimweh habe und ihr so einen Freifahrtschein gebe. Aber den Gefallen tue ich ihr nicht.
Hinter mir klopft es, und eines der blonden Mädels öffnet die Tür.
Könntest du kurz mal …, sagt sie zu Moa, und Moa springt, erleichtert über die Unterbrechung, auf und lässt mich alleine in Lothars Büro zurück.
Der Drehstuhl kreiselt immer noch, ich stoppe ihn und lasse mich hineinsinken. Vor mir steht ein Foto von Lothars Familie. Eine Frau mit zwei kleinen Kindern. Eine Kristallkugel beschwert Notizblätter, ansonsten ist der Schreibtisch vorbildlich aufgeräumt. Der Computer ist ausgeschaltet und die Stille im Raum fast unheimlich, und ich kann mir gut vorstellen, wie Lothar hier sitzt, in seinen Anzügen, die er trotz der Hitze draußen tragen kann, weil es hier drinnen immer kalt ist.
Lothar, Lothar, sage ich laut, du ahnst ja gar nicht, dass Moa dich absägen will.
Ich nehme die Kristallkugel in die Hand, sie fühlt sich

glatt und kühl an und ist überraschend schwer, und als sie nicht mehr auf dem Stoß Blätter liegt, fällt mein Blick auf einen kleinen Zettel.
Paulina Mencke, steht da,
Osterbühlstraße 33.
Mein Herz setzt ein paar Takte aus, und ich schiebe den Zettel in meine Hosentasche, da steht auch Moa schon wieder im Zimmer, und ich lege die Kugel zurück.
Die Kugel ist Lothars Heiligtum, sagt Moa, pass bloß auf, dass sie nicht runterfällt.
Schon gut, sage ich, ist ja nichts passiert. Ich muss sowieso los, Buster wartet unten im Foyer.
Wir verlassen Lothars Büro, und Moa bringt mich zum Aufzug, da kommt auch Cindy angerannt. Sie sieht abgehetzt aus und ist verräterisch rot im Gesicht, aber anscheinend hat niemand sie gesehen.
Du hast das Beste verpasst, sage ich trocken, und Moa sieht Cindy besorgt an.
Du musst zum Arzt, wenn deine Blasenentzündung nicht besser wird, sagt sie.
Bevor Cindy etwas Dummes erwidern kann, ziehe ich sie in den verspiegelten Aufzug hinein und werfe ihr einen warnenden Blick zu.
Ach ja, fügt Moa hinzu, bevor die Tür des Aufzugs schließt, beinahe hätte ich es vergessen.
Sie steckt einen Brief durch den Spalt, dann zieht sie eilig die Hand zurück, und wir sausen mit dem Aufzug die zwanzig Stockwerke hinunter, so schnell, dass uns flau im Magen wird.

Parzival

Du musst dich erinnern, sagt er zu ihr.
In der Nacht, als du fort bist, hattest du das blaue Kleid an, ich wusste es, obwohl es viel zu dunkel war, um etwas zu erkennen. Aber der Stoff fühlte sich so glatt an. Wie Seide. Es muss Seide gewesen sein. Du bist zu mir ans Bett, und wir haben gebetet. Bete für mich, hast du gesagt, und ich habe genickt.
Können wir die Fenster öffnen, flüstert sie, es ist so heiß hier drin.
Er schüttelt nur den Kopf, dann setzt er sich an den kleinen Holztisch und öffnet eine Dose. Diesmal ist es Mais. Er hält ihr die Dose hin, und sie isst. Sie hat schrecklichen Hunger. Er nimmt den Öffner mit, wenn er geht, damit sie kein Werkzeug hat, er nimmt sogar den Löffel mit.
Wenn er weg ist, ist es am schlimmsten. Die Stille fällt über sie her wie eine Wolke Stechmücken. Sie summt in ihren Ohren. Zuerst hat sie sich nicht getraut, einen Laut von sich zu geben, aus Angst, er könnte zurückkommen und ihr etwas tun. Dann hat sie geschrien. Stundenlang, bis sie heiser war und so erschöpft, dass sie nicht einmal mehr weinen konnte. Sie hörte ihren Atem und rollte sich auf die Seite. In ihrem Kopf spulte sich der Abend wie ein

Film immer wieder ab. Immer wieder und wieder. Wie sie das Haus verließ, ohne jemandem Bescheid zu sagen. Warum habe ich nichts gesagt, denkt sie. Aber sie ist immer einfach so gegangen. Und was würde es nützen? Nichts, denkt sie, nichts.

Er sieht ihr zu, wie sie isst, mit dem Löffel in der Dose herumkratzt, obwohl sie längst leer ist.

Es reicht, sagt er gereizt und nimmt ihr die Dose weg und steckt sie in eine kleine Plastiktüte.

Auf dem Weg in die Stadt wird er die Plastiktüte in einen Müllkorb werfen. Jedes Mal ein anderer. Er ist klug, und er darf keinen Fehler machen. Das macht ihm die meisten Sorgen. Etwas zu übersehen. Unachtsam zu werden.

Hast du das blaue Kleid noch?, sagt er.

Greta

Der Himmel über Berlin ist fast weiß, ich schirme meine Augen mit der Hand ab und starre in den Westen hinüber. Vorbei am Fernsehturm, der endlosen Landschaft von Häusern und brachliegenden Stückchen Erde, die nur darauf zu warten scheinen, dass jemand von ihnen Besitz ergreift und ein weiteres Haus daraufsetzt. Irgendwo hinter dem Horizont liegt mein kleines Dorf und darin Frede, die nichts davon ahnt, wie es hier wirklich ist.

Ich lehne mich gegen den Schornstein, da wo ich mich vor ein paar Tagen vor Konrad versteckt hatte, und versuche nachzudenken, das Chaos in meinem Kopf zu lichten.

Wir sind nach Hause, Cindy und ich, und haben eine Berlinkarte herausgekramt. Alt war die und zerfleddert, weil jemand zu doof war, sie richtig zusammenzufalten.

Das war bestimmt meine Mutter, hat Cindy gesagt, Papa sagt immer, die war für alles zu schusselig.

Dann ist sie verstummt, und wir haben uns über die Karte gebeugt und nach der Osterbühlstraße gesucht.

Es muss Grunewald sein, habe ich gesagt, Pampolina

wohnt bestimmt in Grunewald, in einer Villa aus Marmor. Woanders brauchen wir gar nicht suchen.
Aber Cindy war nicht so schusselig wie ihre Mutter. Sie hat die Karte glattgestrichen und umgedreht, auf der Rückseite war das Straßenverzeichnis, alphabetisch geordnet, und das hat Cindy mit gerunzelter Stirn durchforstet. Keine Minute später fand sie die Osterbühlstraße, und die Koordinaten waren eindeutig.
Sie wohnt in Buckow, hat Cindy gesagt. Hier sieh mal.
Und wir haben uns noch dichter über die Karte gebeugt und sind der Osterbühlstraße mit dem Finger gefolgt, einer Sackgasse mitten in Buckow.
Das kann nicht sein, habe ich gesagt, da wohnt sie niemals.
Und wir haben noch einmal unsere Zettel verglichen. Meinen, den ich unter Lothars Glaskugel gefunden hatte, und Cindys, in ihrer eigenen Schrift, von Moas Notizen abgeschrieben.
Wir können uns doch nicht zu zweit irren, hat Cindy gesagt und hat mich fragend angesehen, und ich habe mit den Schultern gezuckt und mich plötzlich gefühlt, als hätte ich mich schon immer in allem getäuscht. In Frede, in Felix, in Moa und zu guter Letzt in Pampolina.
Aber vielleicht steht da ja eine Villa, hat Cindy gesagt, eine wenigstens, und da wohnt sie. Könnte doch sein. Naja, das werden wir morgen ja sehen.
Die Dachpappe fühlt sich weich, wie geschmolzen, unter meinen Füßen an, die S-Bahnen ziehen vorbei. Wenn der Wind günstig steht, höre ich sogar die Lautsprecherdurchsagen auf dem Bahnsteig.

Ich richte mich auf und zwinge mich, bis zu der Stelle zu gehen, an der Konrad abgesprungen ist. Nicht auf allen vieren, wie letztes Mal, sondern aufrecht. Vielleicht, weil ich wissen will, wie man sich fühlt, wenn man losläuft und springt. Drei Meter hinunter, ohne nachzudenken, ohne Angst vor dem Aufprall zu haben. Wieder ist mir schwindelig, aber ich zwinge mich hinunterzusehen, zum nächsten Dach und weiter zum übernächsten. Keine einzige Wolke ist am Himmel zu sehen, seit sechs Wochen hat es nicht mehr geregnet, und der Wind bläst Saharastaub durch Berlin. Ich kann mich noch an die letzten Tropfen erinnern, an das letzte Gewitter Anfang Juli. Frede, Felix und ich am Weiher. Wir haben uns ein Handtuch über den Kopf gezogen und den anderen beim Rennen zugesehen. Wie sie ihre Badesachen in die Taschen gestopft haben und dann schnell nach Hause. Wir sind einfach sitzen geblieben, Felix, wie so oft, in der Mitte, unter unserem gestreiften Frotteedach.
Noch drei Wochen, hab ich gedacht und dann den Gedanken schnell fortgewischt.
Felix hat mich berührt, mit seinen Schultern an meinen und mit der Hüfte und den Oberschenkeln. Natürlich hat er Frede auch berührt, aber das war in Ordnung so. Der linke Felix für mich, der rechte Felix für Frede.
Ich ziehe den Brief aus meinem Hosenbund. Es ist ein blauer Umschlag mit Fredes Schrift, mein Magen flattert, und jetzt muss ich mich doch hinsetzen. Frede schreibt keine Briefe. Das ist nicht ihre Art. Sie telefoniert, und früher, wenn es nötig war, hängte sie sich aus dem Fenster und brüllte zu mir hinüber, so laut, dass ich es durch das

geschlossene Fenster hören konnte. Briefe sind nichts für sie. Briefe sind etwas für Langweiler, Tagträumer, Abschiednehmer, für Leute, deren Stimme man sonst nicht hören kann.

Schon bei Fredes erstem Satz spüre ich, wie mir das Blut in die Beine sackt, drei Meter hinunter, mindestens.

Liebe Greta, schreibt sie, *es ist schade, dass unsere Freundschaft so enden muss.*

Ich sehe zum Fernsehturm hinüber, zu den Schienen und den struppigen Grasflächen und der Welt, die sich dahinter ausdehnt, während mein Herz weiterschlägt und sich in meinem Kopf der Gedanke breitmacht, dass ich bis jetzt nicht wusste, dass unsere Freundschaft endlich ist. Ich hatte tatsächlich gedacht, Frede kommt zurück, und alles wird wie vorher, obwohl ich es mir nicht eingestehen wollte. Dass ich mir nichts mehr wünschte als das. Dafür hätte ich sogar Felix in Kauf genommen. Beide Seiten für Frede. Die linke und die rechte.

Ich sehe meinen Händen zu, wie sie den Brief in lauter kleine Fetzen zerreißen, die der Wind davonträgt und über den Kupferdächern verstreut, wie Schneeflocken.

Es war Cindys Idee, im Morgengrauen aufzubrechen.

Alle Ermittler tun das, hatte sie gesagt und fünf Uhr veranschlagt.

Wir lassen Buster zu Hause und schleppen uns zur U-Bahn. Auf der Straße begegnen uns Nachtschwärmer, die erst jetzt nach Hause gehen, blasse Gestalten mit Augenringen und einem Rest Schminke im Gesicht. Die morgendämmerungsgraue Stadt scheint sie aus den letz-

ten Bars und Lokalen zu spucken, müde von einer langen Nacht.
Auf der Fahrt sprechen wir kein Wort miteinander. Ich kann nur Cindys Stadtplan in ihrer Hosentasche knistern hören, wenn sie sich bewegt. Dann stehen wir verloren auf der U-Bahn-Station in Buckow und wissen nicht, wohin. Hier ist es ländlich, fast wie auf einem Dorf. Gepflegte Vorgärten mit Kirsch- und Apfelbäumen, gepflasterte Wege und Häuser aus den fünfziger Jahren, manche renoviert, andere heruntergekommen mit leeren Fenstern und abgeblättertem Putz.
Es ist nicht weit von hier, sagt Cindy, ich hab den Weg im Kopf, so oft habe ich gestern die Karte angesehen.
Ich frage mich, wozu sie die Karte dann mitgenommen hat, und schließe mich ihr widerwillig an. Wir laufen die Straße hinunter, vorbei an den seltsamen Häusern mit den flachen Dächern, und ich denke an Moa, die auch erst vor kurzem nach Hause gekommen ist, genaugenommen haben wir uns auf dem Flur knapp verfehlt. Keine Ahnung, mit wem *sie* die Nächte durchmacht.
Vielleicht mit Lothar im Büro, denke ich böse. In seinem klimatisierten Büro. Ich sehe sie zusammen Sekt trinken und sich lange Blicke zuwerfen.
Da ist es, sagt Cindy, und ich schrecke von meinen Gedanken hoch.
Wir stehen vor einem dieser heruntergekommenen Häuser, der Garten ist von Unkraut überwuchert, man kann gerade noch den Weg zum Haus erkennen. Der Zaun aus Maschendraht ist teilweise eingetreten und mit Gras und Schlingpflanzen eingewachsen. An das Gebäude lehnt

sich ein vergitterter Anbau, den man als verlassenen Hundezwinger identifizieren kann.
Blue und Berry, flüstere ich.
Wie bitte, sagt Cindy, aber ich schüttle bloß den Kopf.
Ich steige über das Stück Zaun, und bei jedem Schritt, den ich näher an das Haus herangehe, spüre ich deutlicher, dass Pampolina hier gewohnt hat. Hier und nicht in einer Villa in Grunewald. Im Hundezwinger liegen noch eine vermoderte Decke und zwei zerbeulte Plastikschüsseln, ansonsten ist der Zwinger leer. Wir schleichen uns zur Hinterseite des Hauses, und da ist der Baum. Die Buche, die uns den Weg zu Pampolinas Zimmerfenster weist. Sie ist nicht so majestätisch, wie ich sie mir vorgestellt hatte, aber ich bin froh, dass sie überhaupt da ist, ein Baum, etwas, womit Pampolina nicht gelogen hat. Und man kann darauf klettern, man sieht sogar, welchen Weg Pampolina häufig gewählt hat, denn dort hat die Rinde helle Stellen.
Da oben ist es, sage ich und ziehe mich am untersten Ast hoch.
Cindy folgt mir, ich kann sie hinter mir atmen hören.

Von unten kann man das monotone Geräusch des Fernsehers hören, vielleicht ist Pampolinas Mutter gestern davor eingeschlafen. Während Cindy systematisch das Zimmer durchkämmt, sitze ich auf Pampolinas Bett, auf ihrer rosafarbenen Überdecke, und lasse meinen Blick durchs Zimmer schweifen. Es ist alles genau so, wie Pampolina erzählt hat. Nur kleiner und schäbiger, abgewetzt und so gar nicht, als würde hier eine Prinzessin leben.

Aschenputtel vielleicht, denke ich und weiß nicht, ob das komische Gefühl in meinem Bauch Enttäuschung ist oder etwas anderes. Größeres.
Über ihrem Schreibtisch hängen Poster von Popstars, Jungs, die irgendwie traurig aussehen oder so tun als ob, und an die Decke sind diese komischen fluoreszierenden Sterne geklebt, die im Dunkeln leuchten. Zu Hause hatte ich auch welche, die kleben da schon, seit ich noch ganz klein war, und nachts habe ich immer hochgesehen, bis mir die Augen zufielen und die Sterne zu kleinen, grünlichen Punkten verblassten.
Ich kann den Rechner nicht finden, flüstert Cindy, du könntest mir ruhig ein bisschen helfen. Guck doch unters Bett oder so.
Cindy steht vor mir und ist vor Nervosität ganz rot im Gesicht.
Ich möchte hier verschwinden, sagt sie, ich finde das total gruselig hier, also komm mal in die Gänge!
Ich nicke und lasse mich kopfüber vom Bett baumeln.
Fünfundzwanzig Paar Ballerinas, sage ich dumpf und ziehe einen davon hervor. Er ist rosa mit Pailletten und ziemlich abgelatscht, und ehe ich mich's versehe, fange ich zu heulen an. Nicht nur ein bisschen, sondern so heftig, dass Cindy davon erschrickt und den Stapel Zeitschriften, den sie gerade in den Händen hält, fallen lässt. Sie setzt sich zu mir aufs Bett und legt den Arm um mich, weswegen ich noch mehr heulen muss, es ist, als hätte der blöde Schuh einen Stein losgetreten, und mit dem Stein kommt eine ganze Lawine von Schlamm und Geröll, geradewegs aus meinem Herzen.

Oje, sagt sie, was ist denn los?
Aber ich kann nicht antworten, ich zucke nur mit den Schultern und vergrabe mein Gesicht in Cindys Sweatshirt, das riecht angenehm süß nach Himbeerbonbons.
Ist es wegen Pampolina, weil sie dir so leidtut?, fragt sie und pustet in meine Haare, so wie man es mit kleinen Kindern tut, die sich den Kopf angeschlagen haben.
Nein, sage ich leise, es ist, weil mich alle anlügen. Meine beste Freundin Frede, meine Eltern und Pampolina. Sieh dich doch um. Es ist grässlich hier! Es gibt keine Dobermänner. Es gibt keine Rasensprenger. Dazu ist der Garten viel zu klein. Es gibt keine Frau Lang und keinen Gärtner. Nichts von alledem ist wahr. Und sogar *du* lügst. Denk doch mal an den Mist, den du im Internet erzählst.
Ich hebe meinen Kopf, um Cindy anzusehen, doch sie weicht meinem Blick aus.
Warum lügt ihr denn alle?, frage ich beharrlich und Cindy wird noch einen Hauch röter im Gesicht und nimmt den Arm von meiner Schulter.
Die ersten Sonnenstrahlen streifen durchs Zimmer. Sie fangen sich in Pampolinas Ankleidespiegel, ein ramponiertes Teil vom Flohmarkt, der verloren neben ihrem Kleiderschrank lehnt. Es ist, als würde die beginnende Helligkeit die letzten Schleier, die über Pampolinas erfundener Welt liegen, lüften, und nichts bleibt zurück als ein kleines Zimmer, lavendelblau tapeziert, um die Schimmelflecken und das bröcklige Mauerwerk zu übertünchen.
Wieso tut ihr das?, frage ich noch einmal.
Da sieht Cindy mich an. Sie ist nicht wütend oder ver-

letzt, aber als sie zu reden beginnt, hängt in ihrer Stimme unendlich viel Traurigkeit.

Hast du schon mal daran gedacht, wie es ist, wenn man sein eigenes Leben nicht so toll findet, sagt sie, wenn man sich sogar dafür schämt, wo man wohnt, wenn die Eltern sich getrennt haben und man selber in der Schule schlecht ist, keine richtigen Freunde hat und auch sonst nur total versagt. Meine Mutter ist weg, da war ich gerade drei! Ich kann mich nicht mal erinnern, wie sie aussieht. Und sie hat sich nie wieder auch nur ein einziges Mal gemeldet. Kapierst du das? Sie ist einfach weg, und weißt du, was das bedeutet? Ich bin ihr scheißegal. Und meinem Vater bin ich auch egal. Deswegen chatte ich. Da bin ich jemand anderes. Ich kann mir jeden Tag neu aussuchen, wer ich sein will.

Aber das ergibt doch keinen Sinn, werfe ich ein, du bleibst doch trotzdem noch Cindy.

Cindy rückt noch ein Stück von mir weg. Sie sieht klein und verloren aus, und zum ersten Mal habe ich das Bedürfnis, den Arm um ihre Schulter zu legen. Das tu ich dann auch, vorsichtig, damit Cindy nicht wegläuft und ich mich an dieses Gefühl gewöhnen kann. So sitzen wir eine Weile und sehen den Sonnenstrahlen zu, wie sie sich langsam durchs Zimmer tasten, über den klapprigen Kleiderschrank wischen und an den Bildern über Pampolinas Schreibtisch hängenbleiben.

Wir haben keine Zeit, unseren Gedanken nachzuhängen.

Komm, lass uns den Rechner suchen, sagt Cindy, bevor uns hier jemand erwischt.

Sie hüpft vom Bett und ist wieder ganz die Alte, und auch ich raffe mich endlich auf. Gemeinsam durchkämmen wir das Zimmer, aber alles, was wir finden, sind alte Bravo-Hefte und noch mehr Ballerinas. Nicht mal ein Tagebuch oder Briefe können wir entdecken. Nichts, was auf den Unbekannten hindeutet.
Schließlich geben wir enttäuscht auf und klettern durchs Fenster nach draußen. Der Tag hat nun richtig begonnen. Kinder schlendern am Zaun vorbei, sie schubsen sich gegenseitig, und eines fällt direkt vor dem Grundstück auf das Pflaster. Cindy und ich halten uns ganz still, da fällt mein Blick auf ein Herz, das in die Rinde des Baumes eingeritzt ist.
Tobi, steht da und *Lukas* und *Renke* und *Sebastian*.
Und dahinter *Parzival*.

Parzival

Jetzt kann er gar nicht mehr schlafen. Das Mädchen geistert durch seine Gedanken, schattenhaft, als würde sie nicht wirklich existieren. Die Tage laufen wie durch einen Schleier. Er bewegt sich, er legt sich hin, er schließt die Augen, aber der Dämmerzustand bleibt der gleiche. Er isst kaum noch. Nur im Netz fühlt er sich klar. Stundenlang bewegt er sich nicht, sieht die Zeilen vorbeilaufen, und während dieser Zeit wird ihm bewusst, dass er sie loswerden muss. Sie ist nicht die Richtige. Sie hat ihn getäuscht. Das hätte ihm klarwerden müssen, als er sie kommen sah, auf dem Rad mit den silbrigen Katzenaugen. Sie hatten den Treffpunkt an der Spree vereinbart, weg vom pulsierenden Leben der Stadt, eine Bank stand da, ein Baum, die Ruine eines Kiosks, alte Zeitschriften lagen auf dem Boden herum. Sie kannte die Stelle, wollte aber nicht sagen, woher, sie war ihm ausgewichen, als er fragte, ob sie mit jemand anderem dagewesen war. Aber als er sie auf dem Rad sah, wusste er, dass sie hier andere Männer getroffen hatte, und das versetzte seinem Herz einen langen schmerzhaften Stich. Trotzdem ließ er sie vom Rad steigen und setzte sich zu ihr auf die Bank. Sie trug eines dieser billigen Minikleider, durch dessen dünnen Stoff er ihren knochigen Körper erkennen konnte. Die spitzen Hüftknochen, die Schulterpartie, jeden einzelnen Wirbel, vom Nacken bis zur Lende. Während sie da saßen, spielte sie unentwegt mit ihrem Schlüsselbund, was ihn nervös machte, aber er beherrschte sich mühsam, hörte ihr zu oder tat zumindest so, während seine Gedanken um den nächsten Schritt kreisten.

Wollen wir ein Stück zusammen fahren?, fragte er unvermittelt, und sie sah ihn verwundert an, nickte aber und schloss ihr Rad an den Metallrohren der Bank an.

Gut, sagte sie, wo soll es denn hingehen?

Das sollte keck klingen, doch er hörte die Unsicherheit in ihrer Stimme und beeilte sich, den Motor des Autos zu zünden, bevor sie es sich anders überlegte.

Er beginnt zu schreiben, Nichtigkeiten, schreibt sich durch verschiedene Räume, bis ihm bewusst wird, dass er wieder angefangen hat, nach ihr zu suchen.

Greta

Zu Hause steht Buster schon an der Wohnungstür. Er winselt und wedelt wie verrückt mit seinem Stummelschwanz, weil er hinauswill. War ja klar, dass Moa ihn nicht zum Pinkeln rausbringt, die liegt im Bett und rührt sich nicht.
Moment, sage ich zu Buster, wir brauchen noch die Leine.
Doch Buster drängelt sich an mir vorbei, durch die Tür, und läuft die Treppen hinunter.
Buster!, rufe ich ihm hinterher, aber er kann mich natürlich nicht hören.
Er poltert die Treppen hinunter, unten rutscht er über den Steinboden, seine Krallen schlittern über die glatte Fläche, und ich sehe zu, dass ich hinter ihm herkomme.
Und dann passiert das, wovor ich mich immer gefürchtet habe.
Ich komme gerade rechtzeitig im Hof an, um noch zu sehen, wie Buster sein Bein hebt und gegen Osinskis heilige Mülltonnen pinkelt. Gleichzeitig kommt der Osinski mit seinem Besen über den Hof, und ich verdrücke mich schnellstens zurück in den Hausflur.

O nein, flüstere ich entsetzt und linse durch den Türspalt nach draußen.
Buster pinkelt immer noch, unter den Mülltonnen hat sich schon eine Lache gebildet, und ich könnte mich ohrfeigen, dass ich nicht besser aufgepasst hab.
Ich glaube es ja nicht!, höre ich den Osinski ausrufen, dann ist Buster fertig mit Pinkeln und beschließt, erst mal eine Runde durch den Hof zu drehen.
Ist das dein Hund?, sagt der Osinski, und mein Herz setzt für einen Schlag aus, dann höre ich Konrads Stimme. Natürlich, der Osinski kann mich hier ja gar nicht sehen.
Nö, sagt Konrad, der ist gerade von der Straße mit rein …
Dass die Leute nicht auf ihre verdammten Köter aufpassen können, flucht der Osinski und beginnt, Buster mit dem Besen durch den Hof zu scheuchen.
Raus mit dir, schimpft er und wedelt mit dem Besen, was Buster mit einem erfreuten Schwanzwedeln quittiert.
Jetzt haben Sie sich mal nicht so, sagt Konrad, der haut schon von alleine wieder ab.
Ich glaube meinen Ohren nicht zu trauen. Konrad setzt sich für Buster ein! Und er verrät mich nicht. Was ist denn in den gefahren?
Naja, vielleicht ist er auf Drogen, denke ich, oder betrunken und überhaupt, wo kommt Konrad um diese Uhrzeit her? Normale Menschen schlafen um diese Zeit noch oder gehen zur Arbeit. Aber Konrad ist ja kein normaler Mensch. Konrad ist Konrad.
Tatsächlich hört der Osinski auf, hinter Buster herzurennen. Er bleibt schwer atmend vor Konrad stehen.

Wenn ich rauskriege, dass der Hund dir gehört, gibt's richtig Ärger, sagt er.
Konrad zuckt nur mit den Schultern.
Sehe ich aus, als wäre ich Tierfreund, sagt er gleichgültig und wendet sich ab, um ins Haus zu gehen.
Perverser alter Sack, fügt er noch leise hinzu, und ich frage mich, was er damit meint. Das Gleiche wie Cindy, dass der Osinski Sexseiten im Internet guckt, oder ist da noch etwas anderes?
Ich presse mich noch enger gegen die Wand, zum Hochlaufen ist es jetzt zu spät, und hoffe, dass Konrad mich im Vorbeigehen nicht entdeckt. Die Tür schwingt auf und trifft mich mit der Klinke genau in die Rippen, und ich kann einen Schmerzenslaut nicht unterdrücken.
Da ist ja der kleine Feigling, sagt Konrad verächtlich und mustert mich kalt.
Was heißt hier Feigling, sage ich und drücke mir die Hand in die Seite, soll ich dem Osinski in die Arme laufen, oder was?
Im selben Moment ärgere ich mich, weil ich so unfreundlich bin, schließlich hat Konrad mir gerade einen Gefallen getan.
Wieso hast du das getan, sage ich deswegen und bemühe mich, etwas netter auszusehen.
Was habe ich denn getan, fragt Konrad leise und stützt sich mit den Händen rechts und links neben meinem Gesicht ab, so nah, dass mir schon wieder unheimlich zumute wird. Felix kommt mir in den Sinn, sein Gesicht blitzt vor meinen Augen auf, am letzten Schultag, nach der Zeugnisvergabe, wir sind alle raus aus dem Klassen-

zimmer, froh, dass alle versetzt wurden, und Felix hat mich am Arm zurückgehalten.
Warte, hat er gesagt und hat mich im Gang von den anderen weggezogen. Hinter der Garderobe standen wir dann so, zwischen den verstaubten, liegengebliebenen Jacken, genauso wie jetzt mit Konrad. Felix die Hände links und rechts von meinem Gesicht. Er hatte unglaublich schöne Hände. Braungebrannt und sehnig, mit blonden Härchen darauf.
Jetzt bist du bald nicht mehr hier, hat er gesagt, und ich hab nur blöde genickt, weil ich plötzlich ganz nervös war.
Mit Felix alleine, das war ich vorher noch nie gewesen, alles war so anders ohne Frede, und ich wusste nicht genau, ob ich dieses Anders leiden konnte oder nicht. Felix' Gesicht kam meinem immer näher, und ich dachte, jetzt küsst er mich gleich, und alles, was Frede und ich vorher über das Küssen gelesen hatten, schoss in Sekundenschnelle durch meinen Kopf. Was man mit seiner Zunge macht, ob man die Augen schließt oder nicht, doch dann war Frede auf einmal da. Sie hatte immer noch ihr Zeugnis in einer Klarsichthülle in den Händen und die Tasche mit den Badesachen über der Schulter.
He, ihr zwei, hat sie gesagt, und Felix ist schnell zwei Schritte zurück, als hätten wir etwas Verbotenes getan, wollen wir jetzt baden gehen, oder nicht?
Ich schüttle den Gedanken ab, denn das hier ist nicht Felix, das ist Konrad, und Konrad hat bestimmt ganz andere Dinge im Kopf als mich zu küssen.
Du hast mich nicht verraten, sage ich vorsichtig.

Falsch, sagt Konrad, ich hab deinen Köter nicht verraten.
Die Wand in meinem Rücken fühlt sich kalt an, ich habe Gänsehaut auf den Armen, aber das kommt von Konrad, von Konrads Blick oder seinen Händen, die sind meinem Hals unangenehm nahe. Am liebsten würde ich darunter wegtauchen, die Tür aufreißen und hinaus ins Sonnenlicht laufen, aber Konrads Augen halten mich fest.
Ist doch egal, sage ich leichthin, obwohl mir ganz anders zumute ist, trotzdem danke.
Ein kleines Lächeln umspielt Konrads Lippen, so klein, dass man seine Bedeutung nicht erkennen kann.
Pass bloß auf, sagt er, dann dreht er sich unvermittelt um und läuft die Treppen hoch.
Erst als ich seine Wohnungstür schlagen höre, traue ich mich, mich zu bewegen. Meine Beine sind wie Gummi. Wiederum öffne ich die Tür einen Spalt. Diesmal ist der Osinski weg, und Buster sitzt auf der Stiege.
Können wir jetzt endlich los?, sagt sein Blick.
Ja, wir können, sage ich erleichtert und trete hinaus in die Morgensonne.

Gleich nachdem ich mit Buster zurück bin, treffen Cindy und ich uns in Cindys Zimmer. Wir können es nicht erwarten, endlich den Computer anzuschalten und mit der Suche nach Parzival zu beginnen. Bevor Cindy auf *on* drückt, legt sie ihre Hand auf meinen Arm und sieht mir in die Augen.
Ich glaube, was wir versuchen, ist wirklich gefährlich, sagt sie, noch gefährlicher, als in Pampolinas Zimmer zu

steigen. Wenn wir Parzival finden, kann er uns auch finden. Und wenn er ein bisschen Ahnung von Internet hat, dann weiß er auch, wie.
Auf was willst du hinaus, sage ich, aber diesmal nicht ungeduldig, sondern wirklich interessiert.
Cindy steht auf und zieht die Vorhänge vor, sehr sorgfältig tut sie dass, damit kein einziger Sonnenstrahl zu uns hereindringt.
Wir sollten ein paar Dinge abmachen, sagt sie und zupft noch ein bisschen an dem schweren Stoff herum, als wollte sie mit den Stoffbahnen ihre Gedanken ordnen.
Wir sollten niemals alleine suchen, sagt sie, ich meine, falls wir ihn jetzt nicht finden. Wir müssen uns versprechen, nicht alleine ins Chat zu gehen.
Ich nicke, obwohl mir nicht klar ist, was das bringen soll.
Was noch, sage ich.
Wenn wir ihn finden, gehen wir zur Polizei. Sofort.
Gut, sage ich, abgemacht.
Wir schütteln uns feierlich die Hände, und irgendwie ist dieses Händeschütteln mehr als nur die Besiegelung eines Versprechens. Wir grinsen uns an, und Cindy fährt endlich den Computer hoch. Zuerst sehen wir unsere privaten Nachrichten an. Cindy hat ungefähr hundert Stück, von Leuten, die sich mit Claudia Schiffer treffen wollen, was ihr sichtlich peinlich ist. Ich dagegen habe keine einzige. Das bedeutet, keine Nachricht von Pampolina. Obwohl ich das schon befürchtet hatte, bin ich seltsam enttäuscht, und mir wird klar, dass ich irgendwo tief drin doch noch gehofft habe, dass sie einfach wieder im Chat

auftaucht, als wäre nichts passiert. Und natürlich, dass Paulina Menke ein ganz anderes Mädchen ist.
Seit vier Tagen hat Pampolina nicht mehr geschrieben, sage ich, vielleicht lebt sie schon gar nicht mehr.
So etwas darfst du gar nicht denken, sagt Cindy schnell, das ist voll gruselig.
Sie klickt sich weiter in die *grüne-couch-lounge*, und eine Weile sitzen wir nur da und lesen, was andere schreiben.
Ich glaube nicht, sage ich schließlich, dass Pampolina ihn hier getroffen hat. Das wäre mir aufgefallen. Parzival – der Name wäre mir bekannt vorgekommen.
Na ja, sagt Cindy, es gibt ungefähr hundert Möglichkeiten, wo sie ihn getroffen haben könnte, aber irgendwo müssen wir ja anfangen. Sie könnte ihn sogar in einem ganz anderen Chat kennengelernt haben. Was ich aber nicht glaube, fügt sie schnell hinzu, als sie meinen entsetzten Blick bemerkt, die meisten Chatter bleiben ihrem Chat treu.
Schließlich entscheiden wir uns, systematisch alle Räume abzuklappern. Schon nach kurzer Zeit brennen meine Augen, und ich kann mich kaum noch auf die Nicknames konzentrieren, die sich in jedem Raum erneut vor unseren Augen aufzutürmen scheinen. Ein paarmal stürzen wir uns beide auf ähnlich klingende Namen, nur um hinterher festzustellen, dass wir uns wieder getäuscht haben.
Hast du schon mal versucht, im Internet nach deiner Mutter zu suchen?, frage ich und reibe meine Augen.
Cindy zuckt zusammen. Nach unserem Gespräch in

Pampolinas Zimmer herrschte erst einmal Schweigen zwischen uns. Die ganze Rückfahrt redeten wir kein Wort miteinander, ängstlich, die andere könnte auf die vergangene Situation zu sprechen kommen. Es fühlte sich an, als könnte ein einziges Wort die kleine Verbindung zwischen uns wieder zerstören, und so hielten wir den Mund, und jeder versank in seinen eigenen Gedanken.
Auch jetzt bin ich unsicher, doch dann lächelt Cindy.
Doch, sagt sie, natürlich habe ich nach ihr gesucht. Und ich hab sie sogar gefunden. Das war gar nicht schwierig.
Und wo ist sie?, frage ich gespannt.
In Berlin natürlich, sagt Cindy, als wäre das die selbstverständlichste Sache der Welt.
Sie gibt ihrem Drehstuhl einen kleinen Schubs, damit sie mich ansehen kann.
Sie arbeitet in Mitte in einem Friseursalon, und du brauchst mich gar nicht so anzugucken, ich weiß genau, was du denkst. Du denkst, warum geh ich dann nicht hin, wenn ich schon weiß, wo sie ist.
Darauf sage ich nichts, sondern sehe Cindy nur weiter erwartungsvoll an.
Na, ich trau mich einfach nicht, sagt sie etwas kleinlaut. Ich bin schon hundert Mal vor der Tür gestanden, aber nie reingegangen. Ich hab mir gedacht, was denkt sie sich bloß, wenn sie mich sieht? So wie ich aussehe, mit der Zahnspange und den Haaren. Du kannst dir ja gar nicht vorstellen, wie cool die Leute dort sind. Der Laden heißt *Headhunter* und es gehen nur Leute rein, die aussehen wie Popstars. Keine zehn Pferde kriegen mich da über die Türschwelle.

Aber du willst sie doch sehen, sage ich, du wünschst dir doch nichts mehr, als sie kennenzulernen, oder?
Cindy gibt ihrem Stuhl einen weiteren Schubs, damit er sich zurückdreht, und starrt wieder auf den Bildschirm.
Ich tippe sie vorsichtig von der Seite an.
Das stimmt doch, oder, beharre ich, und wenn du das willst, musst du dich trauen.
Wir müssen Parzival finden, sagt Cindy, das müssen wir, und sonst nichts.

Zwei Stunden später geben wir enttäuscht auf. Keine Spur von Parzival, in keinem der Räume.
Das war ja nur der erste Versuch, sage ich an der Wohnungstür zu Cindy, um sie zu trösten, dann stapfe ich die zehn Stufen nach oben, entmutigt, weil ich befürchte, dass wir ihn nie finden werden. Wieso sollte er ins Netz zurückkehren? Er hat ja, was er wollte. Er hat Pampolina. Wo immer er sie versteckt hält. Der einzige Grund, wieder zu chatten, wäre, dass Pampolina nicht mehr lebt und Parzival ein neues Opfer sucht, und das finde ich so gruselig, dass ich eine Gänsehaut im Nacken bekomme und fast Mikesch übersehe, der auf der Stufe unterhalb unserer Wohnungstür steht. Ganz gebeugt steht er da und hält sich am Treppengeländer fest. Wieder hat er die Sporttasche dabei, und ich muss unwillkürlich den Kopf schütteln.
Findest du nicht, dass du es mit dem Judo etwas übertreibst, sage ich, und Mikesch fährt zusammen, und als er sich umdreht, ist sein Gesicht so kreidebleich, als hätte ich ihn zu Tode erschreckt.

Entschuldige, sage ich schnell, das wollte ich nicht.
Greta, sagt Mikesch, und das hört sich fast erleichtert an, das macht nichts. Das macht doch gar nichts. Ich war nur so in Gedanken.
Ich sehe ihn prüfend an, die dunkelbraunen Locken kleben an seinen schweißnassen Schläfen, und er hat dunkle Ringe unter den Augen.
Du siehst furchtbar aus, sage ich und sperre die Wohnungstür auf.
Ohne dass ich ihn hereinbitte, folgt er mir, und diesmal ist es mir gar nicht peinlich, dass nicht aufgeräumt ist. So schlimm, wie Mikesch aussieht, bemerkt er das Chaos in unserer Wohnung gar nicht. Ich lotse ihn in die Küche und muss ihn sogar zu einem Stuhl schieben. Er lässt sich darauffallen und legt seinen Kopf auf den Küchentisch. Während ich in der Küche herumhantiere, eine Wasserflasche und Gläser auf den Tisch stelle, verharrt er in dieser Position. Ich kann nur sehen, wie er atmet, wie sich sein Brustkorb gleichmäßig hebt und senkt.
Du hast zu viel trainiert, sage ich schließlich und ziehe mir einen weiteren Stuhl heran, damit ich mich neben ihn setzen kann.
Mikesch nickt, ohne den Kopf zu heben.
Du kannst dir nicht vorstellen, wie mies ich mich fühle, Greta, flüstert er, ich glaube, ich hätte es keine Stufe mehr weiter hinauf geschafft.
Klar hättest du, sage ich, ich kenne das. Manchmal beim Joggen glaube ich auch, ich schaffe es nicht mehr bis nach Hause. Und die Treppen hier sind dann die Hölle. Ich

denke dann immer, irgendwer wird mich schon finden, wenn ich im zweiten Stock zusammenbreche.
Langsam dreht Mikesch seinen Kopf zur Seite und sieht mich durch einen wirren Wust von Locken an. Sein Blick erschreckt mich, seine Augen glänzen, als hätte er Fieber, und ich überlege, ob es nicht doch besser wäre, einen Arzt zu rufen. Vielleicht fehlt ihm ernsthaft etwas, und er wird hier in unserer Küche ohnmächtig.
Es ist noch schlimmer, sagt er, und jetzt bekomme ich wirklich Angst, da nimmt er meine Hand und hält sie fest. Seine ist eiskalt, meine dagegen glühend heiß.
Das tut gut, sagt er und schließt wieder die Augen.
Du solltest etwas trinken, sage ich nervös und gieße mit der freien Hand Mineralwasser in sein Glas, aber er rührt sich nicht, sitzt nur da und hält meine Hand fest in seiner.
Buster legt mir seinen Kopf aufs Knie, doch ich scheuche ihn mit einem Blick weg. *Auf deinen Platz* heißt das, und Buster trottet ergeben davon. Von Frede weiß ich, dass man kranken Männern Zeit lassen muss, und sie weiß das von ihrem Vater, der ist ständig krank, und dann muss man ihm beim Leiden zusehen. Man muss ihn bemitleiden und Tee kochen, man darf nicht zu laut und zu viel sprechen, und vor allem darf man nicht so tun, als wäre seine Krankheit Kinderkram.
Kranke Männer wollen ernst genommen werden, hat Frede immer altklug gesagt.
Und in der Hoffnung, Mikesch unendlich zu beeindrucken, bin ich ganz still und erwidere nur hin und wieder den Druck seiner Hand, bis er sich von selbst bewegt, sich

mir, ohne die Augen zu öffnen, zuwendet. Er zieht mich an sich und vergräbt seinen Kopf in meiner Halsbeuge. Seine Locken kitzeln mich im Gesicht, und ich wage kaum zu atmen aus Angst, er könnte mich wieder loslassen und der Zauber verfliegen, so schnell, wie er gekommen war. Vorsichtig schließe ich auch die Augen und stoppe das Gedankenkarussell in meinem Kopf. Jetzt spüre ich nur noch Mikesch, seine Arme, die sich um meinen Körper legen, seinen warmen Atem, die stoppelige Wange, die über meinen Hals kratzt, und dann rieche ich einen seltsam bekannten Geruch, den Geruch von Zuhause, vom Sommer, nach dem Garten hinter unserem Haus, süß und schwer, und ich überlege, was es ist, nach was Mikesch riecht.

Du bist toll, Greta, murmelt Mikesch in mein Haar, und ich muss grinsen, denn das hat noch nie jemand zu mir gesagt. Nicht einmal Felix. Der hat immer nur gesagt, dass wir toll sind, Frede und ich, im Doppelpack, und irgendwie hab ich immer geglaubt, er meint mehr Frede als mich. Vielleicht war Frede auch toller. Zumindest für Felix.

Nach was riechst du, flüstere ich zurück, ich kenne den Geruch.

Mikesch löst sich von mir und streicht sich das Haar aus der Stirn. Jetzt ist er wieder der Mikesch, den ich kenne, ruhig und besonnen.

Keine Ahnung, sagt er und lächelt.

Er trinkt das Glas in einem Zug leer, noch immer berühren sich unsere Knie, noch immer hält er meine Hand fest, und plötzlich weiß ich, was Mikesch am Wannsee damit gemeint hat, wie es ist, richtig verliebt zu sein. Es ist, als würde man einen Schwall unglaublich weiches Wasser ins Gesicht bekommen, der einem die Luft nimmt und gleichzeitig ein warmes, aufgewühltes Gefühl zurücklässt, ein Gefühl, das sich mit nichts vergleichen lässt, mit keinem Kribbeln in der Magengegend, das ich gespürt hatte, wenn Felix in meiner Nähe war. Kein aufgeregtes Flattern, wenn Felix mich berührt hatte, selbst die Szene am letzten Schultag erscheint mir blass und farblos.

Da hören wir die Wohnungstür schlagen, Mikesch lässt meine Hand los, und Moa kommt mit einer Tüte vom Bäcker in die Küche.

Wer ist dieser Mann, sagt Moa.

Sie hat die Tüte achtlos auf den Küchentisch geworfen und steht nun mit verschränkten Armen vor mir, während Mikesch sich hinter ihr vorbei aus der Küche verdrückt. Sie würdigt ihn keines Blickes, und Mikesch winkt mir noch einmal zu und zieht dabei eine komische Grimasse, die mich wohl zum Lachen bringen soll. Mir ist aber nicht nach Lachen. Schweigend stehen wir uns gegenüber, bis ich höre, wie Mikesch die Wohnungstür hinter sich zuzieht.

Dieser Mann ist Mikesch, sage ich dann, er wohnt im Stockwerk über uns, was du bestimmt noch nicht bemerkt hast. Und du hast gerade die besten fünf Minuten meines Lebens zerstört.

So, sagt Moa, die besten fünf Minuten deines Lebens. Ich werde wohl noch fragen dürfen, wenn meine fünfzehn-

jährige Tochter mit wildfremden Männern in meiner Küche steht. Schließlich bin ich deine Mutter.
So, äffe ich sie nach, du bist also plötzlich meine Mutter. Das ist dir wohl gerade wieder eingefallen, zwischen deinen wichtigen Terminen und den Meetings mit Lothar, bis spät in die Nacht.
Wie aufs Stichwort hören wir nun Moas Zimmertür aufgehen. Moa wird knallrot im Gesicht, und ich muss mich vor Schreck fast hinsetzen, denn wer jetzt in die Küche geschlurft kommt, ist niemand anderes als Lothar. Er trägt Moas geblümten Bademantel, den er kaum über seinen Bauch gespannt bekommt, und sieht damit so albern aus, dass ich beinahe lauthals loslachen würde, fände ich die Situation nicht so entsetzlich.
Es ist also wahr, sage ich tonlos, du hast tatsächlich was mit diesem Wichtigtuer angefangen.
Moa wird noch eine Spur röter, in dieser Verfassung habe ich sie zuletzt am Tag unseres Auszugs gesehen, als mein Vater kurz nach Hause kam, um sich zu verabschieden. Während er im Haus war, ließ er seine Sprechstundenhilfe im Auto warten, die hübscheste und jüngste, die er auftreiben konnte. Mir war sofort klar, dass er sie nur mitgebracht hatte, um Moa eins auszuwischen, aber Moa war natürlich mit den Nerven am Ende und brüllte im halbleeren Haus herum, dass er sich diese Geschmacklosigkeiten sparen könne.
Du wirst dich sofort bei Lothar entschuldigen, fährt sie mich an, er kann nichts für deine miese Laune.
Lothar lehnt sich an den Türstock. Er hat schwarze Haare an den Beinen und seltsame Badeschlappen an den Fü-

ßen. Ich kann es nicht fassen, dass Moa mit ihm ins Bett geht. Das übertrifft alles, was Pampolina von verzweifelten Frauen erzählt hat. Obwohl ich mir jetzt eingestehen muss, dass die Geschichte von ihrer Mutter und dem Gärtner – der angeblich um einiges besser aussah als ihr Vater – auch nur gelogen war. Aber egal, mit wem Pampolinas Mutter ihren Vater betrogen hatte, er konnte nicht schlimmer gewesen sein als Lothar.

Das mit dem Entschuldigen übergehe ich.

Was ist überhaupt mit Vater, sage ich stattdessen, weil ich plötzlich das Gefühl habe, diese Frage wäre angebracht, und weil ich hoffe, allein die Erwähnung meines Vaters könnte Lothar in die Flucht schlagen.

Wann kann ich ihn sehen? Das ist doch so üblich, dass Kinder ihre Väter ab und zu mal sehen.

Die Stille, die nun entsteht, ist fast unheimlich. Lothar tritt unbehaglich von einem Bein aufs andere, als hätte er kalte Füße, was bei den Temperaturen gar nicht möglich ist, und Moa sieht mich nur schweigend an. Ich kann ihren Blick nicht deuten, kalt ist er, als wäre sie gar nicht meine Mutter, sondern irgendeine Fremde.

Was ist, sage ich, willst du mir nicht antworten?

Moa sieht mich weiter mit diesem komischen Ausdruck an.

Dein Vater will dich nicht sehen, sagt sie dann, er hat eine neue Freundin und will mit ihr eine neue Familie gründen.

Sie zuckt bedauernd mit den Schultern.

Wir sind nicht mehr wichtig in seinem Leben. Ich nicht und du auch nicht.

Ihre Worte sind so hart, sie hämmern auf meinen Kopf und machen mich so hilflos und klein, dass ich nur noch schreien könnte.
Ach ja, sage ich böse, da habt ihr ja einiges gemeinsam. Und überhaupt: So viel zu fremden Männern in unserer Küche! Ich hatte wenigstens keinen fremden Mann im Bett.
Damit lasse ich die beiden stehen. Ich gebe Buster einen Wink, der sichtlich erleichtert von seinem Körbchen aufspringt und mir den Gang entlang hinterhertrabt.
Aber ich bin immerhin schon einundvierzig, schreit mir Moa nach, ich brauche mir von dir nichts sagen lassen. Ich kann machen, was ich will!
Dann bin ich draußen, nicht mal Schuhe habe ich dabei, barfuss laufe ich hinunter zu Cindy, schließlich haben wir Wichtigeres zu tun.

Die nächsten Stunden verbringen wir mit dem Surren des Computers. Ich versuche, an nichts zu denken. Weder an Mikesch noch an Moa oder meinen Vater. Den Gedanken, ob Moa die Wahrheit sagt, schiebe ich weit von mir, und jedes Mal, wenn Mikesch in meinen Kopf geistert, denke ich schnell an Parzival.
Parzival, denke ich, Parzival, wo bist du?
Das hilft, mein Salto schlagendes Herz zu beruhigen. Trotzdem weiß ich, dass alles wieder da ist, wenn Cindy den Computer ausschaltet, und das macht mich unruhig. Ich zwinge sie zum Durchhalten. Wenn sie ungeduldig auf ihrem Stuhl herumrutscht, remple ich sie von der Seite an.

Ist ja schon gut, sagt sie.
Sie stützt ihr Gesicht in beide Hände, dabei schiebt sie ihre Finger unter die Bügel der Zahnspange.
Er könnte auch seinen Nickname gewechselt haben, sagt sie schließlich.
Wir beugen uns beide über den Computer, als könnten wir den richtigen Namen heraussaugen.
Stimmt, er könnte einen anderen Namen aus der Artus-Sage benutzen, sage ich.
Oder einen mit P.
Oder einen komplett neuen.
Wir seufzen fast gleichzeitig.
Vielleicht sollten wir unsere Methode ändern, sage ich, vielleicht müssen wir noch mehr darauf achten, ob jemand Mädchen anspricht, sich auffällig benimmt.
Aber davon gibt es massenweise, das habe ich dir doch schon erzählt!, sagt Cindy.
Du meinst die, die einem die Unterhose abkaufen wollen und so was?
Ja, genau, wenn wir jeden von denen unter die Lupe nehmen wollen, sind wir in drei Jahren nicht fertig. Sieh mal …
Cindy wechselt den Chatroom. Sie klickt sich in ein Forum für unter Zwölfjährige und deutet auf die Liste der Eingeloggten.
Boyscout, sagt sie, jeder hier weiß, was mit ihm los ist, er hat verschiedene Nicknames, unter denen er chattet. Valentin15 zum Beispiel. Oder Pantau.
Oder Bärchen, werfe ich ein.
Genau, du hast also auch schon seine Bekanntschaft

gemacht. Wenn man sich auf ihn einlässt, ist er zuerst supernett. Er fragt nach deinen Hobbys, wie es in der Schule läuft und mit den Eltern. Er kann ewig lange zuhören, bis du meinst, der ist jetzt echt dein Freund. Und dann geht es los. Er will wissen, ob man schon einen Freund hat und schon mal geknutscht hat und ob man einen BH braucht oder nicht. Und das sind noch die harmlosen Fragen. Am Schluss will er einen privat treffen, Telefonnummern austauschen … das ganze Programm. Und der Typ ist fünfundvierzig.
Ich nicke.
Vielleicht ist ja Bärchen-Boyscout der, den wir suchen, überlege ich laut, ich selbst habe noch nie mit ihm gechattet, aber Pampolina hat sich mit ihm angelegt. Ich hab einmal mitgekriegt, wie sie ihn im Netz vor allen anderen bloßgestellt hat.
Zumindest wäre es eine Möglichkeit, sagt Cindy und zieht ihre Finger unter den Zahnspangenbügeln hervor, wieso sollte er sich nicht auch Parzival nennen. Und wenn er das tut, kriegen wir es raus.
Boyscout ist eingeloggt, scheint aber das Geschehen, wie wir, nur vom Rand aus zu beobachten. Jedenfalls schreibt er nichts, was ich irgendwie unheimlich finde, wenn ich daran denke, dass er Parzival sein könnte.
Auf was könnte er anspringen?, frage ich Cindy.
Er findet es immer ganz toll, wenn es einem schlechtgeht, sagt sie wie aus der Pistole geschossen, und würde das nicht auch auf Pampolina zutreffen? Könnte sie ihn so kennengelernt haben? Weil es ihr schlechtging und sie mit jemanden reden wollte?

Entschlossen lege ich meine Hände auf die Tasten.
Brauche dringend jemanden zum Zuhören, schreibe ich, *will jemand privat reden?*
Ein paar Sekunden geschieht nichts. Cindy und ich sehen uns an, in Cindys Augen spiegelt sich das bläuliche Licht des Computers. Dann kommt eine Antwort.
Boyscout (privat) an Gin: *Um was geht es denn? Kann ich dir irgendwie helfen?*
Wir halten beide den Atem an.
Angebissen, flüstert Cindy, er hat angebissen. Mach weiter, Greta!
Mir geht es einfach nicht gut, schreibe ich schnell, *ich brauche jemand, der mich tröstet.*
(Boyscout gibt Gin einen dicken Kuss.)
Besser?, fragt Boyscout, *aber erzähle doch ein bisschen von dir.*
Fieberhaft überlege ich, was Pampolina erzählt haben könnte. Schließlich schreibe ich irgendetwas von geschiedenen Eltern, keinen Freunden und Liebeskummer.
So ein Blödsinn, denke ich und muss über mich selbst den Kopf schütteln, genauso gut könnte ich meinen eigenen Kummer vor ihm ausbreiten. Nur noch Frede fehlt in der Sammlung, ansonsten ist sie komplett.
Auf was sollen wir achten, sagt Cindy, mit was könnte er sich verraten? Wir wissen doch nichts über Parzival. Nichts außer dem Namen.
Unkonzentriert halte ich das Gespräch am Laufen. Boyscout schreibt nicht viel. Genau, wie Cindy gesagt hat. Er hört zu, fragt an bestimmten Stellen nach, aber nichts, was auf Parzival schließen ließe.

Wir können nur abwarten, sage ich, wenn, dann verrät er sich zufällig. Ich jedenfalls finde ihn eklig. Es ist unheimlich, wie er einen aushorcht. Fällt dir auf, wie geschickt er Fragen stellt? Er will wissen, wo ich wohne, spricht es aber nicht direkt an. Hier … schon wieder.
Es ist schwierig, in einer großen Stadt neue Freunde zu finden, schreibt Boyscout, *das ist auf dem Land natürlich einfacher …*
Du hast recht, antworte ich unbestimmt, *hast du denn viele Freunde?*
Darauf bleiben die Zeilen leer, und Cindy wirft mir einen vielsagenden Blick zu. Als wir denken, jetzt loggt er sich gleich aus, kommt doch eine Antwort.
Morgen wieder hier, schreibt er.
Klar, antworte ich, *okay.*

Parzival

Das neue Gefühl beflügelt ihn. Wie auf Wolken läuft er durch die Stadt und vergisst das Mädchen, vergisst für Stunden, was zu tun ist. Die Wirklichkeit ist plötzlich greifbar, nicht nur ein Gespinst in seiner Gedankenwelt. Die Sonne brennt auf ihn herunter, jetzt in der Mittagszeit steht sie senkrecht über der Stadt. Jeder flüchtet von einem Schatten zum nächsten, nur ihm ist es egal, dass sie die Haut auf seinen Unterarmen verbrennt. Er spürt nicht einmal die Hitze, die sich um seinen Körper legt, und den Schweiß, der seinen Nacken hinabläuft. An der U-Bahn rempelt er Menschen an, die seinen Weg kreuzen und nicht schnell genug ausweichen können. Hinter ihm schütteln sie ihre Köpfe. Der spinnt ja, sagen manche, so laut, dass er es eigentlich hören müsste. Aber er hört nichts.

Greta

Eiskalte Cola, sage ich zu dem Imbissverkäufer, zweimal.
Cindy ist so klein, dass sie es nicht schafft, sich lässig gegen den Tresen zu lehnen, aber sie gibt ihr Bestes und stellt sich auf die Zehenspitzen, damit sie ihr Getränk in Empfang nehmen kann. Der Imbissverkäufer sieht mich etwas erstaunt an, aber ich ignoriere seinen Blick.
Was liest du da?, frage ich und deute auf die Zeitung.
Fall Paulina Menke, sagt er und dreht das Blatt zu mir herüber, damit ich besser hineinsehen kann.
Sie haben ihr Rad gefunden, in der Spree, das ist kein gutes Zeichen, sagt er und schüttelt bedenklich den Kopf, das arme Ding.
Cindy und ich überfliegen den Artikel. Wieder nichts, was uns weiterhilft, aber ich bin ganz froh, dass niemand bemerkt hat, dass wir in Pampolinas Zimmer waren.
Die Polizei ist hier ja nicht so auf Zack, sage ich leise zu Cindy, was ihre Miene verfinstert.
Ich hab nicht deinen Vater gemeint, füge ich schnell hinzu, kann sie aber damit nicht aufheitern.
Es stimmt schon, sagt sie, ich finde ja selbst, dass er nicht so auf Zack ist. Heute kommt er übrigens am späten

Nachmittag heim, da können wir nicht ins Internet. Er kann es nicht leiden, wenn ich so oft chatte. Er sagt immer, das macht doof im Kopf.
Über unseren Köpfen rattert die U-Bahn, und ein neuer Schwall Menschen gießt sich über die Treppen nach unten. Plötzlich wimmelt es hier von Leuten, die kalte Cola trinken wollen, und wir rutschen ein Stück zur Seite, um der Kundschaft Platz zu machen.
Macht nichts, sage ich, wir sind ja sowieso erst morgen verabredet.
Wir nippen an unserer Cola und sehen uns das Foto von Pampolinas Fahrrad an. Ein silbriges, altmodisches Damenrad, komplett mit Wasserpflanzen überzogen.
Sag mal, Cindy, sage ich unvermittelt, hat dein Vater nie eine andere Frau mit nach Hause gebracht? Eine neue Freundin oder so?
Doch, sagt Cindy, ohne ihren Blick von Pampolinas Fahrrad abzuwenden, aber ich habe sie rausgeekelt. Am Anfang hat mein Vater ganz oft jemand mitgebracht, aber die hatten keine Lust auf kleine Kinder. Und ich hab keine Lust auf eine neue Mutter. Die können mir alle gestohlen bleiben.
Wir legen die Zeitung zurück auf den Tresen, der Imbissverkäufer wischt sich den Schweiß von der Stirn.
Wie kann man bei der Hitze Currywurst essen, flüstert er uns zu und grinst, während er mehrere Portionen zurechtmacht.
Und war dein Vater nicht sauer, frage ich, du mischst dich schließlich in seine Angelegenheiten ein.
Cindy zuckt nur mit den Schultern.

Klar war er sauer, aber was soll er schon machen. Ich glaube, er hat trotzdem eine Freundin. Er bringt sie nur nicht mit, und das ist auch besser so. Ich krieg das Kotzen, wenn ich nur daran denke, wie sie mit mir auf heile Welt machen wollen. Sonntagsausflüge, abends gemeinsam Fernsehgucken, all den Kram.

Voller Entsetzen denke ich an Lothar. Wie er es sich auf unserer Couch bequem macht und Quizshows ansieht. Oder ein weiterer Badeausflug zum Wannsee. Zu dritt.

Das ist wirklich zum Kotzen, pflichte ich Cindy bei.

Und dann bringt sie vielleicht andere Kinder mit, die dann meine neuen Geschwister sind. Nein, danke.

Ich überlege, ob ich auf Lothars Schreibtisch ein Foto von Kindern gesehen habe. Ja natürlich, zwei kleine Kinder, und eine Frau war auch dabei. Seine Frau. Wir verfallen beide in düsteres Schweigen und sehen den Leuten zu, die sich nun wieder verstreuen, über die Schönhauser Allee eilen, um noch die nächste Tram zu ergattern. Mir kommt in den Sinn, was Moa über meinen Vater gesagt hat, dass er eine neue Familie gründen will. Ein Satz, den ich nicht verstehe, wenn ich daran denke, wie wenig Zeit mein Vater für seine alte Familie, für uns, übrig hatte.

Aber vielleicht ist das ja mit neuen Kindern und einer neuen Frau ganz anders, denke ich bitter, vielleicht lag das Ganze ja an Moa und mir.

Jemand tippt mir ganz leicht auf die Schulter, so leicht, als würde ein Schmetterling darauf landen, und als ich mich umdrehe, steht Mikesch vor mir.

Ich bin froh, dass ich dich noch mal treffe, sagt er und

macht ein zerknirschtes Gesicht, du hast richtig Ärger mit deiner Mutter bekommen, oder? Wegen mir.
Aus den Augenwinkeln sehe ich, wie Cindy sich grinsend wegdreht, damit Mikesch ihr Gesicht nicht sehen kann. Sie ist eben doch erst dreizehn.
Das war kein Problem, sage ich, betont lässig, obwohl mir das Herz bis zum Hals schlägt und ich das Gefühl habe, der Boden gibt unter meinen Beinen nach.
Den Eindruck hatte ich nicht, und das war mein Fehler, hakt Mikesch nach, ich hätte nicht mit in eure Wohnung kommen sollen. Kein Wunder, dass deine Mutter sich Sorgen macht. Sie kennt mich schließlich nicht.
Als ich erneut widersprechen will, legt er mir einfach den Zeigefinger auf den Mund, damit ich still bin, und alles, was ich jetzt sagen wollte, wäre sowieso völliger Quatsch gewesen. Deswegen bin ich still und sehe Mikesch nur an, präge mir seine meergrünen Augen mit den goldenen Sprenkeln ein und die feinen Linien um seinen Mund. Für später, wenn es dunkel ist und ich alleine im Bett liege und mich einsam fühle. Dann werde ich sein Gesicht vor mir sehen und die Dinge tausendmal hören, die er jetzt und irgendwann mal zu mir gesagt hat.
Ich will mich bei dir bedanken, sagt er, du hast meinen Tag gerettet. Ich weiß nicht, was ich ohne dich getan hätte.
Noch immer liegt sein Finger auf meinem Mund, was mich nervös und kribbelig macht und gleichzeitig unheimlich froh, weil ich nichts sagen muss, gar nicht cool sein muss, so wie sonst immer, wenn es drauf ankommt.

Ich hätte nicht einmal die Stufen zu meiner Wohnung geschafft, sagt er.
Dann nimmt er den Finger weg und umarmt mich, drückt sein Gesicht noch einmal in mein Haar und mein Gesicht an seine Brust.
Erdbeeren, denke ich, vielleicht auch Birnen und frisch geschnittenes Gras.
So riecht sein Hemd, an der Stelle, an der ich meine Nase vergrabe. Ewigkeiten könnte ich so stehen, ohne die Welt um uns herum wahrzunehmen. Sogar Cindy ist mir völlig egal. Soll sie denken, was sie will. Sollen doch alle verschwinden und nur noch wir beide übrigbleiben, ganz alleine unter den Gleisen, alles ist ruhig, und wir halten uns umschlungen, stundenlang, tagelang.
Danke, sagt Mikesch, danke, Greta.
Er schiebt mich ein Stück von sich weg und muss lächeln, als er meine verwirrte Miene bemerkt. Dann dreht er sich um, läuft über die Schönhauser Allee, und ich könnte zusammenbrechen, so weich ist mein Körper nach dieser Umarmung.

Mannomann, ganz großes Kino.
Der Imbissverkäufer hat seinen Kopf auf die Hände gestützt, so hat er uns wahrscheinlich die letzten fünf Minuten beobachtet. Genauso wie Cindy, die immer noch dämlich grinsend am Tresen lehnt.
Lasst mich bloß in Ruhe, fauche ich ärgerlich, muss dann aber trotzdem grinsen, so froh macht mich, dass ich Mikesch getroffen habe und was er zu mir gesagt hat.
Jetzt ohne Quatsch, beharrt der kleine Imbissmann, so

kenne ich den Kerl gar nicht. Ich habe nicht gedacht, dass er Augen für … Frauen hat.
Dabei sieht er mich komisch an, als wäre ich gar keine richtige Frau, sondern ein kleines Kind.
Er hat eben Augen für Greta, sagt Cindy stolz und hängt sich bei mir ein, wenn ich ein Mann wäre, würde ich mich auch in sie verlieben.
Ich verdrehe die Augen und schüttle ihren Arm ab.
Komm jetzt, sage ich schroffer, als ich es beabsichtigt hatte.
Zusammen laufen wir die Treppe zu den Gleisen hoch. Ein paarmal muss ich mich umdrehen, ob ich Mikesch noch irgendwo entdecke. Aber Berlin hat ihn verschluckt.

Da gehe ich nicht rein. Cindy stemmt sich mit beiden Füßen gegen den Treppenabsatz.
Wir stehen vor einem Abbruchhaus in Berlin Mitte, Technomusik quillt durch die Tür nach draußen, drinnen sieht man knapp bekleidete Frauen herumwirbeln. Wir stehen vor dem *Headhunter*, dem Laden, in dem Cindys Mutter arbeitet.
Du hast eine neue Frisur bitter nötig, sage ich unbarmherzig und ziehe Cindy die zwei Stufen nach oben. Die Türe schwingt auf und ein Typ mit Lederjacke und frisch gegeltem Haar drängt sich an uns vorbei. Ich nutze die Gelegenheit und schiebe Cindy vor mir her, nach drinnen. Die Musik ist ohrenbetäubend. Die Bässe hämmern so laut, dass man sie in der Magengegend spüren kann, und der Zigarettenrauch lässt uns fast rückwärts wieder

hinausstolpern. Man muss eine Nummer ziehen und dann auf fleckigen roten Ledersesseln warten, bis man aufgerufen wird. Der Laden ist knallvoll, wir ergattern den letzten Sessel und quetschen uns zu zweit hinein.

Welche ist sie?, flüstere ich Cindy ins Ohr.

Die mit dem Schlangenlederminirock, flüstert Cindy zurück und lässt sich noch tiefer in den Sessel sinken.

Die Frau mit dem Schlangenlederminirock ist höchstens dreißig, sie hat blondes, raspelkurzes Haar und ein Netzshirt an. Irgendwie sieht sie gelangweilt aus, trotz der hektischen Musik und einem komischen dicklichen Kerl, der die Friseurinnen zur Eile antreibt. Wahrscheinlich gehört ihm der Laden.

Wie kommt denn dein Vater an so eine Frau, staune ich, dein Vater ist Polizist.

Tatsächlich habe ich mir Cindys Mutter ganz anders vorgestellt. Älter vor allem.

Er hat sie auf der Straße aufgelesen, sagt Cindy und ich bin mir nicht sicher, ob sie wieder nur Märchen erzählt.

Irgendwelche Typen haben sie belästigt, und er hat ihr geholfen, da haben sie sich verliebt. Obwohl er Polizist ist.

Ich beobachte Cindys Mutter, wie sie der Kundin das Haar fransig schneidet, immer wieder den Kamm durch das nassglänzende Haar zieht, und wundere mich immer mehr über diesen komischen Zustand von Verliebtsein, der Menschen zueinander bringt, die so gar nicht zueinander passen, und sie dann wieder trennt. So wie meinen Vater von meiner Mutter. Oder Cindys Eltern. Im Moment kann ich mir nicht vorstellen, dass ich jemals aufhören werde, in Mikesch verliebt zu sein, und mir jemand anderen suche. Die Welt scheint hinter Mikesch aufzuhören. Etwas, was ich bei Felix nie gespürt habe. Wenn ich die Augen schließe, flattern Tausende von Schmetterlingen gegen meinen Bauch, als wollten sie ausbrechen und ganz Berlin überfluten. Bunt schillernd, eine flügelschlagende, quirlige Wolke, die die Sonne verdunkelt und die Menschen zum Himmel hochblicken lässt.

Wer von euch zwei Süßen ist jetzt dran?

Vor uns steht Cindys Mutter, an ihren nackten Armen kleben noch vereinzelt dunkle Haarstoppeln. Etwas ungeduldig sieht sie zwischen uns beiden hin und her, und ich gebe Cindy einen Schubs, der sie vom Sessel rutschen lässt. Unbeholfen trabt sie hinter ihr her, zum freigewordenen Friseurstuhl, und wirft mir einen letzten, verzweifelten Blick zu. Kurz darauf werde auch ich aufgerufen. Ich bekomme den Platz gegenüber. Durch den Spiegel kann ich zusehen, wie Cindys Mutter an ihrem Haar herumzupft, es probeweise auf die eine Seite kämmt, dann wieder auf die andere. Cindy hat noch immer knallrote Flecken im Gesicht und kann kaum stillhalten. Ihre Mutter ahnt anscheinend nichts.

Ob meine Mutter mich erkennen würde? Oder wäre ich für sie auch irgendeine Fremde? Heute in der Küche habe ich mich jedenfalls so gefühlt. Als wäre unsere Verbindung endgültig abgerissen. Als würden wir in zwei verschiedenen Welten leben und zwei verschiedene Sprachen sprechen. Und das alles wegen Lothar. Aber je länger ich grüble, desto klarer wird mir, dass es schon vor Berlin begonnen hat, vor dem ganzen Umzug. Es hat mit Moas Entscheidung begonnen, wieder zu arbeiten und Papa zu verlassen. Es hat damit begonnen, dass sie mich nie gefragt hat, was ich wirklich will. Ob ich von zu Hause weg und ein neues Leben beginnen will. Für Moa war klar, dass ich mitkomme.

Du musst es ihr langsam sagen, hat Papa zu ihr gesagt.

Irgendwann im Juni, kurz nach den Pfingstferien.

Du kannst sie nicht einfach von der Schule abmelden und ihr nichts davon sagen.

Ich war draußen im Flur, hatte mir gerade die Schuhe von den Füßen gestreift.

Moa, ich bin wieder da!, wollte ich rufen, doch diese zwei Sätze verschlugen mir den Atem, und ich musste mich am Treppengeländer abstützen. Ich konnte Frede und Felix auf der Straße lachen hören. Sie hatten mich vom Nachmittagsunterricht nach Hause begleitet. Ich auf Felix' Gepäckträger, weil mein Rad einen Platten hatte. Noch spürte ich den Stoff von Felix' T-Shirt zwischen den Fingern und an der Wange, dort wo ich mich gegen seinen Rücken gelehnt hatte.

Natürlich werde ich mit ihr reden, sagte Moa, lass das nur meine Sorge sein.

Sie hatte schon wieder diesen komischen Tonfall in der Stimme, der immer mitschwang, wenn sie mit Papa sprach.

Greta wird begeistert von Berlin sein. Sie soll nicht in diesem Kaff versauern.

Ganz langsam ließ ich die Schultasche von meiner Schulter gleiten und stieg die Stufen zu meinem Zimmer nach oben. Mehr brauchte ich nicht zu hören. Diesmal nicht. Oben legte ich mich flach aufs Bett. In meinem Nacken kribbelte es, den ganzen Rücken hinunter. Ich konnte nicht weinen. Ich lag nur so da, und ein Gedanke kreiste unaufhörlich in meinem Kopf.

Dass ich ihr nicht mehr vertrauen konnte. Dass sie mein Vertrauen damit verspielt hatte.

Einfach nur die Spitzen, höre ich mich sagen.

Die Musik hämmert auf meinen Kopf, und das Mädchen sprüht Wasser aus einer Flasche auf mein Haar. Dann beginnt sie zu schneiden. In Windeseile steckt sie meine Haare mit Klemmen fest, zwirbelt Strähnen, mit der Schere zwischen den Fingern.

Mit wachsender Besorgnis sehe ich zu, was am anderen Ende des Raumes bei Cindy passiert. Sie sitzt in einem Haufen mausbrauner Haarbüschel, und ihre Mutter schneidet und schneidet und schneidet. Wenn das so weitergeht, hat Cindy bald keine Haare mehr auf dem Kopf.

Kannst du mal ruhighalten, brüllt mich das Mädchen an, damit ich sie trotz der Musik verstehen kann. Wenn du weiter so rumzappelst, schneide ich lauter Scharten.

Ich sitze ganz still und lasse die Prozedur über mich ergehen. Jetzt kann ich sowieso nichts mehr tun. Cindy ist gerade fertig. Ihre Mutter zieht ihr den Umhang von den Schultern und kehrt Cindys Haar zusammen.

Wenn sie jetzt die Ähnlichkeit nicht erkennt …, denke ich, denn Cindy hat jetzt auch raspelkurzes Haar, nur vorne an der Stirn hängt eine Strähne bis zum Kinn. Die beiden gehen zur Kasse, und Cindy bezahlt. Dann ruft ihre Mutter eine neue Kundin auf, und Cindy bleibt verloren an der Kasse stehen.

Boyscout Da bist du ja endlich.

Gin Ich konnte nicht früher, hatte Stress mit meiner Mutter.

Boyscout Eltern können ganz schön nerven … wie geht es dir?

Gin Ich bin immer noch traurig.

Boyscout Ich könnte dir helfen …

Gin Wie willst du das tun?

Boyscout Immer für dich da sein. Dich umarmen.

Gin Wir kennen uns doch gar nicht.

Boyscout Man kann sich kennenlernen. Jetzt kennen wir uns schon ein bisschen. Erzähl was von dir.

Gin Was willst du wissen?

Boyscout Wie siehst du denn aus?

Gin Klein und blond.

Boyscout Das hört sich süß an …

Gin Findest du?

Boyscout Sehr süß! Ich wünschte, ich könnte dich sehen.

Gin Lass mir Zeit.

Boyscout Erzähl mehr von dir.

Gin Ich fühle mich einsam.

Boyscout Du brauchst einen Freund. Das ist nicht einfach. Die meisten wollen dich nur verarschen.

Gin Ich weiß …

Boyscout Ich bin ganz anders.

Gin Wie bist du denn?

Boyscout Ehrlich. Treu. Ich würde mich um dich kümmern.

Gin Ich weiß nicht so recht …

Boyscout Willst du nicht, dass sich jemand um dich kümmert?

Gin Doch. Ich weiß nicht, ob ich dir vertrauen kann.

Boyscout Ich vertrau dir doch auch.

Gin Ich werde es versuchen.

Boyscout Das ist schön. Das ist sehr schön …

Zu Hause steht Lothars Zahnbürste in Moas Zahnputzglas. Sonst hat er zum Glück nichts zurückgelassen. Aber allein dieser Anblick macht mich so wütend, dass ich erbost gegen den Badewannenrand trete, obwohl das kindisch und dumm ist. Aus dem Spiegel sieht mir eine andere Greta entgegen. Das sind nicht nur die kürzeren Haare. Ich sehe erwachsen aus, schmaler im Gesicht, und meine Augen sind dunkelblau und zornig.

Verpiss dich, Lothar, sage ich böse zu seiner Zahnbürste, die ich am liebsten die Toilette hinunterspülen würde.

Mit Moas Lippenstift zeichne ich meinen Mund nach, knallrot. Ich finde, ihr steht er nicht, aber meine Lippen werden dadurch größer, weicher.

Ist Mikesch auch verliebt in mich? In meiner Brust breitet sich eine unheilvolle Sehnsucht aus. Wenn ich ihm zu jung bin? Wenn er in eine andere verliebt ist? Ich lege mir die Hände um die Taille, halte mich fest, so wie er mich heute gehalten hat. Wenn ich die Augen schließe, habe

ich seinen Geruch in der Nase, das Kitzeln seines Haars an der Wange und seine leise Stimme im Ohr.
Durch das Milchglas des schmalen Badfensters scheint das rötliche Licht der untergehenden Sonne. Ich öffne das Fenster, dazu muss ich mich hinter die Toilette quetschen und Moas halbvertrockneten Kaktus zur Seite stellen.
Sie schafft es, dass selbst du an Vernachlässigung eingehst, denke ich.
Von hier aus sieht man in Osinskis Wohnung, ein anderer Blickwinkel als der aus der Küche. Die Wohnung scheint leer, obwohl der Fernseher läuft. Bierflaschen stehen auf dem Couchtisch und etwas, das aussieht wie Konservendosen. Von hier kann ich das aber nicht so genau erkennen. Mein Blick wandert nach oben, zum Hausdach gegenüber. Die Sonne spiegelt sich im Kupferblech, ich muss die Hand über die Augen legen, so stark blendet es. Trotzdem erkenne ich die dunkle Gestalt, die an der Kante entlangbalanciert. Ich würde Konrad selbst im Stockdunkeln erkennen. Spätestens, wenn sich die Gänsehaut auf meinen Armen breitmacht. Ich trete ein kleines Stück vom Fenster weg, in der Hoffnung, dass er mich nicht sieht. Konrad breitet die Arme aus. Mit gleichmäßigen Schritten läuft er am Abgrund entlang, schon vom Zusehen wird mir schwindelig im Kopf, doch Konrad scheint die Höhe nichts auszumachen. Er dreht sich in meine Richtung und bleibt stehen. Wieder trägt er die schwarze Kapuzenjacke, und ich könnte schwören, dass er sogar eine Maske über dem Gesicht hat. Eine Skimaske vielleicht, vielleicht auch eine Strumpfhose. Ich mache noch einen unbehaglichen Schritt nach hinten,

sieht er jetzt genau zu mir herüber? Regungslos steht er auf dem Dach, und ich kann seinen Blick überall auf dem Körper spüren. Dann läuft er los, bewegt sich wie eine Katze, bis er aus meinem Blickfeld verschwindet, und ich schlage das Fenster zu, versuche das unangenehme Gefühl, beobachtet zu werden, abzuschütteln, was mir nicht so recht gelingen will.
Kein Wunder, denke ich.
Das Gespräch mit Boyscout kommt mir in den Sinn.
Lass uns damit aufhören, hat Cindy gesagt. Wenn uns der Kerl wirklich findet! Was sollen wir dann tun?
Statt an ihrer Spange herumzuzupfen, zwirbelte sie ihre letzte lange Haarsträhne zwischen den Fingern.
Erst müssen wir wissen, ob er es ist. Wir haben noch keinen Beweis, habe ich gesagt, wir können noch nicht aufhören.
Cindy ist zum Fenster gegangen und hat durch die Vorhänge nach draußen gespäht, so als ob Boyscout oder Parzival schon unten auf der Straße stehen würden. Einerseits fand ich das albern, andererseits spürte ich selbst ein seltsames Prickeln in der Magengegend, und ich hätte sie am liebsten vom Fenster weggezogen.
Jetzt reiß dich zusammen, hab ich gesagt, woher soll Boyscout wissen, wo wir sind. Außerdem, wer sagt uns, dass Boyscout Parzival ist. Er könnte genauso gut ein einsamer Typ sein, der sich eben die Zeit im Internet vertreibt.
Cindy hat sich zu mir umgedreht. Gegen das Sonnenlicht, dass durch den Vorhangspalt hereindrängte, konnte ich ihr Gesicht nicht sehen.

Ich hab kein gutes Gefühl, hat sie gesagt, die ganze Sache macht mir Angst.
Jetzt bin ich selbst so weit. So weit, dass ich unsicher werde, ob es richtig ist, nach Parzival zu suchen. Und ob ich ihn überhaupt finden will.

Parzival

Sie liegt immer noch auf dem Bett, in derselben Haltung, in der er sie zurückgelassen hatte. Als er sie antippt, reagiert sie nicht, aber sie atmet. Ihre Lippen sind aufgesprungen, und er überlegt, wann sie zum letzten Mal getrunken hat. Wann war er zuletzt hier? Vor drei Stunden, drei Tagen? Er schiebt den Gedanken beiseite und richtet sie auf. Ihr Kopf fällt in den Nacken, und er kann das Weiße in ihren Augen sehen.

Besser, er rührt sie nicht an. Aber er bindet ihre Hände los, sie sieht nicht aus, als könnte sie davonlaufen. Sie sieht aus, als würde sie in ihrem Leben keinen Schritt mehr tun.

Lange sitzt er so da. Starrt ins Halbdunkel und versucht zu überlegen. Aber er kann nur an *sie* denken, die andere. Minutenlang vergisst er, dass das Mädchen neben ihm liegt, und stellt sich vor, *sie* wäre hier. *Sie*, die andere. Er würde sie auf seinen Armen durch die Tür tragen und vorsichtig auf dem Bett absetzen, so vorsichtig, als wäre sie aus Glas.

Könnte er nur ihr Gesicht sehen, jetzt, sie festhalten, nie mehr loslassen.

Er hat das Schlafmittel schon vor Wochen besorgt. Jedes

Mal in einer anderen Apotheke. Bis nach Reineckendorf ist er gefahren und Tempelhof. Nur, damit ihn niemand erkennt. Die Packungen liegen unter seiner Matratze. Jede Nacht tastet er danach, ob sie noch da sind, ob keiner sie gefunden hat. Es sind genug für drei. Genug, um sie alle für immer schlafen zu lassen.

Greta

Obwohl die Fenster weit offen sind, kommt kein Windhauch ins Zimmer. Die indischen Tücher hängen schlapp über den Fensterflügeln, als hätte die Hitze sie müde und lustlos gemacht. An der Wand gegenüber kann ich einen hellen Lichtfleck sehen, den letzten, nachdem nach und nach alle erloschen sind, alle Bewohner unseres Hauses zu Bett gegangen sind. Es muss Konrads Fenster sein. Oder Mikeschs. Ab und zu sehe ich einen Schatten vorbeihuschen und stelle mir vor, es wäre Mikesch. Wie er in der Wohnung herumwandert, Akten durchsieht, aber lieber ins Bett gehen würde. Ich rolle mich von einer Seite zur anderen. Wieder ist es zu warm zum Schlafen. Meine Decke liegt unbenutzt am Fußende des Bettes. Buster schnarcht, er hat sich vor dem Fenster ausgestreckt.

Vor einer Stunde hat Moa unsere Wohnung mit dem Kommentar *Ich habe auch das Recht auf ein eigenes Leben!* verlassen.

Ich konnte ihr zusehen, wie sie sich im Badezimmer zurechtmachte. Den knallroten Lippenstift auftrug, die Augenbrauen zupfte. Ich wusste, dass ich sie nervte, wenn ich nur hinter ihr in der Tür stand. Aber sie war zu stolz, um mich wegzuschicken.

Moa, hätte ich gerne gesagt, *warum tust du das alles?* Aber auch ich war zu stolz. Lieber sah ich ihr weiter zu, wie ihre Bewegungen fahriger wurden, bis sie sich voller Ungeduld zu mir umdrehte.
Was ist, fuhr sie mich an, ist dir langweilig?
Ich schüttelte den Kopf und sah sie weiter nur an.
Waren wir nicht irgendwann so etwas wie Vertraute gewesen? Hatten uns ohne Worte verstanden, einfach so? Vor wenigen Wochen noch wäre das der Moment gewesen, wo ich ihr von Mikesch erzählt hätte. Dass ich zum ersten Mal richtig verliebt bin und vor Sehnsucht fast umkomme. Und ich hätte ihr von Parzival erzählt. Davon, dass wir ihm auf der Spur sind. Ich hätte sie gebeten, uns zu helfen, zur Polizei zu gehen, irgendetwas. Aber ihr abweisender Blick hielt mich zurück. Lieber hätte ich mir die Zunge abgebissen, als Moa um Hilfe zu bitten.
Dann ging sie, und ich blieb allein zurück. Allein mit Buster. Ich rolle mich auf den Bauch, aber schlafen kann ich noch lange nicht. Ich bin hellwach, so kribbelig macht mich der Gedanke, dass Moa jetzt bei Lothar ist, ihn küsst, sich von ihm anfassen lässt. Und, schlimmer noch, von mir erzählt. Von der schrecklichen, unerträglichen Tochter. Ohne das Licht anzudrehen, schlüpfe ich aus dem Bett und hinüber in Moas Zimmer. Das übliche Chaos erwartet mich, aber auch der Laptop. Wie ein Heiligtum thront er auf ihrem Schreibtisch, inmitten loser Blätter und herumfliegender Notizen. Bevor ich mich einlogge, öffne ich auch hier das Fenster. Noch immer erhellt der Lichtfleck die Häuserwand gegenüber.
Das Netz ist voll von Einsamen, die nicht schlafen können

und jemand zum Reden brauchen. Die ganze Welt scheint aus diesen Menschen zu bestehen – Menschen, denen die Nacht die Luft abschnürt, die auf den Tag warten, die übliche Geschäftigkeit, die sie ihre eigenen Ängste vergessen lässt. Aber jetzt ist es dunkel. Jetzt erhellt nur dieses seltsame blaue Licht meine und ihre Welten. Zum Spaß schaue ich nach, ob Cindy eingeloggt ist und Boyscout, obwohl mich der Gedanke, ihn jetzt zu treffen, ein bisschen gruselt. Keiner der beiden ist im Netz. Weiter sehe ich die Namen der Eingeloggten durch, obwohl ich die Hoffnung, dass Pampolina einfach so wieder auftauchen könnte, fast aufgeben habe. Zu lange ist sie verschwunden, und warum sollte Parzival sie einfach so laufen lassen? Kaum habe ich diesen Gedanken zu Ende gedacht, blinkt am unteren Rand des Bildschirms eine Mitteilung auf. Ich halte den Atem an. Parzival. *Parzival hat sich eingeloggt.*

Ich beobachte, wie er sich stillhält, und stelle mir vor, dass er jetzt irgendwo in Berlin auf seinen Bildschirm starrt, auch die Namen liest, meinen Namen, und nicht weiß, dass ich ihm auf der Spur bin. Ihm so nah bin wie niemand sonst. Ich überlege fieberhaft, was zu tun ist. Ihn ansprechen? Könnte ihn das misstrauisch machen? Könnte ich ihn vertreiben, so schnell, wie er plötzlich hier aufgetaucht ist? Aber ich habe nichts zu verlieren. Ich warte ein paar Minuten, in der Hoffnung, dass er sich sicher fühlt, nichts Böses erwartet, dann schreibe ich.
Seltsamer Name, Parzival, schreibe ich, *wie kommst du darauf?*

Etwas Besseres fällt mir nicht ein. Ich schließe die Augen und bete, dass er darauf anspringt, überhaupt Lust zum Reden hat. Manche wollen nicht reden, wollen nur lesen, was andere schreiben. Ich hoffe, dass er nicht zu denen gehört.
Als ich die Augen wieder öffne, blinkt die Antwort auf meinem Laptop.
Das ist eine lange Geschichte, schreibt Parzival, *die erzähle ich nicht jedem.*
Das hört sich abweisend an, und ich überlege meine nächsten Worte genau. Ein falscher Satz, und ich bin ihn los, dieses Gefühl wird immer stärker. Und wenn er erst einmal weg ist, kann es Tage oder Wochen dauern, bis ich ihn wieder aufspüre. Zu lange jedenfalls für Pampolina. Wenn sie noch lebt. Wenn er sie noch irgendwo versteckt hält.
Du musst nicht, schreibe ich, *es würde mich aber interessieren …*
Ich stehe auf, um die Vorhänge vorzuziehen. Langsam fange ich genauso zu spinnen an wie Cindy, die jedes Mal, wenn wir chatten, Angst hat, Parzival könnte, nur durch unsere Gedanken angezogen, durchs Fenster geklettert kommen. Aber jetzt ertrage auch ich den feinen Luftzug im Nacken nicht. Und auch nicht die Vorstellung, jemand im Haus gegenüber könnte an einem dieser dunklen Fenster stehen und herüberspähen. Bei Osinski brennt jetzt wieder Licht. Er wandert in seiner Wohnung auf und ab, als er ans Fenster tritt, schlage ich schnell die Fensterflügel zu und verriegle sie. Himmel, da kann man ganz nervös werden.

Wer bist du?, fragt Parzival.
Jemand, der auch nicht schlafen kann wie du. Jemand, der einsam ist und Geschichten hören will, die die Einsamkeit für eine Nacht vertreiben.
Nicht schlecht … ich werde darüber nachdenken.
Diesmal antworte ich nicht. Ich lehne mich in meinem Stuhl zurück und verknote meine Beine. Soll *er* am Ball bleiben. Wenn meine Rechnung aufgeht, wird er zurückkommen. Minuten vergehen, aber Parzival loggt sich nicht aus. Er sitzt genauso da wie ich und wartet, und fast kann ich seinen inneren Kampf spüren, welche Gedanken sich jetzt in seinem Kopf abspulen. Ob er weitermachen soll. Ob er sich für das interessiert, was passieren könnte, oder ob er das Interesse verliert. Es ist, als würden wir von beiden Seiten an einem Seil ziehen. Nur lasse ich das Seil durch meine Finger gleiten und gebe ihm Spielraum, so viel er will, damit er nicht weglaufen muss. Natürlich kenne ich ihn nicht. Ich weiß nicht, wie er reagiert, was als Nächstes kommt. Ich weiß nur, was ich tun würde und wie verhasst es mir wäre, wenn ich spüren würde, dass jemand mich festnageln will. Wie ein scheuer Hund, dem man nicht gleich ein Halsband über den Kopf streift. Man muss warten können, Geduld haben und einfach still sitzen. Bis einen der Hund mehrmals umkreist hat, zurückgezuckt ist und schließlich mit hängenden Ohren vor einem stehen bleibt. Dann kann man vorsichtig die Hand ausstrecken.
Also gut, schreibt Parzival, *es hat einen Wald gegeben. Der war so tief, dass man fast nicht hinausfinden konnte. Die Wege waren verschlungen und nur von Rehen und Füchsen*

ausgetreten. So schmal, dass man sie übersehen konnte, wenn man seine Augen nicht ständig in Bewegung hält. Sucht. Nach dem richtigen Weg sucht. Ich war so lange da, bis ich jeden Weg wie mein Innerstes kannte. Ich hab den Wald in jede Richtung durchquert. So weit ich mich traute. Aber ich habe nicht hinausgefunden. Lange nicht.

Seine Worte verwirren mich. Von was spricht er? Von einem realen Ort, oder von sich selbst? Seiner Seele?

Ich musste immer wieder zurückkehren. Weil ich kein Wasser mehr hatte oder nichts zu essen. Weil es plötzlich Nacht wurde und ich Angst vor der Dunkelheit hatte. Aber meistens musste ich umkehren, weil mich etwas zurückzog, mich nicht davonlaufen ließ. Wie in diesen Geschichten, diesen seltsamen Geschichten, in denen der Held dreimal an derselben Stelle vorbeiläuft. Den ganzen Tag wandert und wandert, bis er zum Umfallen müde ist, die Füße wundgelaufen, er hat seinen Rucksack verloren, ist durchnässt, weil er mehrere Flüsse und Bachläufe durchwatet hat, und abends, wenn die Sonne ganz schräg steht, seinen Schatten vorauswirft, tritt er auf eine Lichtung und sieht das Haus, den Garten, den Ort, von dem er frühmorgens aufgebrochen ist. Am nächsten Tag versucht er das Gleiche. Nur, dass er in die andere Richtung läuft. Aber es ist wie verhext. Am Abend tritt er auf die Lichtung und hat keine andere Wahl, als zurück ins Haus zu schleichen, wo man ihn schon erwartet. Ihn mitleidig belächelt. Verspottet. Er kann nicht weg.

Ein leises Kratzen an der Türe lässt mich zusammenfahren, natürlich ist es nur Buster, der mich sucht, trotzdem klopft mein Herz wie verrückt.

Warte, ich muss nur kurz den Hund hereinlassen, schreibe ich.
Schnell lasse ich ihn herein, er drückt seinen harten Hundekopf gegen meine Knie, als wollte er mich beruhigen und mir sagen, dass er auf mich aufpasst, dann verzieht er sich unter Moas Schreibtisch.
Bist du wieder da …
Ja, erzähl weiter.
Ich dachte, es gibt nichts dahinter, keine Menschen, keine Städte, niemand.
Das hört sich schrecklich an.
Im Winter ist es am schlimmsten. Wenn man eingeschneit ist und das Haus dunkel. Irgendwann kann man die Enge nicht mehr ertragen und dass niemand spricht. Die weißen Schneeflächen erscheinen einem so endlos, als würde es für immer so bleiben. Kalt und dunkel. Es gab nur zwei Zimmer. Die Küche und einen kleinen, länglichen Raum, den mein Onkel irgendwann angebaut hatte. Ein Bett war darin, ein winziges Fenster, durch das kaum Licht hereinkam, sonst nichts. Als sie weg war, saß ich stundenlang auf diesem Bett.
Wer ist sie?
Sofort bereue ich meine vorschnelle Frage. Das war zu viel. Wie konnte ich nur so ungeduldig sein? Ich hätte ihn einfach weiterschreiben lassen sollen. Es dauert ewig, bis eine Antwort kommt.
Gute Nacht, schreibt Parzival, *war schön, mit dir zu reden.*

Ich könnte mich ohrfeigen, so sehr ärgere ich mich über meine eigene Dummheit. Natürlich ist Parzival vorsichtig, natürlich blockt er sofort ab, wenn eine Frage ihn zu sehr in die Ecke drängt. Und ich tappe genau hinein. Lieber hätte ich nichts geschrieben. Unruhe packt mich, ich fahre den Laptop herunter und öffne wieder das Fenster, aber ohne das Licht in Moas Zimmer anzuschalten. Anscheinend geht der Osinski jetzt endlich ins Bett, Zimmer für Zimmer gehen die Lichter aus.
Oben bei Mikesch ist immer noch alles hell erleuchtet. Anscheinend braucht er auch keinen Schlaf oder er muss noch arbeiten. Leise verlasse ich die Wohnung. Im Dunklen taste ich mich nach oben und klopfe vorsichtig an der Tür. Wenig später höre ich Schritte.

Er fragt nicht, warum ich so spät noch wach bin. Eigentlich fragt er gar nichts, er lächelt nur sein stilles Lächeln und lässt mich hinein. Ich folge ihm vorbei an Konrads Klamotten- und Stiefelhaufen in sein Zimmer. Dort ist es ruhig, als könnte man hier oben Berlin vergessen. Die Wände sind weiß gestrichen, auch die Vorhänge sind weiß, ein Bett steht an der Wand, daneben ein alter Holztisch. Sonst ist der Raum leer. Nicht einmal auf dem Tisch liegt etwas herum. Keine Ordner, nicht so wie bei Moa, die überall und ständig Chaos um sich herum verbreitet. Ich muss an eine Zelle im Kloster denken, trotzdem fühle ich mich seltsam wohl, und die Unruhe fällt langsam von mir ab.
Willst du dich nicht setzen?, fragt Mikesch und deutet auf sein Bett.

Ich zögere, so ordentlich ist es gemacht, als hätte noch nie jemand darin geschlafen, doch dann lasse ich mich hineinplumpsen und verschränke die Arme im Nacken.

Ich habe gesehen, dass du auch noch wach bist, sage ich.

Mikesch lehnt sich an den Holztisch, er lächelt immer noch.

Du bist ein seltsames Mädchen, Greta, sagt er, du tauchst immer dann auf, wenn man am nötigsten jemand braucht.

Ich weiß nicht, was er damit meint, deswegen sage ich nichts und warte ab, was er als Nächstes tut. Er kommt zu mir und legt sich neben mich. Wieder breiten sich die Schmetterlinge in meinem Körper aus. Diesmal so heftig, dass sie durch meine Brust nach oben strömen, geradewegs in meinen Kopf, und ich kann nicht mehr denken, nur noch daliegen und Mikesch ansehen. Wir rollen uns beide auf die Seite, so dass wir uns mit der Stirn, der Brust und den Beinen berühren könnten, aber wir tun es nicht, wir sehen uns in die Augen, und ich kann seinen Atem auf meinem Gesicht spüren.

Ich kann nicht alleine sein, sagt Mikesch, und immer, wenn ich mich alleine fühle, kommst du.

Ich erwidere sein Lächeln und würde gerne meine Hand nach seinem Gesicht ausstrecken, aber ich trau mich nicht. Das Bett ist so hart, als würden wir auf dem blanken Boden liegen. *Asketisch* fällt mir ein, ein Wort, das mein Vater gerne benutzt hat. Seine Lebenseinstellung sei asketisch, hat er gesagt, Moa war ihm schon immer zu

verspielt, zu viel Chaos. Schnell vertreibe ich meinen Vater aus meinem Kopf, er hat hier in diesem Zimmer nichts zu suchen, bei Mikesch und mir.
Woher weißt du das, flüstert Mikesch, wann ich dich brauche?
Ich zucke mit den Schultern. *Ich weiß gar nichts*, will ich sagen, doch Mikesch legt nun den Arm um mich, zieht mich an sich, bis sich unsere Lippen fast berühren. Seine Hand wandert meinen Rücken hinunter, streicht über meine Seiten, die Hüften, und ich kann nichts tun außer daliegen und die Augen schließen.
Du bist ein Engel, Greta, flüstert er, und du weißt es nicht.
Und wer bist du?, flüstere ich zurück.
Mikesch lacht leise.
Das musst du mir sagen.
Er küsst mich auf die Stirn, die Augen, die Nasenspitze, als wollte er mich überhaupt nicht zu Wort kommen lassen, und ich lasse es geschehen. Es ist mir plötzlich auch egal, wer er ist, wichtig ist nur, dass er da ist, mich nicht alleine lässt wie die anderen, mich festhält und nicht loslässt. Nach den Wochen, die ich hier so alleine zugebracht habe, ist Mikesch jetzt der Himmel, und ich spüre, wie erschöpft ich wirklich bin und wie ich mich danach gesehnt habe, dass mich jemand in den Arm nimmt und nur für mich da ist. Nur für mich ganz alleine, keine Frede, die schon vor der Tür wartet und mir ein schlechtes Gewissen macht. Niemand. Vielleicht war diese ganze Geschichte zwischen Frede, Felix und mir von Anfang an zum Scheitern verurteilt. Weil es einfach nicht funktio-

nieren konnte. Einer von uns beiden wäre immer der Verlierer gewesen. In dem Fall eben zufällig ich.
Mikesch ist bei meinen Wangen angelangt, er hält kurz inne, als wollte er sich vergewissern, dass alles in Ordnung ist, dann küsst er mein Kinn und meine Lippen, und alles ist so anders als in meinen Vorstellungen. Es kommt nicht darauf an, ob ich küssen kann, und es ist auch egal, was Mikesch von mir denkt. Alles ist völlig in Ordnung, so wie es ist. Ich öffne meine Lippen, und die Schmetterlinge tanzen von meinem Mund zu seinem. Immer mehr und mehr, bis ich denke, jetzt tragen sie uns hinaus, durchs Fenster in den roten Himmel hinein.

Cindys Turnschuhe blinken in gleichmäßigem Rhythmus, während sie vor mir herläuft. Bei jedem Schritt wirbelt sie Staub auf, und ich kann ihre Haarsträhne wippen sehen. S-Bahnen rattern an uns vorbei, so nah, dass man den Luftzug spüren kann und sich am liebsten die Ohren zuhalten würde.
Wenn ich es dir doch sage, schreie ich gegen den Lärm an, ich glaube nicht, dass Boyscout und Parzival eine Person sind. Sie schreiben völlig unterschiedlich. Bei Boyscout weiß man doch sofort, worauf er hinauswill. Aber Parzival …
Ich drehe mich im Laufen nach Buster um, lustlos trabt er uns hinterher, und ich sehe seinem Gesicht an, dass er Joggen für völlig überflüssig hält und viel lieber gemütlich hier entlangschlendern würde, die Nase am Boden, um sämtliche Gerüche aufzusaugen.
Parzival ist viel vorsichtiger und fast poetisch.

Der Weg wird immer schmaler. Ausgedörrte Gräser streifen unsere nackten Beine, hier wachsen Besenginster und kleine, knorrige Birken, Gewächse, die auch zwischen den Gleisen überleben können. Man kann sehen, dass ab und zu alles hier gerodet wird, um Ordnung zu halten, aber die Natur findet immer eine Lücke. Wilde Kamille zwängt sich büschelweise unter den Schienen hervor, trotz der anhaltenden Trockenheit und der ständigen Hitze.
Er ist nicht einfach zu kriegen … aber wenn wir dranbleiben, können wir es schaffen …
Wir laufen auf den blassen Horizont zu, und ich habe ein seltsames Hochgefühl im Bauch, ein Gefühl, dass alles gut werden könnte, dass wir Pampolina finden und sie noch lebt, und auch all die anderen Dinge werden sich zum Guten wenden. Frede wird bei mir anrufen und sich mit mir versöhnen, und Lothar wird mitsamt seiner Redaktion zur Hölle fahren.
Ich glaube, Parzival ist nur nachts im Netz, und deswegen haben wir ihn zuerst auch nie gefunden, sage ich, er ist wie ein nachtaktives Tier. Ein Fuchs oder so was.
Wieder rattert eine S-Bahn vorbei. Die Scheiben spiegeln so stark, dass man nichts dahinter erkennen kann. Jemand hat mit roter Farbe riesengroß *Scheiße* an die Seiten gesprüht, an jeden einzelnen Waggon. Das würde Konrad ähnlich sehen. Wir überqueren die Gleise hinter der Bahn, obwohl das verboten ist. So weit bin ich alleine noch nie gelaufen. Der Weg schlängelt sich immer weiter in dieses seltsame, verlassene Gebiet hinein, in dem einem höchstens Kaninchen vor den Füßen wegspringen, sonst trifft man keine Menschenseele. Verlassene Dat-

schen, schon ganz verfallen, tauchen zu unserer Linken auf. Irgendwer hat sich einmal die Mühe gemacht, ein paar abzureißen, um Platz für Neues zu schaffen, und dann das ganze Unterfangen aufgegeben. Hier stehen auch noch verwilderte Obstbäume, undurchdringliche Hecken und verblühte Sommerblumen. Alles von Leuten zurückgelassen, die längst nicht mehr hier leben.
Sag mal, hörst du mir überhaupt zu, schreie ich und laufe einen Takt schneller, um aufzuholen.
Cindy dagegen verlangsamt ihr Tempo, bis ich ihr fast auf die Hacken trete, schließlich bleibt sie ganz stehen. Sie dreht sich nicht zu mir um, aber selbst an ihrem Rücken erkenne ich, dass etwas nicht stimmt, darin habe ich Übung, zu oft habe ich Moas Rücken gesehen, wie sie seltsam gebeugt am Fenster stand oder an das Spülbecken gelehnt vor sich hinstarrte. Ich musste nur einen einzigen Blick auf sie werfen, um zu wissen, was los war. Ob sie mit Papa gestritten hatte oder ob sie gerade in einem ihrer schwarzen Löcher verschwand, aus denen man sie tagelang nicht mehr hervorlocken konnte. Ich hasste es, sie so vorzufinden, und am liebsten hätte ich sie angeschrien, doch allein die gestraffte Partie ihrer Schultern strahlte so viel Ablehnung aus, dass ich mich lieber davonschlich. Hinüber zu Frede oder hinauf in mein Zimmer.
Was ist los?, sage ich und drehe Cindy zu mir herum. Sie sieht an mir vorbei, fixiert irgendetwas hinter meiner linken Schulter und schweigt. Buster trottelt an uns vorbei. Seine Nase schleift fast am Boden und ist schon ganz staubig, selbst sein weißes Fell sieht irgendwie matt aus, wie von grauem Puder überzogen.

Jetzt sag schon, ich sehe doch, dass mit dir etwas nicht stimmt.
Cindy senkt ihren Blick.
Igitt, sagt sie, ich bin in einen fauligen Apfel getreten.
Jetzt lenk nicht ab, sage ich ungeduldig und wische mir mit dem Handrücken den Schweiß vom Gesicht. Der gärige Geruch kitzelt mich in der Nase, Buster kommt zurück und setzt sich schwanzwedelnd zwischen uns.
Ich mach nicht mehr mit, sagt Cindy unvermittelt, was mich gar nicht so erstaunt, eher traurig macht.
Ich sehe ihr zu, wie sie versucht, den Apfel an einem Stück morschen Holz abzustreifen.
Mir ist die ganze Sache zu brenzlig, sagt sie, ich kann an nichts anderes denken als daran, dass uns Boyscout oder Parzival oder beide gleichzeitig irgendwo auflauern. Lass uns mit meinem Vater reden. Du hast ihn gefunden, das ist super, aber jetzt sollten wir es dabei lassen.
Du spinnst, sage ich ärgerlich, so weit sind wir noch nicht, wir wissen noch rein gar nichts über ihn, außer, dass er noch aktiv im Netz ist. Dein Vater würde alles kaputtmachen. Wenn du mich fragst, Cindy, liegt das alles gar nicht daran, dass du Angst hast. Du bist einfach wie ausgewechselt, seit wir im *Headhunter* waren.
Cindy kratzt weiter an ihrem Schuh herum, der irgendwie aussieht, als wäre er nicht zu retten, und weicht konsequent meinem Blick aus.
Jetzt gib es doch zu, sage ich, es liegt an deiner Mutter. Seit du sie gesehen hast, bist du schlecht drauf.
Lass meine Mutter aus dem Spiel, sagt Cindy, sie hat mir eine Scheißfrisur verpasst und sonst nichts. Ich will sie

nie wieder sehen, und ich will auch nie wieder mit ihr sprechen. Verstehst du mich, nie wieder. Also hör mit dem Mist auf. Mir ist das alles zu gruselig. Meine Mutter hat damit gar nichts zu tun.
Aus der Hecke hinter uns fliegen mit großem Gezeter ein paar Eichelhäher auf, und wir zucken beide zusammen.
Da siehst du's, sagt Cindy, das ist doch nicht normal.
Ohne darauf zu antworten, ziehe ich sie und Buster vom Weg weg, hinter ein Stück eingestürzten Zaun, dort kauern wir uns zusammen.
Da kommt jemand, flüstere ich, Eichelhäher warnen sich gegenseitig, die merken das schon viel früher als wir und Buster.
Trockenes Laub regnet von den Apfelbäumen auf uns herab. Wir müssen eine ganze Weile warten, und Cindy sieht mich immer wieder misstrauisch an. Doch dann hören auch wir Schritte. Wir machen uns noch ein bisschen kleiner und spähen durch die Zaunlatten.
Das ist Konrad, flüstert Cindy.
Er läuft genau an uns vorbei, so nahe, dass wir die Zigarette riechen können, die er zwischen die Lippen geklemmt hat.
Was tut der denn hier?, flüstere ich zurück.
Langsam habe ich das Gefühl, er verfolgt mich, so oft, wie ich ihm in letzter Zeit begegne. Fast will ich sagen, dass ich mich auch fürchte, dass ich mich vor allem vor Konrad fürchte, doch ich beiße mir auf die Lippen und halte den Mund. Das ist albern. Konrad ist nichts, außer ein Punk, der mich hasst. Er hätte mir schon längst etwas tun

können, wenn er gewollt hätte. Die aufgeschlagenen Knie zählen nicht, obwohl sie immer noch ein bisschen weh tun.

Er verschwindet um die nächste Biegung, trotzdem bleiben wir sicherheitshalber sitzen, schließlich könnte er zurückkommen.

Keine Ahnung, sagt Cindy, vielleicht kommen die Punks zum Saufen hier raus. Hier stört sie keiner, da können sie machen, was sie wollen.

Sie rappelt sich auf und streicht sich Gras und Erde vom Hosenboden.

Sei mir nicht böse, Greta, sagt sie, aber ich muss jetzt wirklich zurück. Wir sehen uns.

Parzival Mein Onkel hat sie im Fluss gefunden. Weit unter der Stelle, an der sie ins Wasser gegangen war. Ich kannte die Stelle, weil wir im Sommer oft gemeinsam dort waren. Die einzige Möglichkeit zum Baden, ansonsten war das Ufer zu steil. Wenn man hineingezogen wurde, war man verloren. Man konnte nicht mehr hinausklettern, und die Strömung war stark. Als er sie fand, war es Winter. Sie trieb mit dem Gesicht nach unten zwischen den Eisschollen, und er konnte sie nur herausholen, weil sie sich in den Ästen eines umgestürzten Baumes verfangen hatte.

Gin Wo warst du?

Parzival Ich stand hinter ihm. Ich hatte ihm suchen geholfen. Mehrere Tage lang. Sie hatten gesagt: Jetzt ist sie auf und davon, so wie dein nichtsnutziger Vater. Aber ich wusste, dass sie nicht einfach so gehen würde.

Ich wusste, dass etwas passiert war. Mein Onkel trug sie in die Kapelle. So schön sah sie aus. Ihre Haut war so bleich, man konnte die bläulichen Adern an den Schläfen sehen. Ich dachte, Gott kann sie wieder heil machen. Aber er konnte nicht.

Gin Du musst sehr verzweifelt gewesen sein.

Parzival Nein. Ich war nicht verzweifelt. Sie hatte doch gesagt, dass sie wiederkommt. Ich musste nur Geduld haben. Am nächsten Tag kam ein Mann zu uns in den Wald. Der erste andere Mensch, den ich sah. Er war groß und schlank und schwarz gekleidet, doch unter seinem Mantel trug er eine weiße Kutte. Er sagte, er könne sie nicht beerdigen. Sie sei eine Selbstmörderin, deswegen müsse der Onkel sie hier oben vergraben, das sei so vorgesehen. Und dann sah er mich an und ich wusste, dass ich ihm folgen würde, hinaus aus dem Wald. Er würde mich hier fortbringen. Weit fort.

Gin Und du bist mitgegangen?

Parzival Noch am selben Tag. Und ich bin nie wieder zurückgekehrt.

Als ich an Cindys Tür klopfe, macht sie nicht auf. Ich weiß genau, dass sie da ist, dass sie zur Tür geschlichen ist und mich durch den Spion gesehen hat. Und jetzt hält sie die Luft an, damit ich sie nicht höre, und zählt die Sekunden, bis ich weg bin.

Cindy, ich weiß, dass du da bist, sage ich zu der Wohnungstür, jetzt mach schon auf.

Nichts passiert. Ich klopfe noch mal, diesmal fester.

Ich habe wieder mit ihm gesprochen, sage ich, das

kann dir doch nicht egal sein. Boyscout hat sich auch gemeldet. Der wird ganz schön aufdringlich. Er hat gefragt, wann wir uns endlich treffen, und er will meine Handynummer. Mensch, Cindy, du kannst mich doch nicht so hängen lassen. Du kennst dich im Chat aus. Ich bin eine blutige Anfängerin. Ohne dich schaff ich das nicht.

Dieses Gefühl habe ich wirklich. Parzival macht mir Angst. Ich bin ihm nicht gewachsen. Was er schreibt, verwirrt mich, und ich wünschte, Cindy würde auch nur einen Blick darauf werfen.

Ich weiß, warum er sich Parzival nennt, sage ich, es ist ganz einfach, du musst nur die Artus-Sage lesen.

Nach unserem letzten Gespräch habe ich ewig im Netz gesucht, nach Informationen über Parzival. Ich habe Seite um Seite gelesen, dass er fern jeglicher Zivilisation aufgewachsen ist, nur mit seiner Mutter, die verhindern wollte, dass er von ihr fortgeht. Als er dann doch gegangen ist, ist sie an gebrochenem Herzen gestorben. Daher hat er seinen Namen, von der Einsamkeit, in der er groß geworden ist, und vom Tod seiner Mutter. Trotzdem weiß ich sonst nichts von ihm, nichts, womit ich ihn festnageln könnte.

Gib uns doch noch ein paar Tage, sage ich leise, wir sind *so* nah dran. Pampolina sitzt irgendwo, und wir könnten ihr helfen. Ich bin mir ganz sicher, dass er sich verrät. Cindy …

Oben bei Mikesch geht die Wohnungstür auf. Ich erkenne Konrad an seinen Schritten, an den schweren Stiefeln, die er trägt.

Ich gehe jetzt, flüstere ich, ich finde das echt feige von dir. Ganz schrecklich feige.
Dann laufe ich so leise wie möglich die Treppen hinunter.

Ich lasse Konrad etwas Vorsprung, dann hefte ich mich an seine Fersen. Er verlässt unseren Hof Richtung S-Bahn-Gleise, ein Weg, der mir nach den letzten Wochen in Berlin nur zu vertraut ist. Es macht mir keine Mühe, mit ihm Schritt zu halten, Konrad joggt nicht, er geht ein gleichmäßiges Tempo, ohne links und rechts zu blicken, ohne sich auch nur ein einziges Mal umzudrehen.
Diesmal drehe ich den Spieß um, Konrad, denke ich, diesmal lasse ich dich nicht aus den Augen.
Was wollte er gestern in dieser verlassenen Gegend und wieso geht er heute wieder denselben Weg? In der rechten Hand hält er eine Bierflasche, aus der er ab und zu einen Schluck nimmt, ansonsten scheint er zielstrebig auf irgendetwas zuzusteuern. Gestern dachte ich, er ist Cindy und mir einfach gefolgt, doch heute sieht das Ganze anders aus. Vielleicht hätte ich schon viel früher mit Mikesch über Konrad reden sollen. Ihm die Wahrheit erzählen. Davon, dass er mir auflauert und versucht, mir Angst einzujagen, und von meiner Vermutung, dass er irgendwelche krummen Dinger am Laufen hat.
Eine vorbeifahrende S-Bahn hüllt uns in eine Staubwolke, und für einen Moment verliere ich Konrad aus den Augen. Wie Cindy und ich überquert er hinter der S-Bahn die Gleise, hier beginnt der Trampelpfad, der sich zwischen den Gartenhäuschen entlangschlängelt. Auch

ich springe über die Schienen, da ist er wieder, etwa zweihundert Meter vor mir verschwindet er zwischen den dornigen Hecken, die den Pfad links und rechts säumen. Einen Moment halte ich inne, aber dann laufe ich weiter und hoffe, dass ich ihn nicht endgültig verloren habe. Was auch immer er vorhat, diesmal erzähle ich Mikesch davon. Schließlich ist er Konrads Betreuer, und außerdem weiß ich jetzt, dass Mikesch mich nicht für eine Heulsuse hält. Ihm muss ich nichts beweisen. Er ist überhaupt der einzige Mensch, der mich so mag, wie ich wirklich bin. Er macht mir nichts vor. Ewig sind wir zusammen auf seinem Bett gelegen, wir konnten Konrads Musik von nebenan hören, aber das war uns egal. Irgendwann sind wir zum Fenster gegangen, haben die Vorhänge zur Seite geschoben und einfach nur Berlin angesehen. Der Blick war fast so schön wie vom Dach aus. Mikesch ist hinter mir gestanden, hat die Arme um meinen Bauch geschlungen, und ich habe mich gefragt, ob wir jetzt zusammen sind. Richtig zusammen, wie Frede und Felix, aber ich hab mich nicht fragen getraut, weil ich Angst hatte, dass er mich dann loslässt und sagt, dass er zu alt für mich ist. Ich hätte ihn fragen sollen, denn jetzt bohrt die Ungewissheit in mir.

Stattdessen hab ich auf den Balkon gegenüber gedeutet.

Wer wohnt da, hab ich gefragt, denn der Balkon war über und über voller Windräder. Es mussten bestimmt dreißig Stück sein, aber kein einziges bewegte sich.

Keine Ahnung, hat Mikesch gesagt, vielleicht wohnt da gar niemand mehr. Ich finde, es sieht schön aus. Als könnte man damit davonfliegen.

Jetzt tauche ich auch zwischen die Hecken ein, noch immer keine Spur von Konrad. Ich laufe um die nächste Biegung, dann mache ich plötzlich eine schnelle Bewegung neben mir aus, zu schnell, um noch reagieren zu können, und schon liege ich am Boden, und Konrad sitzt auf meinem Bauch und presst meine Arme in den Staub.
Was soll das, fauche ich ihn an, du tust mir weh!
Du schnüffelst mir nach, gibt er zurück, du denkst wohl, du bist die Allerklügste, aber ich hab dich von Anfang an bemerkt.
Und mich in einen Hinterhalt gelockt, sage ich böse.
Konrad zuckt nur mit den Schultern, seine Miene bleibt unbeweglich, und in mir kriecht das ungute Gefühl hoch, dass ich mich in eine wirklich schwierige Lage gebracht habe.
Warum folgst du mir?, sagt er und verstärkt den Druck auf meine Arme.
Ich war spazieren, sage ich unbestimmt.
Aha, sagt Konrad, und wo ist der Köter? Ihr seid doch sonst unzertrennlich, wo hast du den gelassen?
Ich presse meine Lippen zusammen, weil mir darauf nichts einfällt, und wünschte, Buster wäre hier. Warum habe ich ihn zu Hause gelassen? Wie kann man nur so dumm sein! Aber alles musste so schnell gehen. Schließlich wollte ich nur zu Cindy. Ich konnte ja nicht ahnen, dass Konrad das Haus verlässt und ich eine Verfolgungsjagd starte.
Kein Hund, sagt Konrad, kein Spaziergang. Ich schätze, du lügst mich an. Also lass dir was Besseres einfallen. Ich hab Zeit.

Es ist aber die Wahrheit, sage ich, ich gehe immer hier lang, ich wollte nachdenken und meine Ruhe haben.
Nachdenken, sagt Konrad spöttisch, über Mikesch. Über euer kleines …
Er vervollständigt seinen Satz mit einer eindeutigen Geste, die mir die Schamesröte ins Gesicht steigen lässt.
Du spinnst ja, schreie ich ihn an, du spinnst ja total, nichts davon ist wahr!
Ich hab euch gesehen, sagt Konrad, mir brauchst du nichts erzählen. Ich hab mir gleich gedacht, dass du scharf auf ihn bist. Du hast vor unserer Türe gestanden, dann bist du aufs Dach. Ich bin doch nicht blöd. Aber Mikesch ist auch nicht ohne.
Obwohl ich ihn am liebsten fragen würde, was er damit meint, sage ich nichts, sondern starre ihn nur böse an. Wieder sind seine Augen dunkel und undurchdringlich. Jetzt, wo er so nah vor mir ist, sehe ich die Narbe, die von der Schläfe bis zum Kinn verläuft, als hätte ihm jemand ein Rasiermesser oder eine Glasscherbe über das Gesicht gezogen.
Sieh mich nicht so an, sagt er und wendet das Gesicht ab.
Bevor ich etwas erwidern kann, hören wir beide, wie nicht weit von hier ein Auto gestartet wird. Mir ist ein Rätsel, wie man hier überhaupt mit dem Auto einen Weg finden kann, doch Konrad scheint nicht überrascht zu sein.
Dein Dealer, sage ich, oder hast du andere Geschäfte am Laufen?
Wir hören, wie das Auto davonholpert, immer leiser wird

und schließlich mit dem Summen Berlins verschwimmt, und ich beiße mir auf die Zunge, weil ich fürchte, jetzt endgültig zu weit gegangen zu sein. Wenn er mir den Hals umdreht, dann jetzt. Niemand weiß, wo ich bin, nicht einmal Cindy.

Wenn es so wäre, dich würde es nichts angehen, sagt Konrad, das kannst du auch deinem Mikesch ausrichten. Mein Leben geht niemanden etwas an. Und jetzt verpiss dich.

Er deutet auf den Weg hinter mir und lässt mich los.

Parzival

Die Zeit drängt. Seit er weiß, dass es sie gibt, läuft sie ihm davon. Er hätte das andere Mädchen schon gestern fortbringen sollen. Vorgestern. Oder zumindest heute. Aber als er es gestern hinter sich bringen wollte, konnte er nicht aufhören, mit ihr zu reden. Er wollte sich zwingen, doch da war sie, und plötzlich konnte er an nichts anderes mehr denken. An den Plan. Dass alles nach Plan laufen musste. Ins Auto steigen, die Tabletten nicht vergessen, normal aussehen, niemanden treffen, den man kennt. An das Danach dachte er nie. Sobald er die Tür in seinen Gedanken öffnete, erschien eine weiße Leere, die ihn fast blind werden ließ. *Danach* kam nichts mehr.

Es war wie damals, als der Onkel sie aus dem Wasser zog. Er starrte auf die kreiselnden Wellen. Die Lichtspiegelungen unterhalb des Baumes, in dem sie ihren leblosen Körper gefunden hatten, und das Licht war so hell, dass es in seinen Augen weh tat, nein, *hinter* den Augen, es fraß sich durch seinen Kopf, aber er konnte auch nicht wegsehen.

Pack mit an, sagte der Onkel, und er zwang sich, ihren Arm anzufassen, eiskalt, nass, als würde er ein Stück Treibholz zwischen den Fingern halten. Immer wieder entglitt sie seinem Griff, was den Onkel wütend werden ließ.

Tölpel, schimpfte er ihn, Nichtsnutz.

Am Schluss trug der Onkel sie alleine, und er lief hinterher und sah ihre Hand an, die neben der Hüfte des Onkels baumelte.

Greta

Gin Hast du auf mich gewartet?

Parzival Ich habe schon zu lange gewartet.

Gin Kannst du aufhören, in Rätseln zu sprechen?

Parzival Ich habe jahrelang gewartet, und ich habe mich oft getäuscht.

Gin Was meinst du mit *oft getäuscht*?

Parzival Man kann in die Menschen nicht hineinsehen. Sie sagen einem nicht die Wahrheit. Sogar, wenn man glaubt, sie zu kennen, versuchen sie einen hinters Licht zu führen.

Gin Ich weiß, was du meinst. Ich kenne nur einen Menschen, dem ich vertraue.

Parzival Und du bist sicher, dass er dein Vertrauen verdient?

Gin Ganz sicher. Und bei dir, gibt es bei dir jemanden?

Parzival Ich weiß noch nicht genau.

Gin Vielleicht würde ich dir auch vertrauen. Wir kennen uns nicht, werden uns nie treffen. Ich könnte dir meine Geheimnisse anvertrauen.

Parzival Gefährliches Spiel.

Gin Findest du? Es gibt doch nichts Leichteres, als im Netz ehrlich zu sein. Ich muss dir nicht in die Augen sehen, und wenn ich nicht mehr mit dir sprechen will, muss ich das nie wieder.

Parzival Ich könnte dich finden. Ich könnte dein Leben wie ein Puzzle zusammensetzen. Wenn man will, kann man jeden finden.

Gin Hast du Angst, dass ich dich finde?

Parzival Du hast mich doch schon gefunden.

Gin Was meinst du damit?

Parzival Hier. Jetzt. Denk darüber nach. Wie groß ist die Wahrscheinlichkeit, eine verwandte Seele zu treffen?

Gin Du meinst, wir könnten seelenverwandt sein?

Parzival Spürst du nichts?

Gin Doch. Dein Leben hat mich berührt. Ich will gerne mehr hören. Öfter mit dir reden.

Parzival Ich hab alles erzählt.

Gin Aber wie geht deine Geschichte weiter? Du hast den Wald verlassen, wo hast du dann gelebt?

Parzival Hinter Mauern, keine realen. Die Mauern sind in mir. Keiner kennt die Tür.

Gin Kennst du die Tür?

Parzival Ich kann sie dir zeigen.

Irgendwo in dieser Stadt ist Pampolina, alleine und eingesperrt, und irgendwo ist Parzival, der das Geheimnis kennt. Dazwischen bin ich, hilflos, und weiß nicht, was ich tun soll. Es ist zu spät, um mich zurückzuziehen, jetzt muss ich weitermachen und Parzival um ein Treffen bitten, anders komme ich nicht weiter. Jede meiner Fragen blockt er ab und gibt Antworten, die mich vor neue Rätsel stellen. Die halbe Nacht habe ich mir um die Ohren geschlagen und versucht, seine Spielchen zu durchschauen, aber Parzival ist wie ein Fisch, glatt und nicht zu fassen, so windet er sich durch meine Finger. Bei jeder meiner Fragen hatte ich Angst, er bricht den Kontakt ab, für immer. Um drei Uhr morgens verlasse ich das Netz. Todmüde, aber immer noch zu rastlos, um zu schlafen. Wenn Moa hier wäre, würde ich mich zu ihr ins Bett kuscheln, so wie früher, als ich noch klein war und Papa nie zu Hause. Doch Moa ist bei Lothar.

Du bist doch kein kleines Kind mehr, hat sie heute Morgen gesagt, in zwei, drei Jahren ziehst du aus, da interessiert es dich ohnehin nicht mehr, ob ich einen Neuen hab oder nicht.

Aber jetzt interessiert es mich, hab ich darauf geantwortet.

Moa hat ihre Handtasche auf dem Küchentisch ausgelehrt. Wie immer konnte sie ihr Handy und ihre Schlüssel nicht finden. Haarnadeln, Lippenstift, Kosmetiktücher, ein kleines Adressbuch, Unmengen von Vitamintabletten und Halsbonbons fielen durcheinander, und zum Schluss rutschte noch ein Päckchen Kondome aus einem Seitenfach. Das Päckchen blieb genau zwischen uns liegen, und wir starrten beide darauf, bis Moa es eilig in die Tasche zurückstopfte. Als wir uns ansahen, war ihr Gesicht knallrot.

Kann ich auch eins haben, hab ich gesagt und ihrem entsetzten Blick standgehalten.

Du schläfst mit diesem Kerl, hat Moa gesagt, und ihre Stimme war seltsam tonlos, er ist mindestens zehn Jahre älter als du.

Na und, hab ich gesagt, Lothar ist mindestens fünfzehn Jahre älter als du.
Das war kindisch, aber ich konnte mir den Kommentar einfach nicht verkneifen, und einen Moment lang war ich froh über den Tisch zwischen uns, weil ich dachte, gleich knallt sie mir eine, zum ersten Mal in meinem Leben. Aber Moa fegte nur alle Utensilien zurück in die Tasche und dabei die Hälfte vom Tisch, und als sie damit fertig war, stützte sie sich mit beiden Händen vor mir auf.
Greta, hat sie gesagt, ich kann nicht glauben, dass du mir keine neue Beziehung gönnst, aber gut, ich muss es akzeptieren. Lothar wird nicht mehr hierherkommen, wenn es das ist, was du willst. Aber ich werde nicht mein Leben für dich auf den Kopf stellen. Das musst leider du akzeptieren.
Sie warf sich die Tasche über die Schulter, schlüpfte in diese komischen hochhackigen Sandalen, die sie seit neuestem trug, und rauschte an mir vorbei aus der Küche.
Als ich alleine und ihr Klappern auf der Treppe verklungen war, sammelte ich die restlichen Bonbons und Haarnadeln vom Boden auf und fühlte mich elend.
War es das, was ich wollte? Wollte ich, dass Moa nie wieder einen anderen Mann hatte? Wollte ich, dass Frede wieder zurückkam und Cindy sich nicht vor mir zurückzog? Wollte ich Konrad bei Mikesch verpetzen? Und wollte ich wirklich mit Mikesch schlafen? Mein ganzes Leben hier erschien mir als einziges Chaos, undurchschaubar und aus den Fugen geraten. Das Einzige, was ich wirklich ganz genau wusste, war, dass ich Pampolina finden wollte. Gesund und lebendig. Alles andere ver-

suchte ich, aus meinem Kopf zu verbannen. Cindy wischte kurz in meine Gedanken, als ich ihren Nickname im Chat entdeckte. Sie war wieder ganz die Alte, log sich von einem Raum zum nächsten.
Was soll das, schrieb ich, du könntest wirklich etwas Sinnvolleres tun als hier herumzuhängen.
Darauf kam keine Antwort, was mich vor Wut kochen ließ.
Tolle Freundschaft, schrieb ich zornig und klickte mich aus dem Chatroom, weiter in den nächsten. Am liebsten wäre ich hinuntergelaufen und hätte gegen ihre Tür getreten. Wie konnte Cindy mich einfach so im Stich lassen?

Wie in so vielen Nächten in diesem Sommer stehe ich wieder am Fenster. Der Lichtfleck, der mir zeigt, dass Mikesch noch wach ist, verschwindet, und ich bin ein bisschen enttäuscht, weil er nicht spürt, was gerade in mir vorgeht und wie gerne ich ihn sehen würde. Vielleicht will er mich nicht mehr sehen, vielleicht bereut er die Vertrautheit zwischen uns und weicht mir aus. Frede hat immer gesagt, man darf den Männern nicht nachlaufen. Sie müssen ihren Jagdinstinkt ausleben können. Keine Ahnung, aus welcher Zeitschrift sie das hatte, jedenfalls war das ihre Grundregel Nummer eins. *Rar machen* nannte sie das und zwang mich dazu, mich auch rar zu machen, was bedeutete, dass wir auf Felix' SMS nicht antworteten, bis er ganz verunsichert war und am Ende vor meiner Haustür stand, um zu fragen, ob wir ihm die Freundschaft kündigen wollten. Mich bei Mikesch rar zu machen, ist gar nicht so einfach. Er schreibt mir keine SMS. Er klingelt nicht an meiner Tür, und wann ich ihn das nächste Mal zufällig treffe, steht in den Sternen. Allein der Gedanke, dass er mich nicht mehr sehen will, lässt mein Herz ein paar Takte aussetzen, und ich sehe zu, dass ich schnell ins Bett krieche. Ausnahmsweise darf Buster mit, er schmiegt sich in meine Kniekehlen und legt seinen Kopf auf meine Beine, als würde er verstehen, wie ich mich fühle. Die letzten Wochen ziehen an mir vorbei, ein buntes Wirrwarr aus Gesichtern und Orten, Moa, die Lothar zur Tür bringt und küsst, Fredes Brief, der sich über Berlin zerstreut, Mikesch. Seine Hände, sein Lachen, wie er die Treppe hochwankt, völlig erschöpft. Wie Konrad mich zwischen den Gleisen abfängt, der Geruch nach fauligem Obst und ein Gesicht, das keine Konturen hat. Parzival. Ein blasses Oval, das meine Träume füllt.

Weit hinter Berlin türmen sich Wolken auf. Die ersten seit nun mehr als sechs Wochen. Es sieht aus, als würden Gebirge wachsen. Langsam, aber stetig. Die ganze Stadt scheint zu spüren, dass sich etwas zusammenbraut. Autofahrer hupen sich an und beschimpfen sich durch geöffnete Fenster, selbst der kleine Imbissmann ist heute knurrig und speist mich mit einem mürrischen *Ist was?* ab, während er mir meine Cola reicht. Mit den Windböen, die Papier und totes Laub vor sich hertragen, laufe ich nach Hause. Im Hof sind Mülltonnen umgekippt, mein Haar wirbelt durcheinander, und ich wundere mich, dass der Osinski nicht schon längst hier draußen ist und den Schaden beseitigt.

Ich habe mich mit Parzival für fünf Uhr verabredet. Heute werde ich ihn festnageln und ihn nicht mehr entkommen lassen. Der Wind scheint mir ein gutes Zeichen zu sein. Er bläst in mein Gesicht, als wollte er mir Mut machen.
In meinen Träumen ist Parzival der gesichtslose Reiter. Er verlässt den Wald, ich kann ihn vor mir sehen, auf der Suche nach etwas, das er unwiederbringlich verloren hat. So durchreist er die Welt und noch viel mehr. Immer getrieben und immer in Angst, entdeckt zu werden als der, der er wirklich ist.

Diesmal hast du gewartet. Die ersten Worte ziehen an mir vorbei und machen mich seltsam ruhig.
Ich höre den Wind nicht mehr und den fernen Lärm der Straßen. Ich bin nur noch hier, bei Parzival, konzentriert auf diese andere unbekannte Welt im Netz.
Es ist schön, wenn jemand wartet, schreibt Parzival, *es bedeutet, du hast ein Zuhause, etwas, wo du hingehörst und immer hingehen kannst, egal was passiert.*
Auf mich wartet niemand, schreibe ich und spüre, wie mich Parzivals Satz an einer wunden Stelle trifft und dass ich schon wieder die Wahrheit sage. Niemand wartet auf mich. Ich fühle mich niemandem zugehörig. Vielleicht ist es das, was Parzival und mich verbindet. Vielleicht haben wir uns deswegen getroffen, und Pampolina ist nur ein Umweg, der mir klarmachen soll, wie einsam ich wirklich bin.
Was ist mit deinen Eltern?
Ich überlege kurz. Wie viel will ich wirklich von mir

preisgeben? Dann werfe ich meine Bedenken über Bord. Parzival wird spüren, wenn ich ihn anlüge. Es hat keinen Sinn, Geschichten zu erfinden, in die ich mich dann verstricke. So hellhörig ist er, dass er selbst an Buchstaben merkt, wenn sie nur erfunden sind, und das ist zu riskant.

Meine Eltern lassen sich scheiden, schreibe ich, *meine Mutter ist nie da. Sie hat einen neuen Freund.*

Hast du niemand, mit dem du sprechen kannst?, fragt Parzival.

Ich muss lächeln.

Doch, mit dir, denke ich.

Mit meinem Hund, schreibe ich, *mit dem kann ich immer reden.*

Hinter mir fährt der Wind in einen Stapel von Moas Zeitschriften, die sie immer neben ihrem Bett liegen hat. Um auf dem Laufenden zu bleiben, sagt sie, das ist wichtig, wenn man Journalistin ist.

Die Fensterflügel schlagen gegeneinander, aber ich will nicht aufstehen, um das Fenster zu schließen.

Ich würde dich gern kennenlernen, füge ich hinzu, *richtig.* Irgendwann muss ich es wagen, wenn es jetzt zu früh ist, habe ich verloren. Ich klicke auf *abschicken.* Jetzt liest Parzival meine Zeilen und wird entscheiden, ob ihm die Sache zu heiß ist oder ob er sich auf mich einlassen will. Er wird verschiedene Möglichkeiten abwägen. Ob er ein Treffen riskieren kann. Wo es stattfinden soll und wann. Das alles läuft in Sekundenschnelle in seinem Kopf ab. Trotzdem lässt er mich warten. Die Minuten sind endlos.

Du bist ein mutiges Mädchen, schreibt er, *und es ist gut zu wissen, was man will. Wenn du mich treffen willst, gibt es kein Zurück mehr. Ist dir das klar?*
Wie meinst du das?
Wieder entsteht eine Pause. Der Cursor blinkt und macht mich mit seiner Regelmäßigkeit unruhig. Will Parzival mich warnen? Hat er Pampolina auch die Chance gegeben, *nein* zu sagen und die Verbindung abzubrechen? Und warum wollte Pampolina ihn dann trotzdem treffen? Vielleicht war Parzival auch zu geschickt, zu redegewandt, als dass Pampolina hätte spüren können, auf was sie sich einlässt. Sie wollte eine Beziehung für immer. Sie wollte keine Jungs, die einmal mit ihr knutschen und sie dann fallen lassen. Das hat sie mehr als deutlich gesagt. Da kam Parzival wie gerufen. Nicht oberflächlich wie die Typen, die sie in der Schule anbaggerten, sondern jemand, mit dem man wirklich reden kann, aber auch keiner wie Boyscout, bei dem man von der ersten Sekunde an das Gefühl hat, da stimmt was nicht. Langsam beginne ich sie zu verstehen. Selbst in mir schürt Parzival die Sehnsucht nach mehr. Nach etwas, das nicht nach zwei Tagen vorbei ist. Nach Sicherheit und Geborgenheit. Kein Wunder, dass Pampolina gedacht hat, er ist der Mann ihrer Träume. Wenn ich alles filtere, was sie mir erzählt hat, alles herausnehme, was nicht stimmt, bleibt ein unglückliches Mädchen übrig, deren Mutter sich nicht um sie kümmert, die keine richtigen Freunde hat und sich aber nichts sehnlicher wünscht als das. Ein Mädchen wie ich. Ich würde auch in Parzivals offene Arme laufen.
Der Zauber verfliegt, wenn wir uns sehen, schreibt Parzi-

val, *wir werden nicht mehr Parzival und Gin sein, sondern etwas anderes. Wir werden uns neu kennenlernen, und die reale Welt ist schwieriger als das Netz. Es gibt keinen doppelten Boden und kein Sicherheitsseil. Wir müssen beide springen. Deswegen frage ich dich, ob du das willst. Ein Umkehren gibt es nicht.*

Wieder lässt ein Windstoß die Fensterscheiben klirren, und Buster verzieht sich winselnd unter den Schreibtisch. Obwohl er nichts hören kann, spürt er den aufziehenden Regen. Er kauert sich zusammen und sieht mich mit seinen dunklen Boxeraugen an.

Ich mach keinen Scheiß, flüstere ich, um mich selbst zu beruhigen, ich hab alles im Griff.

Eine andere Stimme in mir sagt: Hör auf damit, klicke auf *ignorieren*, lass ihn gegen die Wand laufen. Der Kerl ist zu gefährlich. Ruf die Polizei. Sag irgendjemand Bescheid, und lass dich nicht weiter in diese irrsinnige Sache hineinziehen.

Ich will, schreibe ich, *sag mir, was ich tun soll.*

Ich will, schrieb Pampolina, *sag mir, was ich tun soll.*

Und Parzival antwortete lange nicht, bis Pampolina Angst bekam.

Bist du noch da, schrieb sie, *sag doch was.*

In den Minuten, die folgten, lief sie im Zimmer umher, kickte einen Ballerina unter das Bett, stützte sich auf dem Fensterbrett ab und presste ihre Stirn gegen die Scheibe. Von unten hörte sie den Fernseher und das Knarren der Couch, wenn ihre Mutter sich bewegte. Sie traute sich ewig nicht, zum Computer zurückzukehren. Als sie sich

endlich dazu durchrang, war eine Antwort auf dem Bildschirm.
Kennst du diese Stelle an der Spree, schrieb Parzival, *eine alte Imbissbude ist da, eine Bank …*

Bist du noch da, schreibe ich, weil Parzival wieder nicht antwortet, *jetzt sag doch was.*
Willst du mich treffen oder nicht, füge ich in Gedanken hinzu, das kann doch nicht so schwer sein. Auch wenn er taktisch klug vorgeht, auf eine Art, die ich nicht verstehe, muss er sich äußern und auch einen Schritt wagen. Er kann mich nicht stundenlang hinhalten und darauf setzen, dass ich noch da bin, wenn er sich entschieden hat. Wir haben keine Zeit mehr. Noch deutlicher als in allen Gesprächen davor wird mir bewusst, wie die Zeit fliegt und Pampolina zu einer undeutlichen Erinnerung verschwimmen lässt.
Ein Sturm zieht auf, schreibt Parzival, ohne auf meine Fragen zu reagieren, *weckt der Wind nicht die ganze Welt auf? Haben wir nicht alle die letzten Wochen verschlafen und in einer unerträglichen Müdigkeit verbracht? Jetzt kann ich endlich wieder atmen. Ich öffne das Fenster und breite die Arme aus. So viel Luft. So viel Leben. Gin, die Windräder laufen wieder.*
Meine Finger erstarren über der Tastatur. Die Antwort, die ich eben noch im Kopf hatte, versickert in Parzivals Worten.
Welche Windräder?, frage ich.
Es müssen mehr als dreißig Stück sein, schreibt Parzival, *sie drehen sich, als würde es um ihr Leben gehen.*

Unendlich langsam stehe ich auf und gehe die vier Schritte bis zum Fenster. Die Vorhänge flattern in mein Gesicht, und mir wird das Knattern bewusst, ein Geräusch, das schon die ganze Zeit da war, aber so beständig, dass es nicht in meinen Kopf vordringen konnte, und als ich den Kopf hebe, sehe ich die Windräder. Pfeilschnell und bunt.

Über mir knallt ein Fenster zu, dann Schritte auf der Treppe, eilige Schritte, die einzelne Stufen überspringen. Ohne nachzudenken laufe ich hinaus, genau in Mikeschs Arme, wir prallen gegeneinander, und er läuft einfach weiter.

Mikesch, rufe ich ihm hinterher, warte …

Dann habe ich keine Zeit mehr, jetzt oder nie. Es muss Konrad sein. Niemand anderer kommt in Frage. Sein komisches Verhalten. Die schwarzen Klamotten. Der Lichtfleck über mir, immer wenn ich mit Parzival gechattet habe. Mikesch ist der Einzige, der mir helfen kann.

Auf dem Hof hole ich ihn ein, weil der Osinski wie immer im Weg herumsteht. Er stellt die Mülltonnen wieder auf und stopft herumfliegendes Zeitungspapier zurück in die Container.

Nicht so eilig, fährt er uns an, geht dann aber doch aus dem Weg.

Ich muss mit dir reden, Mikesch, sage ich atemlos, ohne auf den Osinski zu achten, dringend. Auch wenn du gerade keine Zeit hast.

Ich halte seine Hand fest, doch Mikesch schüttelt mich ab. In der anderen Hand hat er seine Aktentasche.

Ich muss zu einem Termin, sagt er, können wir nicht später reden, abends …
Ich schüttle den Kopf und hab das dumme Gefühl, er denkt, ich will über uns reden, über unsere Beziehung und was zwischen uns passiert ist.
Ich fahr mit, sage ich schnell, du kannst mich irgendwo rauswerfen, egal wo, ich fahre mit der Tram zurück.
Mikesch nickt. Auf der Straße werden wir fast umgeweht. Der Wind reißt mir die Autotür aus der Hand, und ich beeile mich, ins Wageninnere zu kommen. Es kommt mir wie eine halbe Ewigkeit vor, dass ich das letzte Mal hier gesessen bin, damals, als wir vom Wannsee zurückgefahren sind. Wenn ich an Konrad denke, laufen mir kalte Schauer über den Rücken. So nah war er mir, und ich wusste nichts davon. Hier im Auto mit knackenden Fingerknöcheln und erst gestern bei den Bahngleisen.
Als Mikesch den Motor startet, zerplatzen die ersten, dicken Tropfen auf der Windschutzscheibe, in Sekundenschnelle ist das Glas verschmiert, vom Regen und dem Staub der letzten Wochen. Mikesch rangiert das Auto aus der Parklücke, und ich atme tief durch.
Es geht um Konrad, sage ich, er hat ein schreckliches Geheimnis, und ich habe es entdeckt. Zufällig. Und denke nicht, ich bin eine blöde Petze. Es ist ernst. Richtig ernst.
Der jetzt einsetzende Regen trommelt sintflutartig auf das Autodach, so laut, dass ich das Gefühl habe, ich muss schreien, um dagegen anzukommen. Mikesch sieht unverwandt auf die Straße, sein Gesicht ist blass, und ich kann die Ader am Hals pochen sehen.

Er hat ein Mädchen entführt, erzähle ich weiter, es hört sich verrückt an, aber du musst mir glauben. Ich bin ganz sicher. Irgendwo da draußen hat er sie versteckt, und wer weiß, ob sie noch lebt. Es ist das Mädchen aus der Zeitung …

In einer Kurve werde ich gegen Mikeschs Schulter geschleudert. Ich taste nach dem Gurt und ziehe ihn fest.

Paulina Menke, sage ich, sie ist vor zwei Wochen verschwunden, und niemand weiß, warum. Aber ich weiß es. Sie hat Konrad im Internet kennengelernt und wollte sich mit ihm treffen … Und, mein Gott, Konrad war immer da, über mir, und ich hab bis jetzt gebraucht, um das herauszufinden.

Mir wird ganz schlecht bei dem Gedanken, wie viel Zeit wir verschwendet haben. Ich lege Mikesch die Hand auf den Unterarm. Seine Fingerknöchel treten weiß hervor, so fest krallen sie sich um das Lenkrad.

Warum sagst du nichts, frage ich, du denkst, ich erzähle dir irgendwelche Märchen, ist das so? Aber wir haben jetzt keine Zeit mehr. Wir müssen zur Polizei. Ich glaube sogar, ich weiß, wo sie ist. Die Datschen. Er muss sie in den Datschen versteckt halten, dort hab ich ihn getroffen. Gestern, und er war wütend, weil ich ihm gefolgt bin.

Kleine Schweißperlen stehen auf Mikeschs Stirn. Es ist nicht heiß im Auto, im Gegenteil, mich fröstelt in meinen Boxershorts und dem Trägertop, aber Mikesch läuft der Schweiß von den Schläfen in den Hemdkragen. Er sieht fast so aus wie an dem Tag, als er in unserer Küche saß. Zerschlagen, als würde er gleich umkippen. Aber heute kann ich ihn nicht trösten und in den Arm nehmen. Ich brauche seine Hilfe, egal, wie er sich dabei fühlt. Er muss mit zur Polizei. Mir werden sie nicht glauben. Ich bin ein fünfzehnjähriges Mädchen. Ein Kind in den Augen der meisten Leute. Mikesch kennt Konrad. Er ist sein Betreuer, er weiß, wo er herkommt und was mit ihm passiert ist. Er weiß, warum er in einem Heim für Schwererziehbare war. Das alles wird unsere Aussage glaubhaft machen.

Die Scheibenwischer können die Wassermassen kaum bewältigen, die jetzt vom Himmel strömen, schemenhaft sehe ich Leute über die Straße laufen. Sie halten sich Einkaufstaschen und Zeitungen über den Kopf und werden trotzdem klatschnass.

Ich war so dumm und hab dir nie von Konrad erzählt, dass er mir auflauert und versucht, mich einzuschüchtern. Ich hätte viel früher mit dir sprechen sollen, aber Pampolina hat gemeint, du würdest mich für eine Heulsuse halten.

Plötzlich biegt Mikesch von der Straße ab, quer über eine Schotterpiste, auf der sich die Schlaglöcher mit Regenwasser füllen und zu riesigen Pfützen wachsen. Ich sehe die S-Bahn-Gleise auf uns zukommen, die Front aus Hecken, den Ginster, den der Wind platt auf den Boden drückt.

Wo fährst du hin?, frage ich unsicher, und Mikesch dreht mir sein Gesicht zu und sieht mich mit seinen seltsam verschleierten Augen an.

Du musst keine Angst haben, sagt er von draußen gegen das Holz, ich komme bald zurück.
Er hat die Tür des Gartenhauses hinter mir zugeschlagen und den Schlüssel im Schloss umgedreht. Wenig später höre ich den Wagen davonholpern. Ich habe keine Angst, aber meine Gedanken rasen. Als ich aus dem Auto springen wollte, hielt er mich mit eisernem Griff am Handgelenk fest.
Wir gehören doch zusammen, hat er gesagt und dabei seinen Blick wieder unbeweglich auf den Weg gerichtet. Das Auto pflügte durch Spurrillen und ließ das Wasser meterhoch neben uns aufspritzen. Wir fuhren genau zwischen die Hecken hinein, durch einen engen Durchlass, in dem die Zweige gegen den Lack schrammten. Dann sah ich die Häuser, viel mehr als ich dachte, so verfallen, dass bei manchen nur noch die Grundmauern standen, und darüber ein Gewirr aus Holzbalken, als hätten Riesen Mikado gespielt. Das dürre Gras neigte sich unter dem starken Regen, und Dampfwolken stiegen vom Boden auf.
Immer werden wir zusammenbleiben, sagte Mikesch so leise, dass ich ihn kaum verstehen konnte, diesmal habe ich mich nicht getäuscht.
Noch immer hielt er mein Handgelenk umklammert, und meine Finger fühlten sich ganz taub an. Wir fuhren auf ein Gartenhaus zu, die Fenster waren vernagelt, auf die kleine Veranda prasselte der Regen, und ich wusste, hier war Pampolina.

Als meine Augen sich an das Halbdunkel gewöhnt haben, sehe ich mich um. Mit dem Rücken gegen die Tür gelehnt, zwinge ich mich, meinen Blick durch den kleinen Raum schweifen zu lassen. In der Mitte steht ein Holztisch, auf dem sich ungeöffnete Konservendosen stapeln, und mir gegenüber ein Bett, mehr eine Pritsche aus Metall, und auf dieser Pritsche liegt eine zusammengesunkene Gestalt.
Pampolina, flüstere ich, aber die Gestalt bewegt sich nicht.
Sie liegt da, mit dem Gesicht zur Wand gedreht, ihre Hüftknochen treten hervor, und ich kann nicht erkennen, ob sie noch lebt oder nicht. Von hier aus nicht. Jetzt bekomme ich doch Angst, sie schwappt über meinen Kopf und nimmt mir für einen Moment den Atem, und ich glaube, keinen Schritt auf sie zumachen zu können, so sehr gruselt mich der Gedanke, sie könnte tot sein und ich mit ihr eingesperrt, hier, wo uns niemand findet. Dieser Gedanke ist fast schlimmer als die Vorstellung, Mikesch könnte zurückkommen.
Mikesch-Parzival. Wie ein Puzzle lösten sich die letzten Wochen in meinem Kopf, während er mich aus dem Auto zerrte, mich schließlich auf den Armen trug, weil ich zu stark war und meine Beine zu fest in den Boden stemmte. Ich konnte den Regen nicht mehr spüren, so groß war das Entsetzen über die vielen kleinen Dinge, die ich übersehen hatte. Oder nicht sehen wollte. Und dann stieg mir wieder der Geruch in die Nase. Nach Zuhause, nach dem Garten, in dem Moa sich den ganzen Sommer über beschäftigte, und nach überreifem Obst.

Nach was riechst du, hatte ich damals zu ihm gesagt, als Mikesch mich das erste Mal umarmte und ich mein Gesicht gegen seinen Hals presste. Jetzt wusste ich es. Es waren die fauligen Äpfel, in die man hier bei jedem Schritt treten musste und die an seinen Schuhen klebten.
Dann mache ich doch ein paar vorsichtige Schritte, bis auf das Trommeln des Regens auf das Blechdach ist es hier völlig still.
Kein Stück Berlin, denke ich.
Die Stadt ist mit all ihren Geräuschen verschwunden, und zurück bleibt ein altes Gartenhaus im Nirgendwo, ein Ort, der einen verschluckt und nicht mehr loslässt.
Pampolina, flüstere ich noch einmal und wage es, die Hand nach ihr auszustrecken.
Ihre Schulter fühlt sich warm an, was mich grenzenlos erleichtert. Ich schüttle sie vorsichtig und drehe sie zu mir herum. Sie sieht aus wie auf dem Bild in der Zeitung, nur schmaler und blasser, mit dunklen Schatten unter den Augen. Mein Blick fällt auf ein Tablettenröhrchen, es ist halb unter das Bett gerollt. Schlaftabletten. Natürlich. Sie kann gar nicht aufwachen. Er hat sie ausgeknockt, damit sie keinen Ärger macht. Völlig klar. Ich lasse mich neben sie auf das Bett sinken. Wie lange wird es dauern, bis sie aufwacht? Wie lange wird es dauern, bis Mikesch zurückkommt?

Draußen muss es langsam dunkel werden. Das spärliche Licht schwindet von Minute zu Minute. Bald werden wir im Stockdunkeln sitzen. Ich taste mich zum Tisch und von dort weiter zum Fenster. Nirgends Streichhölzer, ge-

schweige denn Kerzen. Auf dem Boden steht eine kleine Kiste. Ewig versuche ich sie zu öffnen, als sie dann endlich offen ist, ist sie leer.
Ich rüttle an den Fenstern und an der Tür und verfluche, dass ich keine Haarnadeln benutze. Nichts, was man in Büchern liest, funktioniert. Ich werfe mich gegen die Tür, bis meine ganze Seite schmerzt, aber sie gibt keinen Zentimeter nach, und die einzige Antwort, die von draußen zu mir dringt, ist das nun beständige Rauschen des Regens.

Warum tust du das?, habe ich zu Mikesch gesagt, nein, ich habe ihn angeschrien, als er mich endlich in der Datsche losließ.
Er versperrte die Tür mit seinem Körper, hinter ihm fuhr der Wind in die Obstbäume, riss ganze Zweige ab und wirbelte sie durch die Luft. Wenn ich Glück hatte, würde der Wind das ganze, marode Gartenhaus auseinanderreißen. Ich sah an mir hinunter, Wasser tropfte an meinen Beinen entlang, und ich konnte spüren, wie mein Haar kühl im Nacken klebte.
Mikesch sah mich verständnislos an.
Wir werden immer zusammenbleiben, wiederholte er eindringlich, das habe ich dir doch schon gesagt. Und was gibt es Unendlicheres als den Tod? Es gibt kein Zurück mehr.
Der Mann, der hier vor mir stand, war mir so unendlich fremd, dass ich beinahe verzweifelt nach Zeichen suchte, die ihn wieder zu dem Mikesch machten, den ich zu kennen glaubte. War er nicht vernünftig und fürsorglich ge-

wesen, liebevoll und stark? Hatte ich nicht gedacht, Mikesch wüsste immer einen Rat, wo es langgeht, und hätte eine Lösung für all meine Probleme parat? Doch selbst seine Gesichtszüge schienen sich verändert zu haben. Es musste an den Augen liegen. An diesem Schleier, der mich nicht zu ihm vordringen ließ.

Du hast mich im Netz erkannt, sagte ich und hatte mit einem Mal Angst, meine Beine könnten einfach unter meinem Körper wegsacken. Das hast du vorhin geschrieben, dass es kein Zurück gibt, wenn wir uns treffen.

Er nickte und kam einen Schritt auf mich zu, als wollte er mich umarmen.

Ich hab von Anfang an gewusst, wer du bist, sagte er leise, ich hab es gespürt. Das konntest nur du sein. Greta und Gin. Dann gabst du mir den Hinweis mit dem Hund. Ich bin ans Fenster, hab mich hinausgebeugt, und da konnte ich dich hören. *Komm rein, Buster*, hast du gesagt, obwohl er dich gar nicht hören konnte. Aber ich konnte.

Ich dachte an die Nacht mit Mikesch, wie er mich gehalten hatte und immer wusste, wer ich war, während ich glaubte, ich könnte ihm vertrauen, und während ich mich immer mehr in ihn verliebte.

Und warum hast du dann gewartet, sagte ich hilflos, warum hast du mich nicht in dieser ersten Nacht weggebracht?

Er zuckte mit den Schultern.

Es lag an ihr, sagte er nach einer Weile, ich wollte alles perfekt machen. Ich wollte sie zuerst wegschaffen. Heute. Aber du warst zu schnell. Das tut mir leid.

Vielleicht wird Pampolina nie wieder aufwachen. Ich lausche an ihrer Brust. Ihr Herzschlag fühlt sich schwach an, leise, aber regelmäßig. Sie zu finden, habe ich mir ganz anders vorgestellt. Nie hätte ich gedacht, dass sie nicht bei Bewusstsein ist. Verängstigt und halb verhungert vielleicht, aber nicht bewusstlos. Ich dachte, Cindy und ich würden sie zusammen aufspüren und uns dann trauen, Cindys Vater Bescheid zu geben. Er hätte uns in einen Streifenwagen gesetzt und wäre mit Blaulicht durch die Stadt gerast. Nichts von dem wird passieren. Niemand weiß, wo wir sind. Niemand außer Mikesch.

Wo willst du sie hinbringen?, fragte ich und schlang meine Arme fest um die Brust, so kalt war mir vom Regen und von Mikeschs Worten.

Das ist ganz einfach, sagte er und lächelte. Ich kann Mädchen verschwinden lassen, einfach so. Ich bin wie ein Zauberer.

Er machte eine Geste mit den Händen, als würde er ein weißes Kaninchen aus einem Hut zaubern und dann in der Luft verpuffen lassen.

Darum musst du dich nicht sorgen.

Ich überlegte fieberhaft, was ich sagen könnte, etwas, das ihn nicht gegen mich aufbringen würde und seine Stimmung plötzlich umschwenken ließ. Etwas, das ihn zur Besinnung kommen ließ und wieder den Mikesch hervorholte, den ich kannte.

Lass uns nach Hause gehen, sagte ich vorsichtig, es ist kalt hier und nass. Ich friere.

Aber Greta, sagte er, das ist unser Zuhause. Später, wenn

ich wiederkomme, werde ich dich festhalten und wärmen. Wir werden langsam nebeneinander einschlafen, so eng umschlungen, dass uns niemand mehr trennen kann. Du musst nur noch ein bisschen Geduld haben.

Das letzte Licht verschwindet und lässt die grauen Stellen zu dunklen Löchern werden. Jetzt, wo ich gar nichts mehr sehen kann, bleibe ich bei Pampolina. Ich drücke mich gegen die Wand und lege den Kopf auf meine Knie. Wird überhaupt jemand bemerken, dass ich weg bin? Vielleicht kommt Moa nach Hause und wundert sich, dass Buster alleine ist. Vielleicht bleibt sie auch bei Lothar. Wie egal mir Lothar mit einem Mal ist. Habe ich Moa und mir alles nicht unnötig schwergemacht? Wäre alles anders gekommen, wenn ich es wenigstens mit ihm versucht hätte? Er müsste ja nicht gleich bei uns einziehen, aber eine Chance hätte er doch verdient. Der Gedanke an Moa und Lothar und daran, dass ich alles vermasselt habe, macht mich so unglücklich, dass ich doch heulen muss, verzweifelter als all die anderen Male davor, es fühlt sich an, als müssten die Tränen meine Brust sprengen. Aber hier sieht und hört mich niemand, hier kann ich weinen, ohne mich schämen zu müssen.
Ein kleines Geräusch lässt mich abrupt innehalten. Ein leises Wimmern, dann spüre ich eine Bewegung, etwas streift meinen Fuß, und ich weiß, Pampolina wird aufwachen. Ich beuge mich dahin, wo ich ihren Kopf vermute, und taste nach ihrem Gesicht.
Nein, flüstert sie, nein, nein, nein.
Keine Angst, flüstere ich zurück, ich bin es. Gin.

Ich streichle über ihr Haar, finde ihre Schulter, den Arm und schließlich ihre Hand, die ich festhalte und drücke.
Gin?, sagt sie, als müsste sie lange und sehr gründlich in ihrem Gedächtnis kramen. Du verarschst mich. Gin gibt es nicht. Das ist doch alles gelogen.
Ihre Stimme hört sich rau und schwach an, als hätte sie sie tagelang nicht benutzt, oder es sind die Tabletten, deren Wirkung noch immer nicht ganz nachgelassen hat. Trotzdem bin ich unendlich froh, dass sie wach ist, und es ist beinahe wie damals im Netz. Wir können uns nicht sehen, aber miteinander sprechen.
Ich habe nicht gelogen, sage ich, mich gibt es wirklich.

Parzival

Er ist am Ende der Reise angekommen. Diese Gewissheit lässt ihn beschwingt durch den Regen laufen. Jetzt könnte er einfach so gehen, aber er möchte es zu Ende bringen, wie er es geplant hatte. Zu Hause löscht er alle Mails und seinen Account im Chat, er löscht die gesamte Festplatte, alle Ordner, bis nichts als Leere zurückbleibt. Er ist froh, alleine in der Wohnung zu sein, denn selbst er muss Abschied nehmen. Er geht von Zimmer zu Zimmer, verharrt an seinem Fenster zum Hof. Die Windräder glänzen vom Regen, drehen sich jetzt langsam und bedächtig, als würden sie einschlafen.

Einschlafen, denkt er.

Wie hatte er sich danach gesehnt. Die Zeit in Berlin erschien ihm als langer beschwerlicher Weg ohne Rast. Und davor. Er hatte vergessen, wo er hergekommen war, aber jetzt weiß er es wieder.

Unter der Matratze findet er die restlichen Tabletten und steckt sie in die Hosentasche. Mehr braucht er nicht. Den Schlaf und das Mädchen. Das ist ihm genug.

Greta

Wir wissen nicht, was Mikesch vorhat – wie weit wir unsere Gedanken auch spinnen, bis in seinen Kopf hinein kommen wir nicht. Pampolina ist schwach. Sie hat Durst, aber es gibt nichts zu trinken. Auf dem Tisch ertaste ich eine leere Plastikwasserflasche zwischen all den Dosen. Pampolina redet nicht viel, und die Nacht dehnt sich vor uns bis zur Unendlichkeit aus, als würde es nie wieder hell werden. Auf keinen Fall dürfen wir einschlafen, wir könnten überhören, wann er zurückkommt, und für diesen Moment müssen wir gewappnet sein. Um uns abzulenken, erzähle ich von Mikesch, von unserer Nacht und dass ich in ihn verliebt war. In meinem Herzen forsche ich nach diesem Gefühl und spüre, dass man dieses Verliebtsein nicht einfach abstellen kann. Dafür müsste es einen Knopf oder Schalter geben, stattdessen schleicht sich ein feiner Schmerz zwischen all das Entsetzen und Unverständnis. Schmerz und bittere Enttäuschung über diese verlorene Liebe. Denn sie ist verloren, was auch immer geschieht.

Dann sind wir doch eingenickt, Pampolinas Kopf ist auf meine Schulter gerutscht, und als ich aufwache, sehe ich

kleine Lichtpunkte durch die vernagelten Fenster dringen. Ich rüttle Pampolina wach, eine Autotür schlägt zu, und wir wissen, dass er da ist. Wir halten uns an den Händen, als wir zur Tür schleichen.
Einfach laufen, flüstere ich, sobald er die Tür aufmacht.
Pampolina nickt, obwohl sie in der Nacht an die hundert Mal gesagt hat, sie schafft das nicht.
Lauf alleine, hat sie gesagt, aber davon wollte ich nichts hören.
Du spinnst ja, hab ich jedes Mal darauf geantwortet, zu zweit schaffen wir das.
Wir hören, wie sich ein Schlüssel im Schloss dreht, und pressen uns flach gegen die Wand, dann wird die Tür einen Spalt geöffnet, graues Dämmerlicht wirft einen schmalen Streifen über den Holzboden, und ich kann Mikeschs Beine sehen. Er hält inne, vielleicht um einen Blick über die Schulter zu werfen, ob ihm jemand gefolgt ist, vielleicht befürchtet er auch, dass wir fliehen wollen. Neben mir atmet Pampolina, ich habe Angst, dass sie einfach so umkippt und zu schwach zum Laufen ist, deswegen drücke ich ihre Hand so fest ich kann, um ihr Kraft zu geben, obwohl ich mich mittlerweile auch nur noch schwach und verängstigt fühle.
Langsam schwingt die Tür ganz auf, und Mikesch macht einen Schritt in den Raum hinein und starrt in die Ecke, in der er uns vermutet. Das ist der Moment, der Bruchteil einer Sekunde, den Mikeschs Augen brauchen, um sich an die Dunkelheit zu gewöhnen, der Bruchteil einer Sekunde, der verstreicht, bis er merkt, dass wir nicht da sind und genau hinter ihm stehen.

Ich ziehe Pampolina über die Türschwelle, wir taumeln die Stufen hinunter, dann rennen wir los, an Mikeschs Auto vorbei, Pampolina hängt schwer an meinem Arm, aber ich lasse ihre Hand nicht los. Hinter uns höre ich Mikesch die Stufen hinunterpoltern und zwinge mich weiter, nach vorn zu sehen. Nur nicht umdrehen und ins Straucheln geraten! Das weiß ich, dass mich jeder Blick zurück unseren geringen Vorsprung kosten kann.

Lauf, hämmert mein Herz, lauf.

Die Datschen verschwimmen zu undeutlichen Farbflecken links und rechts. Sie ziehen in Zeitlupe vorbei, wie in einem Traum, in dem man rennt und rennt, aber nicht vorwärtskommt und schließlich ganz stehen bleibt, um sich seinem Schicksal zu ergeben. Wie oft hatte ich diesen Traum und bin schweißgebadet aufgewacht. Nur jetzt ist es Wirklichkeit. Ich bin wach, Regentropfen laufen in meine Augen, oder ich heule schon wieder, diesmal vor Angst und Erschöpfung. Kaum erkenne ich noch den Weg, nur noch grüne und braune Wasserspritzer, die mir die Sicht nehmen.

Wir müssen es bis zu den Hecken schaffen, denke ich, nur bis zu den Hecken, dann wird er uns nicht mehr folgen.

Er wird sich nicht auf die weite Fläche, die sich von den Hecken bis zur Stadt zieht, hinauswagen. Von dort aus kann man uns sehen. Das wird er nicht riskieren.

Wir rennen durch Pfützen, nasses Gras schlägt gegen meine Beine, und immer noch vermischen sich unsere mit Mikeschs Schritten. Er kommt näher, holt bei jedem meiner Atemzüge mehr auf und lässt die Meter zwi-

schen uns schwinden. Pampolina wird nicht mehr lange durchhalten. Schon ziehe ich sie mehr, als dass sie selbst läuft.
Ich kann nicht mehr, heult sie, und ich fahre sie an.
Reiß dich zusammen!, schreie ich.
Allein könnte ich ewig laufen. Mein Körper würde seinen Rhythmus finden, es wäre kein Problem, Mikesch abzuhängen. Ich bin stark, ich würde ihm einfach so, ohne Mühe, davonlaufen.
Pampolina ist wie Buster, denke ich, und Buster zu ziehen ist ein Klacks.
Mit diesem Gedanken durchquere ich die Hecken, und wir laufen hinaus auf die Schotterpiste.
Lass mich los, heult Pampolina, du musst mich loslassen!
Noch weit entfernt kommen uns zwei Gestalten und ein Hund entgegen, aber trotz der Entfernung erkenne ich Cindy, Konrad und Buster. Sie winken, und Cindy schreit etwas, das ich nicht verstehen kann. Ich bin nur glücklich, sie hier zu sehen. Pampolina stolpert hinter mir und reißt sich von meiner Hand los. Als ich mich umdrehe, liegt sie am Boden, mit dem Gesicht nach unten, und Mikesch bleibt zwischen den Hecken stehen. Er macht ein paar zögernde Schritte rückwärts, als könnte er nicht glauben, uns verloren zu haben.
Ich sehe, wie sein Mund Worte formt. Ich kann nicht hören, was er sagt, aber ich kann die Worte von seinen Lippen ablesen, und diese Worte lassen die letzten Wochen auf mich einstürzen, ein rasender Strudel an Bildern.
Gin, sagt er, *Greta*.

Ich sehe uns wieder auf dem Bett liegen. Sehe in seine Augen und spüre, wie er die Arme um mich legt, mich fest an sich zieht. Ich spüre seinen Atem an meiner Wange und meine Sehnsucht, in seiner Umarmung zu versinken. Nie wieder aufzuwachen. Für immer bei ihm zu bleiben.
Ich steige über Pampolina und gehe auf ihn zu. Ich sehe seine einsame Gestalt, das blasse Oval seines Gesichts, die dunklen Locken, und mein Herz zieht sich zusammen, so sehr will ich meine Hände nach ihm ausstrecken und dieses Gesicht berühren. Ihm die Locken aus der Stirn streichen und seine Lippen küssen. Mikesch breitet die Arme aus. Kann man Menschen nicht ändern? Kann man es nicht wenigstens versuchen? Wäre Liebe diesen Versuch wert?
Ich denke an Mikesch am Wannsee, daran, wie er mir zugehört hat. Aufmerksam, ohne mich zu unterbrechen.
Jemand, der mich versteht, habe ich damals gedacht. Endlich jemand, der mir zuhört.
Sind nicht all diese Dinge trotzdem in ihm verborgen? Gibt es zwei Personen in ihm, von denen man eine lieben kann und die andere nicht?
Mikesch lächelt. Nur noch wenige Meter trennen uns. Unsere Blicke halten sich fest und verschlingen sich zu einem festen Band. Ich spüre den Regen nicht mehr, der über meinen Körper rinnt. Auch die Kälte spüre ich nicht. Es ist, als würde es mit einem Mal nur noch uns geben. Uns, in einem Vakuum, in dem andere Regeln gelten. Es gibt keine Zeit mehr. Keine Minuten. Keine Sekunden. Alles steht still. Die Welt hat aufgehört, sich zu drehen.
Greta, flüstert er.

Es könnte doch so einfach sein. Wir könnten doch für immer zusammen sein. Für immer. Alle Tage.
Dann sind sie da. Buster springt mich an und wirft mich fast um. Sein Fell ist dunkel vor Nässe. Er springt wie ein Gummiball bis hoch zu meinen Schultern und leckt einmal quer über mein Gesicht, und Cindy packt mich am Arm. So fest, dass es weh tut. Ich hatte keine Ahnung, dass Cindy so fest zupacken kann.
Was soll das jetzt sein, schreit sie mich an, spinnst du, oder was?! Tickst du noch richtig?!
Ich schüttle ihren Arm nicht ab, und als ich durch den Regenschleier wieder zu den Hecken hinübersehe, ist Mikesch verschwunden.

Aber Konrad musste doch deine Wohnungstür aufbrechen. Ohne ihn hätte ich das nie geschafft.
Konrad und ich stützen Pampolina, und Cindy geht voraus. Bei jedem zweiten Schritt dreht sie sich aufgeregt nach mir um.
Ich habe Buster die ganze Nacht winseln hören und mir gedacht, da stimmt doch was nicht. Dann bin ich zu dir rauf, hab geklingelt. Nichts. Nur Konrad hat oben die Tür aufgemacht. Er war genervt wegen Buster. Weißt du, was er zuallererst gesagt hat? Er hat gesagt: Kann man den nicht abholen lassen?
Konrad sagt gar nichts. Er macht ein griesgrämiges Gesicht, das ich aber zum Glück nur von der Seite sehen kann, und Pampolina sagt auch nichts, weil sie zu schwach zum Reden ist. Wir müssen sie fast tragen, und ich bin froh, dass Konrad da ist. Zum ersten Mal.

Du würdest nicht glauben, wie schnell die Tür offen war, sagt Cindy, einmal, *zack*, mit der Kreditkarte von meinem Vater, und schon waren wir drin.

Wir schleppen Pampolina die letzten Meter bis zu unserem Hof. Endlich lässt der Regen nach. In den Rinnsteinen laufen kleine Bäche die Straßen hinunter, und alles fühlt sich so unwirklich an. Selbst Pampolinas Gewicht und ihr Arm, der auf meiner Schulter ruht.

Als ich den Laptop gesehen habe, habe ich sofort kombiniert. Dein Verschwinden musste mit Parzival zu tun haben. Du hast vergessen, dich auszuloggen, und wir konnten dein letztes Gespräch lesen, sagt Cindy stolz, und als wir dann runter sind, haben wir den Osinski getroffen.

Wie aufs Stichwort steht der Osinski vor uns. Er stemmt die Hände in die Hüften, und ich denke, warum hat er es nicht sein können? Warum ausgerechnet Mikesch? Ich sehe mich, wie ich mich an Osinskis Fenster hochziehe und ihn beim Chatten ertappe. Damals habe ich mich vor dem Osinski gegruselt und vor Mikesch kein einziges Mal. Vielleicht liegt das nur am Verliebtsein oder auch daran, dass Mikesch einfach zu schlau war.

Dieser Köter …, setzt der Osinski an, verstummt aber und lässt uns vorbei, als er Pampolinas Gesicht sieht und sie als das Mädchen aus der Zeitung erkennt.

Er hat gesagt, dass du mit Mikesch weg bist, war ja klar, dass er das mitkriegt, so wie er alle hier im Haus bespitzelt. Aber diesmal können wir echt froh sein, flüstert Cindy, Konrad hat dann gesagt, der Mikesch ist nicht

ganz geheuer. Er ist ihm schon seit Wochen auf der Spur. Das ist sein Hobby.
Konrads Gesicht wird, wenn das überhaupt möglich ist, noch griesgrämiger.
Ich habe keine Hobbys, knurrt er und drückt die Haustür mit der Schulter auf.
Klar hat er Hobbys, sagt Cindy und hüpft vor uns die Treppen hinauf, auf Dächern herumklettern wie Spiderman zum Beispiel. Darin ist er total gut. Er kann meterweit springen und an Mauern hochklettern und über Treppengeländer laufen …
Ich werfe Konrad einen kurzen Blick zu und sehe, dass er jetzt doch lächelt, wenn man das Lächeln nennen kann. Zumindest ziehen sich seine Mundwinkel etwas nach oben.
Dann warst du hinter Mikesch her, vorgestern an den Bahngleisen, frage ich, du hast gar nichts mit Drogen zu tun, stimmt's?
Konrad nickt. Gemeinsam schleppen wir Pampolina die Treppen hoch, und ich schäme mich, weil ich war wie alle anderen. Ich habe nur sein Äußeres gesehen und ihn von Anfang an nicht leiden können, anstatt einmal mit ihm zu reden. Leicht gemacht hat er mir's nicht. Trotzdem.
Tut mir leid, dass ich so blöd war, sage ich.
Stimmt, sagt Cindy, manchmal bist du wirklich blöd.
Wir setzen Pampolina vor Cindys Tür ab. Ihr Vater ist heute daheim, und Cindy sagt, der wird sich um alles kümmern. Dass Pampolina ins Krankenhaus kommt und dass jemand ihre Mutter anruft. Mit Konrad gehe ich die letzten Stufen hoch.

Ich meine das wirklich ernst, sage ich noch einmal, es tut mir leid.
Mir tut es auch leid, sagt Konrad, sieht mich aber nicht dabei an.

In zwei Tagen fängt die Schule wieder an. Es ist fast Herbst, nach dem Regen ist die Hitze nicht mehr zurückgekehrt. Moa und Lothar haben sich getrennt, jetzt sind sie nur noch gute Freunde, sagt Moa, und ich bin heilfroh, dass er nicht mehr bei uns herumhängt. Jedenfalls nicht mehr so oft. Dafür hat Cindys Vater eine neue Freundin. Sie kommt abends nach der Arbeit und kocht, und dann sehen sie gemeinsam fern, wie eine richtige Familie, und Gott sei Dank hat sie keine eigenen Kinder.
Das ist gar nicht cool, hab ich zu Cindy gesagt, aber mehr zum Spaß, und Cindy war dann etwas beleidigt, aber auch nur zum Spaß.
Die Wohnung über uns steht jetzt leer. Ich vermisse Konrads laute Musik und sogar den Geruch seiner Zigaretten im Treppenhaus. Manchmal treffe ich ihn auf der Straße, wir grüßen uns, und ich ringe mit mir, ob ich ihn auf eine Cola einladen soll, und irgendwie habe ich das Gefühl, ihm geht es genauso. Ich stelle mir dann vor, dass er mir erzählt, was wirklich passiert ist, woher die Narbe in seinem Gesicht kommt, wo er aufgewachsen ist und warum er in einem Heim für Schwererziehbare war. Vielleicht würden wir uns auch nur gegenübersitzen und an die letzten Wochen denken, und irgendwann würde ich sagen:
Wo er jetzt wohl ist?

Keiner weiß, was mit Mikesch geschehen ist. Er ist einfach weg, als hätte er nie existiert. In der Wohnung hat er alles zurückgelassen. Ich konnte erst zusehen, wie die Polizei seinen Computer abgeholt hat, und später, wie das Bett und der Tisch aus seinem Zimmer in einem riesigen Container verschwanden, und darüber war ich sehr froh, als könnte das meine Erinnerung tilgen und die letzten Wochen ungeschehen machen.
Ich schalte den Laptop ein. Das leise Surren erfüllt den Raum. Nickname, Passwort. Gin ist zurück im Netz. Alles ist gleich geblieben, als wäre ich keinen Tag weggewesen. Dieselben Gespräche, Buchstabe um Buchstabe läuft über den Bildschirm. Ich sitze einfach nur da und lasse mich davon berieseln, unschlüssig, ob ich jemals wieder mit jemand sprechen will.
Pampolina ist nicht mehr im Netz. Ab und zu telefonieren wir, aber richtige Freunde sind wir nie geworden, dafür ist zu viel passiert, und wenn ich ehrlich bin, hat Pampolina mit dieser Paulina Menke nicht viel gemein. Sie ist anders als in meiner Vorstellung, und wahrscheinlich geht es ihr genauso.
Eine Weile starre ich auf die schwimmenden Worte, dann ploppt ein Button auf.
Neue Nachricht für Gin.
Ich zögere einen Moment. Wahrscheinlich Cindy, denke ich, die mich im Netz ertappt hat.
Nie wieder geh ich ins Netz, hab ich noch vor ein paar Tagen zu ihr gesagt, mir reicht es vollkommen. Wenn du mit mir reden willst, dann geh gefälligst die paar Stufen zu mir hinauf.

Sie hat rumgenölt, weil es jetzt so langweilig ist im Netz. Keine Psychopathen mehr. Niemand, dem man hinterherschnüffeln kann.
Und jetzt bist du auch noch weg, hat sie gesagt, mir ist zum Sterben langweilig.
Okay. Erwischt. Ich bin wieder da.
Ich seufze und klicke die Nachricht an.
Vor meinen Augen öffnet sich dieses kleine, flimmernde Feld. Die Buchstaben taumeln auseinander und ergeben keinen Sinn.
Eine Weile höre ich nur das Klappern der Windräder und einzelne Regentropfen, die träge gegen mein Fenster klatschen. Ich bin unfähig zu verstehen, was ich da lese. Ich schiebe den Schreibtischstuhl langsam vom Tisch weg. Gehe zum Fenster und starre hinaus. Sehe mir jedes Fenster gegenüber an, das Dach, während es in meinem Kopf arbeitet, ein Gedanke den anderen jagt.
Das kann nicht sein, denke ich, das ist unmöglich.
Buster kommt zu mir und legt seine kurze Schnauze in meine Hand, und ich gehe zurück zum Tisch, lass mich in den Stuhl fallen, als wären meine Beine aus Gummi. Kraftlos, gefühllos, unfähig, mich zu tragen.
Die Buchstaben setzen sich zusammen und brennen sich in meinen Kopf. Jedes einzelne Wort.
Hallo Gin, steht da, *ich kann dich sehen, Gin.*
Parzival.